RONSO KAIGAI MYSTERY

論創海外ミステリ57

六つの奇妙なもの

クリストファー・セント・ジョン・スプリッグ

水野恵 訳

THE SIX QUEER THINGS

Christopher St.John Sprigg

論創社

装幀／画　栗原裕孝

目次

主要登場人物

マージョリー・イーストン……………………タイピスト
サミュエル・バートン…………………………マージョリーの伯父
エドワード（テッド）・ウェインライト……マージョリーの婚約者
マイケル・クリスピン…………………………霊媒
ベラ・クリスピン………………………………マイケルの妹
ジョージ・ホーキンス…………………………クリスピン家の運転手
ウッド……………………………………………メイフェアの精神科医
ルーシー・スレプフォール……………………未亡人
ジョン・ランバート……………………………資産家
マースデン………………………………………精神科医
チャールズ・モーガン…………………………スコットランド・ヤード犯罪捜査部の警部
スレメイン………………………………………警察医

第1章　マイケル・クリスピン

1

マージョリーの伯父は、白いほおひげをたくわえた恰幅《かっぷく》のいい会計士で、ビルフォード・リベラル・クラブでは名の知れた人物だ。つねにジョークと挨拶を欠かさない気のいい紳士――大勢いる友人たちは彼のことをそう思っている。

どうして彼らが気づかずにいられるのか、マージョリーは不思議でならなかった。伯父の目が豚のように小さくて中央に寄っていることや、丸顔に穏やかな笑みを刻んでいるときでさえ、その目は陶器を思わせる冷えびえとした光を放っていることに。サミュエル・バートンと毎日顔を会わせている人たちが、その男の卑劣さや底知れぬ冷酷さに気づかないなんて、マージョリーには信じられなかった。

しかし、所詮彼らは伯父と寝食をともにする必要はない。マージョリーはそうするしかなかった。両親が他界して以来、サウス・ロンドン郊外のありふれた町、ビルフォードにあるサミュエル・バートンの小さな家で暮らしてきた。自分本位で、極端に心が狭く、金のことしか頭にない。マージョリーは長年にわたってそんな伯父とじかに接してきたのだ。

現在マージョリーは二十歳。ブリスクトン・ダンボール工場の新米タイピストとして、週に二十六シリング稼いでいる。そこから交通費、社員食堂での食事代を引き、身のまわりのものをいくつか買えば残りはほとんどない。しかし、その全額を生活費として伯父に渡していた。それなのに伯父は遠まわしな表現で、その額がいかに少ないかを折にふれて彼女に思い知らせるのだった。

バートンは〝遠まわし〟の名手だ。正面を切って言われれば、自分は家計費の節約に一役買っているのだと反論することもできる。夫人は働き者の家政婦で、マージョリーは空き時間に、モグリッジ夫人を手伝って家事をしている。夫人は働き者の家政婦で、サミュエル・バートンのことを虫唾《むしず》が走るほど嫌っていた。マージョリーがいなければ、とうの昔に辞めていただろう。それでもバートンが部屋に入ってくると、夫人はあからさまに不平をもらさずにはいられなかった。いっぽうバートンは知らん顔を決め込んでいた。倹約のためなら、それくらいの反抗は大目に見るし、だいたい充分な給料を支払っているわけではない。それなのにバートンは家政婦にかかる経費をさらに切り詰めようとした。

「食事はなしだ」バートンは頑として言いはった。「私の金でひそかに腹を満たしているなんて我慢ならん。この私だって雇い主にそこまで求めないぞ。給料のほかに食費まで出させるなんて」

しかしマージョリーは、モグリッジ夫人が昼食をとれるようとりはからっている。たとえ、毎週家計簿を見せるたびに、パンとバターの減り方が早すぎることで伯父と口論になろうと。

すべてを投げ出してひとり暮らしを始めようと決意したのは一度や二度ではない。同じくらい少ない給料で生計を立てている娘たちがいることを彼女は知っていた。だが、バートンは姪《めい》の胸に芽生えた反抗心を敏感に察知し、絶妙のタイミングで新たなカードを切った――一転して哀れな男になるのだ。

その悲哀が本物でないことはマージョリーにもわかっていた。わかっていても無視できなかった。バートンはいかにもそれらしい雰囲気を漂わせて、孤独で誤解されやすい老人になりきってみせた。目に涙を浮かべ、声を震わせて、こう言うのだ。おまえはこの世で唯一の肉親なのだと。「そりゃあ私は少しばかり扱いにくいかもしれん」バートンは言う。「だけど、後生だから大目に見ておくれ。私はおまえのために最善を尽くしたんだよ。それに誰にだって欠点はあるものだろう」

確かに、伯父なりに最善を尽くしたのだろう。マージョリーはそのひとことで、父親が死んでからの十年間を思い出した。バートンは彼女を養い、洋服を買い与え、学校へ行かせてくれた。そしてことあるごとに感謝の気持ちを要求した。それゆえに彼女は強烈に反発しながらも、いままでこの家にとどまっていたのだ。それが自分の強さなのか弱さなのかわからなかった。

マージョリーがそんな状況に耐えられたのは、何よりもテッドという恋人がいてくれたからだ。テッド・ウェインライト、二十二歳。テッドの稼ぎがもう少し増えたら、ふたりはすぐにでも結婚するつもりでいた。それはじきに実現するはずだった。テッドはビルフォード・メタルボックス社のプレス工場で働いていて、まもなく現場主任への昇進が見込まれている。昇進すれば給料が上がり、結婚する余裕ができる。母親の面倒を見ているため、それまでは無理なのだ。

テッドといっしょにいるとき、マージョリーは伯父や家計簿のことを忘れることができたし、ビルフォード公園通りの誰もいない家で、孤独な少女時代を過ごしたときの苦い記憶がよみがえることもなかった。マージョリーはテッドとともに生きる未来が待ち遠しかった。テッドもまた楽しみにしていた。バートン、あるいは〝へなちょこサム〟――テッドはそう呼んでいる――にマージョリーが家を出ると宣告する日を。テッドは初めて会ったときから、サミュエル・バートンに吐き気がするほどの嫌悪感を覚えていた。

「やつを殴るためなら一週間分の稼ぎを払っても惜しくないな」家計費の件で伯父と言い争いになった話をマージョリーから聞いたあと、テッドはそう言った。「くそったれのどけち野郎め！」

「やりくりがたいへんなのかも」マージョリーはあやふやに言った。

「伯父さんはどこに勤めているんだい？」テッドはいぶかしげに尋ねた。

「知らない。誰にも言わないのよ」

テッドは目を丸くした。

「知らない？」テッドはおうむ返しに言った。「そんな！　ずっといっしょに暮らしているのに、どこで働いているのか知らないなんて」

「だって知らないんだもの！」

マージョリーは、仕事も含めてなんでも秘密にしたがる伯父の性格に慣れっこになっていた。だから勤め先の社名を一度も口にしたことがなくても、とりわけ不自然に感じることはなかった。

伯父は会計士だ。彼女が知っているのはそれだけ。ただ、会社の所在地は一、二度聞いたことがある――フェンチャーチ街一番地。テッドは好奇心に駆られて、その住所を当たってみることにした。ある日、ロンドンの中心部《シティ》を訪れたとき、テッドはフェンチャーチ街のその番地を訪ねてみた。しかし、そこに建つビルには雑多な会社がひしめき合っていて、どれがサミュエル・バートンの勤務先かわからなかった。

テッドの驚きぶりを見て、マージョリー自身も興味を覚えるようになった。伯父の口の堅さは確かに尋常ではない。だが、マージョリーは本能的にわかっていた。伯父が訊かれたがっていないことも、訊けばけんかになるだけだということも。マージョリーは伯父との言い争いを避けていた。激昂《げっこう》したときのサミュエル・バートンは、ぞっとするほど冷酷で悪意に満ちている。その逆鱗《げきりん》に触れた数少ない者たちは、二度と怒らせまいと細心の注意を払うようになるのだ。いっぽうテッドはそれ以来、マージョリーの伯父に関心を持つようになった。そして、バートンの意外な一面を知ったときには、すっかり困惑してしまった。あれほど金にいやしい男が、フリーメーソンの支部であるリベラル・クラブを援助し、そのほかにも費用のかかる様々な社会活動に参加しているという。もちろん、飲みものや寄付金の代わりに、気のきいた冗談や思いやりのある言葉をさし出すだけですむのなら、バートンはそうしただろう。それでも、サミュエル・バートンはビルフォード界隈で〝思いやりがあって気さくな〟ビジネスマンという評判を得ることに成功していた。とはいえ年間の出費は少なくないはずだ。実際には、それらの友人たちとのつき合いはごく浅いものだった。相手の家を訪問することはないし、独り身を言い訳にして自宅に招待することもない。それなら、どうしてわざわざ友好的な態度を示すのか？　バートンのなかには相反するふたつの性質が同居しているのか？　しばらく考えたすえ、テッドは謎解きを諦めてしまった。いくら新たな発見があろうと、このふとっちょでちびの、作り笑いが得意で石のように冷たい瞳の会計士に好意を抱くことはなかった。

その後まもなく、マージョリーの積もりにつもった不満がついに爆発した。それはある土曜日の午後のこと。方々《ほうぼう》への支払いをすませたあと、マージョリーは家計簿を持って伯父のもとへ行った。サミュエル・バートンは合計金額を見るや、言葉にならないうめき声をもらし、険しい目つきで彼女をにらみつけた。

「これを見ろ」バートンは言う。「バターが二ポンド！　いったい何に使っているんだ？　髪に塗りつけているのか？」

「いいえ、伯父さま」家計簿を投げつけてやりたい衝動を抑えて、マージョリーは答えた。「これ以上切り詰められないわ」

「切り詰められるさ」バートンはこぶしでテーブルをドンと叩いた。「おまえにはわからんのか、この家を維持するために私がいくら払っているか。家賃、税金、光熱費、清掃費、食費、修繕費、それに備品代。私が億万長者だとでも思っているのか？」

「まさか、そんな勘違いするわけないでしょ！」マージョリーはぴしゃりと言い返した。

意外にも、その口調の鋭さが伯父の態度を軟化させた。

「わかっているさ。私をけちな男だと思っているんだろう」バートンは悲しげに言った。「だけどな、私がけちだからこそ、おまえの母親が死んだあと、おまえを育て上げ、教育を受けさせることもできたんじゃないか」

「そのことは感謝しているって何度も言ったでしょう」

「ずいぶん変わった感謝のしかたをするんだな、おまえは」バートンは哀れっぽく言い、家計簿を脇へ押しやった。「そろそろ自分の足で立ってみようとは思わんのかね？」

「どういう意味？」マージョリーは面食らった。「わたしはちゃんと働いているわ」

バートンは父親のような笑みを浮かべた。「おやおや、たった週二十六シリングの給料で自活できると思っているのか？　いいかね、もっと真剣に将来のことを考えなくちゃいけないよ、おまえ自身のために。私はそれほど丈夫じゃないし。いつぽっくり逝くかわからない」バートンは心臓のあたりを軽く叩いた。「そうなったらどうする？　おまえももう二十歳《はたち》だし、頭だって悪くない。ちっぽけな事務所で紅茶に息を吹きかけて、ときどきタイプライターを打つ、そんな生活に満足していていいのかね？　どうにかしようとは思わんのか？」

マージョリーはしばし言葉を失った。あまりにも予想外の展開に、すぐさま反論できなかった。一瞬ののち、彼女はほほを紅潮させて、憤然《ふんぜん》と立ち上がった。

「いいわ」絞り出すように言った。「一週間待って。そしたら金輪際面倒はかけないから！」

返事を待たずにマージョリーは部屋を飛び出した。ありったけの力を込めてドアを閉め、ほんの少しだけ胸のすく思いを味わった。

ひとりきりになると、バートンは肩の力を抜いた。ぼんやりと家計簿を眺め、ぱらぱらとページをめくる。悦《えつ》に入っているような、なんとも奇妙な表情を浮かべて。やがて立ち上がってデスクに近づいた。懐中時計の鎖につないだ鍵を手にとり、一番下の引き出しを開ける。そこからコニャックのボトルをとり出し、同じ場所に隠してあった釣鐘型《つりがねがた》のグラスにほんの少しそそいだ。鑑定士のように慎重にコニャックを口に含む。その顔にはいつになく慈愛に満ちた表情が広がっていた。酒を飲み干すと、流しまでゆっくりと歩き、グラスを洗った。それをボトルといっしょにもとの場所に戻して鍵をかけ、今度は一番上の引き出しから数冊の帳簿をとり出した。そしておもむろに、見るからに複雑そうな計算を始めた。

2

いっぽう伯父の言葉はマージョリーを激昂させた。もっと稼ぎのいい職につこうと固く決意した。伯父のもとを離れるだけでなく、これまでの養育費をすべて返すために。伯父はさぞ驚くだろうとマージョリーは思った。金さえ返せば、恩着せがましい話やいわれのない非難を堂々とさえぎることができるし、少しは対等にものが言えるはずだ。

いずれにしろ当面の問題は、どうやって条件のよい働き口を見つけるかだ。それも早急に。一刻も早く伯父と縁を切りたかった。この家には一秒たりとも長居はすまいとマージョリーは心に決めた。最初に思いついたのは、夜まで待ってテッドに相談することだった。だが、テッドがどんな反応を示すかはわかっている。まずは伯父を訪ねて真っ向から文句を言い、そのあと、どんなに苦労しようといますぐ結婚しようと言いはるに決まっている。

ひとつ目は、伯父に対してフェアではない――少なくとも金を返すまでは。そしてふたつ目はテッドに対してフェアではない。なんとかして自力でこの難局を乗りきらなければ。なんだかんだ言っても、と彼女はひとりごちた。これはわたしのくだらないプライドの問題なのだから。多くの娘たちは笑ってそれに耐えている。彼女はいままで伯父の好意を甘んじて受け入れ、これはその結果なのだ。しかし、マージョリーは笑って耐えることができなかった。長年押し殺してきた憎しみや憤《いきどお》りがふつふつと込み上げてきた。死ぬ気になれば、もっと割りのいい働き口がきっと見つかるはずだ。

残念ながらマージョリーはほとんど資格を持っていない。伯父が彼女に受けさせてやったと言う教育には、ごく基本的な事柄しか含まれておらず、高給を望めるような技能は何ひとつ身につけてこなかった。

このとき、マージョリーはある決意をした。と同時に、その一件がずっと心の隅に引っかかっていたことに気がついた。

彼女が決意するに至った事情はこうだ。数日前、彼女はおかしな経験をした。ビルフォード・ハイストリートの喫茶店でテッドを待っていると、男と女のふたり連れが現れ、彼女の近くに座った。男のほうは席につくや、マージョリーを振り返り、期待を込めたまなざしでじっと見ていた。しかし、マージョリーはまったく見覚えがなかった。一度会ったらそう簡単には忘れられない容貌だった。やけにのっぺりとした黄色い顔、豊かな赤い唇――もしその瞳が違っていたら、見る者を不快にしただろう、異様な輝きを放つ大きな瞳。それを縁どる長くて黒いまつ毛は、男の顔には似つかわしくない美しさと陰影を作り出している。とりわけこの男ののっぺりした黄色い顔に、その瞳は不釣合いだった。

テッドを待つあいだ、その男の視線が何度も自分の顔に注がれていることにマージョリーは気がついた。器量がよく、ひとりで出歩くことが多いため、男たちに見られることには慣れていた。しかし、その男の目つきは、女の尻を追いかけまわすたぐいのものではなかった。それをべつにしても、彼は女連れだし、透明感があって不思議なほど下心を感じさせないまなざしは信頼が持てた。

「知り合いと勘違いしているんだわ」マージョリーは心のなかでつぶやいた。

すると驚いたことに、連れの女がテーブルに近づいてきた。年齢は三十代。つやのない髪、覇気のないやつれた顔。かすれた平板な声で話しかけてきた。それでも、穏やかな笑みを浮かべていた。

「失礼ですが」女は遠慮がちに言った。「お名前を教えていただけないかしら？　あなたの親戚を知っているような気がすると兄が言うもので」

「ええ、かまいませんよ」マージョリーは快く応じた。「マージョリー・イーストンです」

女は少し落胆した様子だった。「そう、レネ・デ・ヴァレンヌという名前に聞き覚えはない？」

「いいえまったく」マージョリーはきっぱりと答えた。

「では兄の勘違いね」女は納得した。それから一瞬ためらったのち、心を決めたように、マージョリーの向かいに腰を下ろした。

「たぶん変な二人組だと思っているでしょうね。でも私たちは、いわゆる直感と呼ばれるものにしたがって行動することにしているの。それに兄の勘がはずれることはめったにない。兄はあなたにとても強く惹かれている。心から尊敬する人物に外見だけでなく、ほかにも似ているところがあるらしいわ」

「わたしには、なんのことだかさっぱり」女の意図がわからず、マージョリーは身構えた。

「つまりね、あなたには自分では気づいていない才能があるってことなのよ。失礼を承知で立ち入ったことを訊くけど、いまお仕事は何を?」

「タイピストです」マージョリーはそう答えつつ、このふたりは少々いかれているのかもしれないと思いはじめていた。

「やっぱり。あのね、気づいていないみたいだけど、あなたはとても珍しい顔をしているのよ。自分の能力をむだにしているかもしれないと思うことあるでしょう?」

そのときマージョリーはひらめいた。そういえばレネ・デ・ヴァレンヌという名前はどことなく映画スターっぽい。死人のような顔と生きいきとした瞳を持つあの男は、映画のプロデューサーかもしれない。マージョリー自身、並みの娘たちよりも少しは見栄えがいいと自覚していたし、ひそかに映画スターを夢見たこともある。その願望は、分別のつく年齢になって現実を知り、経験を積むにしたがって徐々に色褪せていった。それでも捨てきれずに眠らせつづけてきた夢に、いまふたたび火がともされようとしている。

「以前はしょっちゅう考えていました。映画の世界に飛び込んでみようかって」マージョリーは告白した。「でも、そう簡単に入れる世界じゃないから。コネみたいなものがないと」

すると女はいきなり笑い出した。そして、マージョリーがうつむいたのを見て、なぐさめるように優しく言った。「いいえ、違うのよ、私たちは映画とはなんの関係もない。それに、この際だから正直に言わせてもらうけど、あなたが女優として成功できるとは思えない。だってあまりにもまっすぐで、正直すぎるもの。あなたはとてもかわいいわ。たぶんみんなにそう言われてきたんでしょうね。だけど、兄があなたに惹かれたのは、外見とは関係ない。それほど見た目が際立っているわけじゃないし。あなたには稀有《けう》な才能があると感じたのよ。これまでに絵や本を書いてみようと思ったことは？」

「ありません」マージョリーはふたたび相手の意図をはかりかねていた。

女は考え込むようにうなずいた。「そうね、そっちの才能じゃないのよね。これで私たちの直感の正しさがさらに裏づけられたわ。いいのよ、わかっているから。私のこと、かなり頭がいかれていると思っているんでしょう。だからこれ以上は何も言わない。もしいまの自分に満足しているなら、まあ、それが本来の姿なんでしょうね。なるべくしてそうなったということなのよ。でも、仮に不満を感じていたら、自分がいかされていないと感じていたら、私たちのところへいらっしゃい。私が言いたいのはそれだけ」

女はバッグを開けて名刺をとり出した。「兄の住所よ。それから覚えておいて。眠っている才能を開花させたいと本気で思っているんじゃないなら、うちには来ないでちょうだい」

返事を待たずに、女は自分の席に戻り、その後ふたりは一度も彼女のほうを見なかった。店を出るとき、女のほうが儀礼的な笑顔をちらりと向けただけだった。いっぽう、残されたマージョリーは名刺をしげしげと眺めていた。

マイケル・クリスピン
ロンドン、ケンジントン、ベルモント通り七番地

名前に心当たりはない。それでも、マージョリーはその名刺を丁寧にバッグにしまった。

数分後、テッドが店に現れた。彼女はこれまで、テッドにはなんでも打ち明けてきた。ところが今回は、なんとなく話す気になれなかった。その話を聞くなりテッドが、想像しうる最悪の事態を思い描くのはわかっていたし、へたをすると相手の家に乗り込んで失礼なことを言い出しかねない。マージョリー自身は、あの二人組の目的がなんであれ、そこに悪意はないと確信に近いものを感じていた。

しかし、彼女の口を重くさせた本当の理由は、おそらく無意識のうちに恐れていたからだ。テッドに話したとたん、彼の揺るぎのない良識によって、この謎めいた出来事が無意味なものにされてしまうことを。たぶん彼はくだらないと言って、まともにとり合わないだろう。これまでの経験からして、それは火を見るよりも明らかだった。だが、マージョリーはこの出来事を凝り固

まった常識で切り捨ててしまいたくなかった。あのふたりは、ありきたりでない魅力を、これまで見過ごされていた何かを自分のなかに見出してくれた。そう考えると、簡単に忘れ去ることはできなかった。もちろん深入りするつもりはなかった。それでもその出来事を思い返しては、自分のどこがふたりの目を引いたのだろうと考えるのは楽しかった。見慣れた顔にこれまで見落としてきた新たな可能性はないかと、鏡をじっとのぞき込んだこともある。

「馬鹿ね、わたしったら何をやっているのかしら」マージョリーは自分をいましめるように言って、鏡から顔をそらした。そしていっときは、その記憶を心の奥深くに押しやっていたのだ。

ところがその土曜日、不満が一気に噴き出すとともに、あの日の出来事が脳裏によみがえった。マージョリーは引き出しにしまっておいた名刺をとり出し、しばし眺めた。クリスピンを訪ねることで何かが始まるかもしれない。彼らの真意を尋ねるだけで、深くかかわらなければ害はないはずだ。それにたまたまその日は、テッドに会うのは夜の九時で、週末の買いものをすませたあとでも、まだ三、四時間の余裕がある。マージョリーはケンジントンへ行き、名刺の持ち主に会ってみることにした。だがその前に、まずは妹のミス・クリスピン――結婚していなければその名前でいいはずだ――を訪ねるつもりだった。

3

ベルモント通りの屋敷は、小さいけれど感じのいい建物だった。正面のドアは光沢のある黒で、クロムめっきのノッカーがついている。マージョリーは〝ミス・クリスピン〟にとりついでほしいと頼み、自分の名を告げた。それで問題はなかったらしい。玄関ホールに通されてまもなく、喫茶店で出会った例の女が階段を下りてきた。驚いた様子はない。それどころか、穏やかなまなざしでマージョリーの目をひたと見据え、彼女の手をとって柔らかく握りしめた。

「今日あたり来るんじゃないかって兄が言っていたのよ」こともなげに言う。「あなたに会うのをとても楽しみにしているわ。兄に会ってもらえるわよね？」

ミス・クリスピンは落ちつきはらった様子で、思いがけない出迎えの言葉を口にした。そして、あっけにとられているマージョリーを、なんとも不気味な内装の部屋へと案内した。黒いベルベット調の壁紙、毛足の長い黒い絨毯《じゅうたん》、黒に近い灰色で塗られた天井。中央に大きなテーブルが置いてあり、蜘蛛《くも》を思わせるクロムめっきの細い足が、真っ赤な天板を支えている。まだ外は明るいというのに、分厚い黒のベルベットのカーテンが部屋じゅうの窓を閉ざし、天井の間接照明だけが唯一の明かりだった。マージョリーはクリスピンの姿よりも先に、黒地に銀の刺繡《ししゅう》を施した厚手のカーテンに目を引きつけられた。それは部屋の一角を仕切り、小さな個室のようなスペースを作り出していた。

クリスピンは小ぶりな黒檀《こくたん》のデスクの前に座っていた。こちらに背を向けているのに、どういうわけか完璧に状況を把握しているらしい。すぐさま立ち上がって、マージョリーに顔を向けた。クリスピンが握手をして歓迎の意を示すあいだ、彼女は初めて喫茶店で遭遇したときと同じ不思議な感覚に襲われていた。クリスピンの澄みきった、私利私欲を感じさせない、まばゆいまなざしは、またしてもマージョリーの心を揺さぶった。挨拶をするクリスピンの顔に笑みはなく、その堅苦しい態度は――そういう性分なのだとあとで知ったのだが――この面会がとくに重要であるかのような印象を彼女に与えた。その部屋の雰囲気が、彼女の気持ちをいっそう盛りたてていたことは間違いない。そういう閉ざされた薄暗い空間に身を置くと、どんなささいなことにも意味があるように思えるものだ。

「妹さんにお聞きしたのですが、わたしが来ることを予測されていたそうですね」マージョリーはしばしの沈黙のあと、先に口を開いた。「どういうことなのかわたしにはさっぱり。だって、あなたに会いにいこうと決めたのは、今日の午後になってからなんですよ」

クリスピンは手を振ってこの疑問をしりぞけた。「自覚する前から心が決まっているのは珍しいことではない。喫茶店で妹が話しかけたときから、きみの意志は決まっていた。あとはそれをいつ行動に移すかだ。きみの場合は、一週間後くらいだろうと見当をつけていたんだ」

彼女の心の動きを本人よりも知っていると冷静に言い放つクリスピンに、マージョリーは戸惑いを覚えた。

「本当は来るつもりはなかった。でも、今日になって思いがけない出来事が起きて。それで気持ちが変わったんです」

「イーストンさん、心理学者はそれを理由づけと呼ぶんだよ。それはそうと、どうやら不安にさせてしまったようだね」少しだけ温かみのある声でクリスピンはつけ加えた。「どうか気を悪くしないでほしい。いっしょに働くようになれば、きみにもわかるだろう。僕には他人の心の動きを敏感に察知する特異な能力があるんだ。いいかい、僕らはみな、心や人格のなかに手つかずの領域をたくさん持っている。本人が自覚していないだけで。だからこそ、それを伸ばすためには他者の手を借りなければならない。僕はたまたま他人のそういう領域に敏感なんだ」

「ここで暮らすようになれば、そういう場面に何度も立ち会うことになるわ」ミス・クリスピンが口をはさんだ。「初めのうちは、多少気持ちが不安定になるかもしれないわね」

マージョリーは勝手に話を進められているような気がした。

「誤解をされているようですね。わたしがここで暮らすなんて。わたしはお訊きしたかっただけなんです。喫茶店であんなふうに話しかけてきた理由を。ここへ来ることにもずいぶん迷いました」

ミス・クリスピンは微笑んだ。「マイケル、イーストンさんをずいぶん怖がらせてしまったみたいね。もうちょっと普通にしゃべってちょうだい」

クリスピンは妹を振り返り、その目にかすかないらだちがよぎった。ジャケットのボタンを指で神経質そうにもてあそでいる。こまかいことに目が行く癖のあるマージョリーは、細くて長い四指に比べて異様に短い親指に目を奪われた。

「そうだな、ベラ」クリスピンが答えた。「悪かったね、イーストンさん。僕はぶしつけなところがあるんだ。まずはきみのほうから、ここへ来た理由を聞かせてもらおう」子供扱いされている気がして、マージョリーは居心地が悪かった。

「ご存じのとおり、わたしは単なる見習いタイピストです、いまのところは。収入は決して多くありません」マージョリーは説明した。「それでもっと割りのいい仕事につきたいと思ったとき、あなたに言われたことを思い出して。もしかしてアドバイスをもらえるかもしれないと。もちろん、あなたがたの本心はわかりません。だからここへ来たのは、ちょっとした思いつきというか。わたしには、あなたをわずらわせる権利はないし――」

「きみにはいかなる権利もあるんだよ、イーストンさん」クリスピンが厳粛《げんしゅく》な顔で口をはさんだ。

マージョリーは腹が立ってきた。クリスピンの親しげで思いやりに満ちた物言いが癪《しゃく》に障《さわ》った。なれなれしいのとは違う。とにかく堅苦しくて、厳粛すぎるのだ。クリスピンに手放しで共感されると、かえって落ちつかない気分になった。さっきから本心を見透かされているようで、それがまたいらだたしかった。確かに、喫茶店でミス・クリスピンに誘われたときから、マージョリーはこの家を訪ねるつもりでいた。それに、表向きにはアドバイスを求めてきたと言いながら、自分の才能がなんであれ、クリスピンが働き口を与えてくれることをひそかに願っていたのもまた事実だ。しかし、それをあからさまに指摘されては立つ瀬がない。学生時代、女校長の前に立たされたときの――つまり、社会的地位も知性も明らかに劣勢にあるときの――気分だった。

クリスピンがうなずいた。

「現在の職業ではきみの能力はいかせない。きみの言うとおり、もっといい働き口を見つけるべきだ。僕と妹は研究者でね。ちょうどアシスタントが欲しいと思っていたところだ。きみの特殊な能力を発揮できる仕事だと思う」

これにはおおいに落胆した。クリスピンがどんな働き口や職業を与えてくれるのか、マージョリーはあれこれ思い描いていた。彼女が通されたその部屋には、どことなく〝芸術家らしい〟雰囲気が漂っていた。クリスピンは画家なのかもしれない。それとも照明の配し方からして、カメラマンだろうか。いずれにしろモデルを探しているのだろう、とマージョリーは思っていた。その申し出は断ろうと決めていたが、退屈な日常を抜け出せると思うと、とてもロマンティックで胸が躍った。それなのに研究者のアシスタントでは、ちっともロマンティックではない。

「お役に立てるとは思えません。科学の知識はまったくありませんから」

兄と妹は笑みを交わした。「僕らが扱っている科学的分野は、まだほとんど知られていない」クリスピンが説明した。「だから知識がなくても、きみが思っているほど障害にはならないんだ。どのみちそれは僕が心配すべきことではないかな」

「だけど、わたしはいまの仕事を辞めなくちゃいけませんから」マージョリーは現実的な問題を指摘した。「あとになって、やっぱりきみには勤まらないと言われても、次の働き口はそう簡単に見つからないと思うんです」

クリスピンは眉根を寄せた。「まあ、いきなり正式に働くのが不安だと言うなら、三カ月の試用期間を設けることにしよう。そのあとは、たとえば、双方が退職する一カ月前までに相手に通知することにして。そうすれば、僕らがうまくやっていけるか見極められるだろう」

「それなら公平ですね」マージョリーは言った。「でも、お給料は？　わたしがべつの仕事を探していた理由をご存じですよね？　いまのお給料では暮らしていけないんです」

クリスピンの表情がいらだちに変わった。「人との関係において、お金を重視するのはやめたまえ」声に怒りがにじんでいる。「優先すべきことがほかにあるだろう」クリスピンは立ち上がり、猫を思わせる素早い足どりで部屋を出ていった。明らかに憤慨しているのに、ドアの閉め方はやけに静かだった。

マージョリーは驚きのあまり言葉を失ったまま、ミス・クリスピンを見た。

彼女は励ますように微笑んだ。「兄のこと、気難しい変わり者だなんて思わないで。すぐに慣れるから。誰かが金目当てで自分に仕《つか》えているとか、金のためだけに働くという発想が兄には我慢ならないの。そんなの吐き気がするって。自己表現以外の目的で働くべきではないとさえ思っている。そこにお金を介入させるべきではないと」

「そうは言っても、生きなきゃいけないでしょう。お金がなくちゃ生きていけない。そうでなければ、世界はもっと簡単になると思いますけど。でも、それが現実ですから」

「ええ、もちろんそうよ。ただ兄は、誰しもそうする価値のあることだけのために働くべきだと考えているの。兄はよく言うのよ。生きるためにのみ生きているなら死んだも同然だと。どうか誤解しないで。あなたを侮辱するつもりはなかったの。現在の勤め先では、眠っているあなたの可能性を最大限に引き出すことはできない。あなたは満ち足りない、悩みを抱えた顔をしていると兄は言ったわ。確かに兄はそういうことをおおげさに考えすぎる傾向があって」ミス・クリスピンはマージョリーの表情を見てつけ加えた。「だからあなたがお金の話をしたとき、兄は少し動揺してしまったのよ」

「そうだったんですか。でも、わたしにとってお金はとても重要な問題なんです。お兄さんにはそうでなくても」

「当然だわ。それは誰にとっても同じこと。マイケルは見てのとおり、天才なの。私は本気でそう思っているのよ、イーストンさん。あなたも天才の考え方を受け入れなきゃいけないわ。兄が働く理由は仕事が大好きで、人生そのものだから。そして、自分以外の人間もみんなそうだと思っている。この家の使用人でさえ、兄にとっては同僚なのよ。彼らのお給料について兄と話したことは一度もないわ。傷ついて動揺するだけだから。そういうことは全部、妹まかせ。しばらくこの家で働いていると、使用人がみんな感化されて、兄のことを雇い主ではなく同僚だと思いはじめるのよ。おかしな話でしょう」

「そうなんですか、すみません」マージョリーはぎこちなく言った。「でも、わたしはお給料のことを考えないわけにはいきません。だって稼がないと生きていけないもの」

「そうよね」ミス・クリスピンがあわててつけ加えた。「どうか兄がお金を出し渋っているなんて思わないで。お金には頓着しないのよ。あれほど気前のいい人はいないわ。私がいなかったらずいぶん前に全財産を使いきっていたでしょうね。金銭感覚がまったくないのよ。もちろんあなたには普通にお給料を支払うわ。でも、そういう実務上のこまごましたことは、いつも私がまかされているの。私だって決して利口なわけじゃない。だから私たち仲よくやっていけるはずよ。さっそく本題に入りましょう。とりあえず週五ギニーでどうかしら」

マージョリーは愕然《がくぜん》とした。断らなくてはと思った。そんな高給に見合う働きができるとは思えない。マージョリーが自分の良心と闘っているうちに、ミス・クリスピンはその沈黙をとりちがえた。

「どうやらまだ信用できないみたいね。まあ、それも当然だと思うわ。だけど、これだけは覚えておいて。私は兄の仕事をあくまでも事務的にサポートしているの。だから定期的に給料が出ないとか、そういう心配はしなくていいのよ」

ミス・クリスピンは黒檀の机の引き出しを開けた。「いまの内容をまとめて簡単な契約書を作るわ。あなたがそれでよければ」

「はい、喜んでお受けします。ただ、わたしは簡単な事務仕事しか経験がないので。期待どおりお役に立てればいいのですが」

喫茶店での出会いから始まった偶然の出来事は、もはやロマンティックではなく、単なる仕事の話になろうとしていた。しかし、それはとても恵まれた仕事だった。

「いつから始められる？　なるべく早いほうがいいわ」

「来週からにしてください。辞めるときは一週間前に言うのが決まりですので」

「いいわ。じゃあそれに合わせた契約書を作りましょう。それから、あなたがまた不安になるといけないから、最初の一カ月分は先払いするわね。それ以降は、普通どおり一週間ごとのあと払いで。住み込まなきゃいけないことは、当然わかっているわよね？」

「いいえ」マージョリーは驚いた。「知りませんでした。それは無理だと思います」

「悪いけどその点は譲れないわ。兄の仕事は時間を問わずに始まる可能性があるから。毎日決まった時間に働くってことはできないの。夜の場合もあるし、昼間の場合もある。実際には、普通の勤め人より自由になる時間は多いけど、それがつねに夜とは限らないのよ」

その説明は筋が通っているように思えた。それに、住み込みのほうが生活費を節約できる。

「わかりました、なんとかできると思います」マージョリーは言った。

「それはよかった。ところで、あなたおいくつ？」

「二十歳です」

「そうなると、お父さまの許可をいただいたほうがいいわね。簡単な書面でかまわないんだけど、持ってきてもらえるかしら？」

「両親は他界しました」とマージョリー。「いまは伯父と暮らしています」

「そう。では、その伯父さまがあなたの保護者なら、許可をもらわなくちゃいけないわね。必要なものはそれだけよ。あなたとならきっとうまくやっていける。私たち家族のかけがえのない一員になるはずよ」

ミス・クリスピンは席を立ち、キャビネットの引き出しから書類を何枚かとり出して、契約書といっしょに封筒に入れた。

「保証人が必要ですよね？」

ミス・クリスピンはかぶりを振ってにっこり笑った。「いいえ、あなたのその顔が保証なのよ。装うことはできても、別人になることはできない」

マージョリーは立ち去る前にずっと抱いていた疑問を思いきってぶつけてみた。

「あの女性は誰なんですか？　初めてお会いしたとき、わたしに尋ねたあの女性は？　確かレネなんとかっていう名前の」

ミス・クリスピンは少し面食らった様子だった。

「彼女はたぐいまれな才能の持ち主であり、崇高な魂《たましい》でもある」ためらいがちに答えた。「次に会ったときにもっと詳しく説明するわ。彼女は兄に強い霊感を与えたのよ」

マージョリーは不安を抱えて帰宅した。越えねばならない難関がふたつある——テッドへの報告と、伯父の許可を受けること。クリスピン宅に住み込むという条件が、双方の説得をさらに難しくしていた。それでも心は浮きたっていた。なんといっても高給だし、あの不思議な兄妹《きょうだい》への好奇心もある。ビルフォードで平凡に暮らす人たちしか知らないマージョリーにとって、彼らはまるで別世界の人間に見えた。新しい仕事はたいへんかもしれないが、少なくとも退屈することはなさそうだ。

そしてマージョリーはいまになって思い知った。あのとき喫茶店での一件をテッドに話さなかったせいで、事態を余計に複雑にしてしまったことを。ひとつ嘘をつけば次々に嘘を重ねることになる。そこでテッドや伯父に説明するときには、普通でない部分やロマンティックなエピソードは省くことにした。求人広告に応募したと言えばいい。テッドをだますのは気が引けるが、それも彼のためと思えばいくぶん気持ちも軽くなった。

マージョリーの予想どおり、テッドはその新しい仕事に懐疑的だった。とりわけ〝研究員〟という職業を怪しんだ。

「何かの研究にちがいないとしても」テッドは冷静に分析した。「どんな分野の研究か訊かなかったのかい？」

「そうよ。仕事が見つかって、すごく嬉しかったものだから」

テッドは笑った。

「どじだなあ、きみは！　そのクリスピンって男は、きみの仕事内容に少しも触れなかったのかい？」

「ええ、何も」

「ということは、そいつもきみと同じくらいまぬけってことだな。こんなおかしな話は聞いたことがないよ」パイプの端をかじりながら、思案顔でテッドが言う。「たぶんその男は頭がいかれてて、きみに世話をさせるつもりなのさ。まともな人間のすることじゃないよ——仕事の内容を伝えず、きみに勤まるかどうかわからないのに、週五ギニーも出そうだなんて」

「そんな意地悪な言い方をしないで、テッド」マージョリーは身構えた。「ちょっと変わってるだけかもしれないでしょう。いかれてるんじゃなくて」

「住み込みでつねに拘束されるってのが気に食わないな。夜、会えなくなるじゃないか」

「あら、そんなことないのよ、テッド。外に出られない晩もあるだろうけど、いまより自由になる時間は多いはずよ。これまでは絶対に九時前には外出できなかったんだもの。伯父さまの夕食の準備のせいで」

「まあ、そうなればいいけどね。いずれにしても、どうしてそんなに給料が高いのか理解できないよ。僕が工場の主任になってもらえる額より多いんだから。きみにそれほどの能力があるとは思えないし。どう考えてもうさんくさいよ」

「そうね」マージョリーは答えた。とりあえず同意しておいたほうが賢明そうだ。自分より稼ぎがいいと知って、テッドが平気でいられるはずがない。「そんなに長続きしないかも。わたしって幸せ者よね。いつだって頼れるあなたがいるんだもの。そうでなきゃこんな思いきったことできないわ」

「そのとおりだよ」テッドの表情にいくぶん明るさが戻った。「だけどどうやって伯父さんを説得するのさ?」

「それが問題なのよ。反対されなきゃいいけど」

「あの尊大な態度に耐えなくちゃいけない。僕から話してやろうか?」

「ううん、大丈夫よ」マージョリーはあわてて言った。「自分でなんとかできると思う」

実際には、伯父の反発は思った以上に激しかった。

「馬鹿ばかしい」伯父は言下に切り捨てた。「おまえはその男の何を知っているんだ? 白人を売り飛ばす商人かもしれないぞ」

「そんなわけないでしょう、伯父さま」マージョリーはかっとなって言い返した。

「私はおまえの法律上の保護者だってことを忘れちゃいかん。年齢も経験もおまえよりずっと上なんだ」サミュエル・バートンは言う。「私は親代わりなんだぞ。そんなうさんくさい仕事、断じて認めるわけにはいかん」

「だけど、伯父さま、昨日言ったじゃない、もっと給料の高い仕事を見つけるべきだって。この新しい勤め先はいまの三倍以上のお給料をくれるのよ」

バートンはしばし考えた。週五ギニーの働き口を即座にしりぞけるのは難しい。出所がどこだろうと金は金だ。

「くだらん」バートンはようやく言った。「おまえにそんな価値があるはずがない。クリスピンがここに来て、何もかも包み隠さず話さないかぎり、許可はできん。そんな馬鹿高い給料を払う理由も含めて。何か裏があるにちがいない」

「クリスピンさんがそんな要求を聞いてくれるわけないでしょう」マージョリーは憤然として言った。「そこまでする雇い主はいないわ」

「それなら、おまえの雇い主にならないまでのことだ」伯父はさも満足そうに答えた。「私には責任があるんだ。おまえの哀れな母親に対して。それが最優先すべきことだ」

マージョリーは悔しさで泣きそうになりながら、事情を説明するためにミス・クリスピンを訪ねた。すると意外にも、ミス・クリスピンはあっさりと状況を理解し、同情してくれた。

「もちろんマイケルに行くように言ってもむだだけど。そんなことは想像もできないだろうし、兄が行っても失礼なことを言うだけだわ。代わりに私が出向いて伯父さまに説明しましょう」

「伯父はとても気難しいところがあるんです」

「気難しい人たちの扱いには慣れてるわ」ミス・クリスピンの穏やかな顔が一瞬こわばった。

ミス・クリスピンは翌日の晩にやってきて、一時間ほど伯父と話をした。どんな会話が交わされたのかマージョリーにはわからない。しかし、彼女が部屋に入っていったとき、伯父はむっつりと不機嫌な顔をしていた。ミス・クリスピンは穏やかに微笑んで向かい側に座っている。伯父はマージョリーにうなずいてみせた。

「試しに働かせてみることにしたよ」伯父はぶっきらぼうに言った。「私はいまでも反対だがね。おまえは世間知らずのひよっこにすぎん。それが責任のある立場につくんだぞ。私の意見を聞いたうえで、それでもやりたいと言うんだな?」

「ええ、そうよ」ミス・クリスピンが励ますようにうなずくのを見て、マージョリーはきっぱりと答えた。

「それならよかろう。好きにしなさい。私は手を引くことにした」

一週間後、マージョリーはベルモント通りに居を移した。そして新たな生活が始まった。

第2章　声

1

マージョリーはその夜、荷物といっしょにベルモント通りに到着し、ミス・クリスピンと夕食をともにした。ふたりの食卓は静かで、ほとんど言葉を交わさず、クリスピンは姿を見せなかった。食事がすむとミス・クリスピンは席を立った。

「自分の部屋に行って荷物を片づけたいでしょう。食べおわったら部屋でくつろいでもいいし、私といっしょに居間に残ってもいいし、好きにしていいのよ。覚えておいて、あなたはもう家族の一員だってこと。明日の朝は、ノートと鉛筆を用意しておいてちょうだい。大切な仕事にとりかかる予定だから」

その夜、マージョリーは自室で過ごし、ぐっすり眠って、翌朝、期待に胸をふくらませながら目を覚ました。激しく心乱される出来事が待ち受けているとは思いもせずに。

「ようやく、仕事の内容がわかるんだわ」

仕事用に用意したシンプルな服を着て、念入りに身なりを整え、きちんとした勤め人らしく見えることを確認したあと階下に下りた。そして朝食の席でミス・クリスピンと打ち合わせたとおり、その部屋へ入っていった。そこはマージョリーが雇い主と初めて対面した部屋だった。指示された時刻は十一時。いつもこんな遅くに始まるのなら、働きすぎることなどありそうにない。

先客と室内の暗さにマージョリーは驚いた。分厚いカーテンは固く閉ざされたままで、客の顔を見分けることすら難しい。客は四人。男女ふたりずつだ。マージョリーが入っていくと、彼らは物珍しそうな視線を向けた。ミス・クリスピンが簡単な紹介をした。

「新しいアシスタントのイーストンさんです」

マージョリーはミス・クリスピンの指示にしたがって、黒檀のデスクについた。言いようのない不安と居心地の悪さを感じた。この部屋の雰囲気は明らかに尋常ではない……。なぜクリスピンはいないのか。この客たちはいったい何者なのか。こんなに動揺するなんてどうかしていると思いつつ、マージョリーは激しく後悔した。仕事を引き受ける前にもっと詳しく調べるべきだった。いったい何が始まろうとしているのか。なぜ暗くしているのか。全員がテーブルを囲んで何かを待っている。そのたたずまいに陰謀めいたものを感じるのはなぜだろう。

しかし、改めて出席者を見直したあと、マージョリーはいくぶん落ちつきをとり戻した。少なくともふたりは彼女を励ましてくれた。ひとりは男で、専門的な職業についていそうだ——たぶん弁護士ではないか。仕立てのよい黒い上着にストライプのズボン。ボタンホールに花を一輪さしている。白髪だが、それほど高齢には見えない。顔は血色がよく、引き締まっている。マージョリーを見る灰色の瞳は好奇心にあふれ、いたずらっぽい光を放っている。言葉はなくても、そのまなざしは彼女を勇気づけてくれた。彼の隣には、ラセットりんご（皮のざらざらした赤りんごの一種）のように、こまかいしわの刻まれた快活そうな顔の中年の女が座っていた。マージョリーが部屋に足を踏み入れたとき、女はやけにカラフルなマフラーを熱心に編んでいた。しかしマージョリーが紹介されると、すぐに顔を上げて笑顔で応じ、それから編みものを再開した。

ミス・クリスピンはマージョリーに歩み寄り、安心させるように肩に手を置いた。

「今朝は不思議なものをたくさん目にすることになるわよ、イーストンさん。あなたにとっては不気味で、不快に感じることさえあるかもしれない。だけど、あなたは科学的な態度で冷静にそれを観察しなくてはいけない——単なる実験として。これから起こることをすべて記録してちょうだい。とくに兄の言うことを。できるだけ発せられたとおりの言葉で。兄はときどきとても早口になるから注意してね。あなたが重要だと感じた動きや出来事も書きとめる必要があるわ。ただし絶対に邪魔はしないこと。あなたが感じたとおりに書けばいいの。初めのうちは難しいでしょうね。予備知識を与えておくべきだったかもしれないけど。でも、正直言って、先入観を持たずに始めたほうが、おたがいにいいと思ったのよ」

マージョリーはその説明を聞いて、ますます困惑した。小さくうなずいてノートを開き、鉛筆を持って書く体勢をとった。するとミス・クリスピンは音もなく壁に近づき、照明のスイッチを切った。

もとから薄暗かった部屋が真っ暗になった。室内の一画を仕切っている、銀の刺繍を施した分厚いカーテンの向こうで、赤いランプがひとつ灯されているきりだ。

そして不気味な静寂が訪れた。誰ひとりとしてしゃべりも動きもしない。しかし、永遠に続くかに思われた数分の沈黙ののち、出席者たちは身じろぎや咳《せき》をしはじめた。どうやら長く待たされることを覚悟して、体勢を整えているらしい。例の中年女は、照明が消えると同時に止まっていた編みものの手をふたたび動かしはじめた。ぼんやりとした赤い光のなか、編み目を確かめるために両手を顔のすぐそばまで近づけている。編み針がぶつかるカチャカチャという音が、薄暗い室内にやけに大きく響く。赤い光はマージョリーに写真撮影を連想させた。ひょっとしてテレビの実験放送を見せるつもりだろうか。

沈黙が続き、待つことが苦痛になりはじめたころ、ふいに叫び声がしじまを破った。けもののうなり声に近く、まるで痛みに耐えているかのようだ。マージョリーは思わず立ち上がった。恐ろしかった。すかさずミス・クリスピンがやってきて、彼女の肩に手を置いた。

「大丈夫よ、イーストンさん。心配しないで」

その言葉と同席者たちの落ちつきはらった態度が、マージョリーの緊張をほぐした。声の主がなんであれ、予想外の出来事ではないらしい。うなり声は突如として切れぎれの悲鳴に変わり、そこにかすれたすすり泣きが加わった。マージョリーは身の毛がよだつのを感じた。とても人間の声とは思えないが、かといって動物でもない。人間に近い何か。押し殺した怒声らしきものも混じっている。極限に達したとき、それは唐突にやんだ。そして今度は早口でまくしたてる声が聞こえてきた。そのころには、マージョリーも気がついていた。その声の正体がなんであれ、出所はカーテンのなかだと。

「今日は早いお出ましだな」マージョリーの近くに座っている、哀しげな顔の中年男が言った。

べっ甲の眼鏡をかけ、黒い口ひげをたくわえている。その口ぶりからして、何もかも予定どおりなのだろう。わたしへの一種の心理テストなのかもしれないとマージョリーは思った。おそらくその声はレコードなのだろう。ふくらんでいく疑念を懸命に抑え込み、ふたたびノートに向かった。仕事をしなければ。時刻を記入し、不気味なうなり声と、べっ甲眼鏡をかけた男の言葉を書きとめた。

声がやんだ。ミス・クリスピンがおもむろに立ち上がり、銀の刺繡を施したカーテンに歩み寄った。しばし立ち止まって耳を澄ませ、それからカーテンを引きあけた。

マージョリーは息を呑んだ。男が椅子に縛られて座っていた。頭《こうべ》を垂れ、足と腕と腰に白い包帯を巻き、しっかりと椅子に縛りつけられている。白い布をかぶされて顔は見えない。

男はびくっと体をひきつらせたあと、ゆっくりと頭を起こした。白い布がずれて、顔の一部があらわになった。クリスピンだ。まるで別人のような変貌ぶりだった。ランプの赤い光に照らされた顔は、さらにのっぺりしただけでなく、表情がやわらいで見えた。不気味なほど女性っぽくて、あたかも老婆のようだ。顔からずれた布が、ほおかぶりのように頭に引っかかっている。マージョリーはクリスピンの目を見て驚いた。とても同一人物のものとは思えない。二フィートほど離れた、高さ五フィートほどの空《くう》を凝視している――しかしそこには何もない。その双眸《そうぼう》はいっさいの表情を映しておらず、死んだ魚のように冷たく見開かれていた。

マージョリーは目の前で起きていることをようやく理解し、もっと早く気づかなかった自分の愚かさを責めた。これはどこから見ても降霊会であり、クリスピンは霊媒なのだ。正常な人間が異常なものに出くわしたとき、最初は本能的に嫌悪感を覚えるものだ。マージョリーもまた例外ではなく、この場を立ち去りたいという衝動に駆られた。しかし、同時に好奇心を刺激され、結局その場にとどまった。するとじきに嫌悪感も薄らいでいった。

そもそも、マージョリーは降霊術のたぐいに偏見を持っていたわけではない。なんだかんだいっても、なんらかの意味はあるのだろう。彼女の知り合いにも信じている人はいるし、多くの著名な科学者が興味を持っているという話を聞いたこともある。ある意味、これも一種の科学的調査かもしれない。クリスピン兄妹の説明が全部嘘だったわけではない。一般的に知られていない形式の調査だと言っていたし、だからこそマージョリーは経験を求められなかったのだ。

クリスピンが裕福なのは明らかだ。この仕事は道楽のようなものなのだろう。だから、人をだましたり、信じやすい心につけ込んだりするとは考えられない。ここに集まっている人々――白髪の紳士や編みものをする婦人――がその証拠だ。そしてマージョリーは従業員としてその場にいる。高い給料をもらって。そんなことを考えながら、マージョリーはノートをめくり、記録をとりつづけた。当初の疑念は好奇心にとってかわられていた。いずれにしても、実際に手に触れられるものや、なんらかの外的影響によって、彼女が目の当たりにしたクリスピンの驚異的な変化を引き起こすことは可能だろうか？

先ほどまでの不気味なうなり声は、歯切れのよい話し声に変わっていた。マージョリーはぎょっとした。クリスピンの締まりのない赤い唇から発せられた声は、まぎれもなく女のものだった。唇はほとんど動いていないように見えるが、つむぎ出される言葉は明瞭で語尾もしっかりしている。この甲高い声のせいで、クリスピンの品のない黄色い顔がなおさら女っぽく見える。まるで女がクリスピンに乗り移って――服装は男のままだが――椅子に座っているみたいだ。

言葉が聞きとれるようになると、マージョリーはすぐさま記録を始めた。クリスピンの話す速度についていくには、全神経を集中しなくてはならなかった。心配していたとおり、照明が暗すぎて速記した文字がよく見えない。彼女が困っていることに気づいたミス・クリスピンは、デスクに近づいてスイッチを押した。間接照明がともり、マージョリーの手元を照らした。室内のほかの部分は暗いままだ。彼女は〝声〟に意識を集中させた。そのころには、それが肉体のない声であることを認識し、普段のクリスピンとかけ離れていても平然としていられた。

その〝声〟がいくつかの言葉を発すると、マージョリーの近くに座っていたべっ甲眼鏡の男が弾かれたように立ち上がった。

「ラウラ」せっぱつまった口調で、しかし、目の前に相手がいるかのようにごく自然に話しかけた。「私はここにいるよ。元気かい、ダーリン？」

〝声〟は近況を話しはじめた。それはまるで海辺へ旅行に来ているかのように穏やかな口調で語られる、あの世の話だった。男は眼鏡をはずして目元をぬぐった。泣いている。

その光景はマージョリーの心を揺さぶり、混乱させた。そこで繰り広げられている出来事の奇妙な非現実感が何よりも衝撃的だった。生気のない顔でだらしなく椅子にもたれたクリスピン。そのいっぽうで〝声〟は――クリスピンの地声とはまったく違う――淀みなく彼の唇から流れ出す。そして眼鏡の男は立ち上がったまま、クリスピンではなく虚空を見つめて話しかけている。

冷たい赤い光に向かって……。途方もない非現実感はかえってその現象に説得力を与えていた。

「悲しまないで」〝声〟が言う。「わたしは幸せよ。ここではすべてが満たされているもの。いつかはあなたも来るのよ。あっちの世界から新しいお友達を連れてきたわ。ここに来るのは初めてですって。でも、今日は彼女の肉親が来ているから。下界ではコンスタンスという名前だったそうよ」

マージョリーの書く手が止まった。ありえない、絶対に。彼女の母親の名前はコンスタンスだ。もちろん単なる偶然だろう。一瞬母の思い出がよみがえった。長く病の床《とこ》につき、それでも弱音を吐くことなく、いつも微笑みを浮かべていた。

次の瞬間、マージョリーは背筋がぞっとした。〝声〟が変わった。女の声だが、もっと低くかすれていた。マージョリーの母も声が低かった。新たな〝声〟は不気味なほど母に似ていた。かすかなアイルランドなまりさえも。信じられない。まるで死んだ母が他人の声帯を通して話しているみたいだ……。マージョリーは動揺し、おののきながらも憑《つ》かれたように耳を澄ましていた。今度の〝声〟は先ほどとは異なり、何かにさえぎられているように、とぎれとぎれに話した。

「そこにいるんでしょう、マッジ……おちびのマッジ……覚えてる？　そう呼ばれるのを嫌っていたわよね……」

マージョリーのほほがかっと熱くなった。耐えがたいほどの苦痛だった。この〝過去からの声〟を人前で聞かされるのは。みんなが彼女を見ている……。何かしかけがあるにちがいない。そう疑いつつも、ほかの誰かが話しているとは思えないし、ましてや心の奥に秘めた母との想い出をでっち上げられるとも思えなかった。

その〝声〟はつかえながら、母音を伸ばすようなしゃべり方をした。それは記憶に残る母そっくりだった。とりわけ感情が昂ぶったり、神経質になったりしているときの母に。マージョリーはクリスピンののっぺりした蠟《ろう》のような顔を凝視し、小さな悲鳴を上げた。

「どうやって信じろと言うの？　あなたが本物だって」

「難しいわ……信じて……わかるでしょ……マージョリー……」

〝声〟がやんだ。クリスピンは身じろぎをして、うめき声をもらし、何やらつぶやいた。それは普段の彼の声だった。先ほどの〝声〟とのギャップが彼女の心を揺さぶり、その瞬間、本当に母がしゃべっていたような気がした。

「何か証拠を見せて」マージョリーは藁《わら》にもすがる思いで言った。絞り出すようなその低い声は、ほかの出席者の耳には届かなかった。

クリスピンの動きがまた止まった。そして、あたりの空気を不気味に震わせながら〝声〟が戻ってきた。あたかも無限の彼方から話しかけているかのごとく。猿ぐつわか布をかぶせられているような、くぐもった苦しげなしゃべり方だった。

「マージョリー……死ぬ間際に……指輪を……ふたりきりで」ふたたび沈黙。それから最後の力を振りしぼるように、「青い封筒に入れて……おまえのトランクの底……いまは箱のなかに」

終わりのほうは身を乗り出さなければ聞きとれなかった。しかしそれで充分だった。それは証拠だった——疑いようのない、決定的な証拠だった。マージョリーの記憶が鮮明によみがえった。

亡くなる一時間前、母が彼女を枕元に呼び、片手を上げて、やせ細った指からゆるくなった結婚指輪をはずしたときのことを。

「おまえのものよ……」母は吐息をもらした。「私たち、とても幸せだった……」

マージョリーはその出来事を誰にも話すことができなかった。それは触れられたくない神聖な思い出だった。以来、その指輪と母の写真は彼女の宝物になった。ビルフォードの伯父の家では、青い封筒に入れてトランクの奥にしまってあった。そして、ケンジントンに引っ越した際に箱に移したのだ。

マージョリーはもはや疑っていなかった。彼女にはわかっていた。母があの世から話しかけてくることなどありえないし、信じられることではない。だが、それはまぎれもない事実なのだ。彼女の心は千々に乱れ、それがおさまると、かつてない困惑とともにとり残された。彼女はなかば信じ、なかば信じることを拒んでいた。

クリスピンはまたしても地声でうめきはじめた。妹と出席者たちは小声で何やら相談している。じきにクリスピンが目を開けた。マージョリーは彼の顔を探るように見た。彼女よりも近くで接したのだから、先ほどの母との会話をクリスピンが覚えていないはずはない。母の魂が彼の唇を介してマージョリーに話しかけてきたのだ。

しかし、クリスピンが何も覚えていないことはすぐにわかった。疲れ果て、倦《う》んだ顔をしていた。激しい運動をしたあとのように、ひたいに大粒の汗が噴き出している。その瞳にいつもの輝きと生気がよみがえると、それと引きかえに、彼の顔から不気味な女っぽさが消え、ぞっとするような雰囲気もなくなった。

最初にマージョリーの目を引いた男――白髪で血色のいい紳士――がクリスピンに近づき、包帯をほどいた。クリスピンはゆっくりと体を伸ばした。

「なんだかひどく疲れたな」クリスピンが言う。「何かおもしろいことが起こりましたか?」

「なんらかの証拠が提示されたようだね」べっ甲眼鏡の男はそう言って、マージョリーに目を向けた。「そこにいる新しく入ったお嬢さんがお告げを受けたらしい」

「そうね、あたしにはひとこともなかったのに」中年女が口をはさんだ。ため息をつき、編みかけのマフラーをひざの上に置いた。「ほかの人が信じようと信じまいと、あたしは納得できないわ。自分へのお告げを受けとるまでは……。どうか気を悪くしないでちょうだい」女はマージョリーに笑顔を向けた。「あなたはとても貴重な体験をしたようね」

マージョリーは現実に戻ろうとした。まっさらなノートに目を落とした。

「すみません」やっとの思いで言った。「最後のほうは記録するのを忘れてしまって」

ミス・クリスピンがやってきて、彼女の肩を優しく叩いた。

「それはそうよ。ずいぶん動揺したでしょうね。初めてのときはみんなそうなのよ。部屋に戻って頭を整理するといいわ。私たちはあなたなしでも続けられるから」

マージョリーは素直に勧めにしたがった。「ありがとうございます。確かに、いまはちょっと続けられそうにありません」

彼女は二階に上がると例の箱のもとへ直行した。母の指輪と写真をとり出す……。そのころ白髪の紳士は——マージョリーが専門家と予測した男は、実際には医者だった——クリスピンの脈を調べていた。

「それで、ウッド先生」クリスピンは微笑んだ。「今朝は納得のいく発見がありましたか？」

「私の役割は納得することではなく」ウッド医師は淡々とした口調で言う。「ただ観察すること。いずれにしろ、われわれ科学者ときみが考える証拠のあいだには、大きな隔たりがあるようだし」

「しかし、先生！」べっ甲眼鏡の男が異を唱えた。「妻が私に話しかけてきたことは、正真正銘の事実ですよ」

「否定はしません」ウッドは愛想よく応じた。「なんだかんだいっても、それを判断するにはあなたのほうが優位ですから」クリスピンの上着の襟元をゆるめ、聴診器を当てた。それから手帳をとり出し、いくつかメモをした。

「きみの体に興味深い変化が表れているよ、クリスピン」医者はペンを動かしながら言った。「鼓動《こどう》が弱くなり、不規則になっている。呼吸は遅いし、血圧は三十分前よりも低い。体温すら普段よりも五分《ごぶ》ほど下がっている。体のだるさは？」

「いえ、それほどでも。疲れや脱力感はいつものことだし」クリスピンはそう答え、妹が運んできた水を一気に飲み干した。「終わるといつも喉がからからに渇くんですよ。まるで熱でもあるみたいに」

クリスピンは皮肉っぽくつけ加えた。「がっかりされているのでは？　僕の入神状態《トランス》が本物だと証明するものを見つけてしまって――たとえそれが肉体的症状であっても。いまでも僕の正体を暴いてやろうと思っているんでしょう、先生」

「いやいや。きみの並はずれた誠実さは高く評価するよ、クリスピン」ウッドは真顔で言った。

「すると、僕は自己欺瞞《ぎまん》に陥っているということですか？」クリスピンは食ってかかった。

医者は謎めいた笑みを浮かべた。「多重人格についてはまだほとんど解明が進んでいない。だから〝自己〟とか〝欺瞞〟とかという言葉は使わないほうがいいだろうね。私は客観的行動の問題としてとらえたいんだよ。観察したり、写真に撮ったりできるような」ウッドは腕時計を見た。「おや、そろそろ戻らなくては。今朝はひじょうに有意義な時間を過ごさせてもらったよ、クリスピン」

「あたしはあの人のこと嫌いじゃないわ」医者が出ていったあと、中年女が編みものをしながら同席者に向かって言った。「何はともあれ、納得させられたくてここへ来ているわけじゃないもの」そして、べっ甲眼鏡の男に意味ありげな視線を送った。男はむっとした顔で見返した。

「それは私への当てつけですか？　私だってかつては彼と同じくらい懐疑的だったんですよ。それに、学者っていうのはみんな同じ――ロッジ（英国の物理学者。心霊研究を積極的に行ない、霊魂の存在を認めた）を除いて。たとえ納得したとしても、それを認めようとしない」

クリスピンは冷ややかな笑みを浮かべ、壁に近づいて照明のスイッチを入れた。

「ウッドはかなりの割合で認めていますよ。あなたが考えているよりもずっと」思案顔で言う。

それから赤鼻で、醜い白髪頭の中年女を振り返った。今朝の降霊会で彼女が期待していたお告げはついに届かなかった。

「すみません。ご主人から何も引き出すことができなくて」

「いいのよ、クリスピンさん」女は諦めたように言った。「アルバートは生きているときからそういう男だったのよ。ちっとも当てになりゃしない。あの世に行ったからって性格が変わるわけじゃないのよね」

それぞれに帰りじたくを始めた。

「月曜日に大広間で全体の降霊会を行ないます」ミス・クリスピンは戸口に立ち、出口を示しながら言った。「不死の会《インモータリティ・サークル》の全会員にご参加いただきたいと思っています。ぜひお友達もごいっしょに。懐疑的な意見をお持ちでも結構です。ご存じのとおり、私たちはそういう方々を歓迎しています。正直な方であれば、疑念はじきに晴れることを知っていますから」

編みものをしていた中年女が別れの挨拶をしたあと、目を輝かせてクリスピンを見た。「ひとこと言わせてちょうだい。あなたみたいな誠実な人に出会ったのは初めてよ。ここだけの話、これまでにかなりの数の霊媒に会ってきたけど。どうしてこんなことを続けているのか自分でもわからない。でも、何かあるのよ——そこに何かがあるって感じるの。もちろん信じているわ。あなたがいずれあたしを納得させてくれるって。ごめんなさい、支離滅裂なことを言っちゃって」

二階の自室へさがったマージョリーは、青い封筒から母の写真をとり出し、長いことそれを眺めていた。線の細い優しい顔はいまも驚くほど生きいきしている。たった一枚の写真がこれほど生気に満ちているのなら、魂が生きつづけ、他者の体を通して語りかけてくることがないとなぜ言えるだろう。写真に向かって微笑むと、喜びと悲しみが入り混じった奇妙な感情が込み上げ、マージョリーの瞳から涙があふれた。写真に軽くキスをし、封筒にしまった。

不思議なめぐり合わせが彼女をこの屋敷に導いた。何があろうと、この謎に満ちた運命の行きつく先を見極めようと心に決めた。それが母と自分自身のために課せられた義務なのだ。

2

その日からマージョリーの新しい生活が始まった。クリスピンの驚くべき性格が、徐々に彼女の人生そのものに影響を及ぼしはじめた。妹が兄に話しかけるとき、うやうやしい口調になるわけが、いまでは彼女にもわかるようになっていた。クリスピンはこれまでに出会った普通の男たちとは、あらゆる点でまったく違っていた。彼らが関心を持つもののなかに、クリスピンにとって意味のあるものは何ひとつなさそうだった。彼の生活は来世を中心にまわっていて、あの薄暗い部屋で来世と交信できると信じていた——科学者が重力の作用を信じるのと同じくらい純粋に。

クリスピン兄妹の揺るぎない信念を前にして——妹のベラのほうが単純で、マージョリーには理解しやすかった——わずかに残っていた疑念も自然に解けてなくなった。ふたりにとって霊魂の世界はごく身近なものであり、食事や何気ない会話を交わしているときでさえ、彼らの目には、下界と接触しようとして室内をさまようたくさんの霊魂が見えているらしかった。

受け売りの証言など及びもつかない証拠を、マージョリーはあの驚くべき降霊会で、じかに突きつけられたのだ。あれ以来、彼女の母親は何度も現れ、そのたびに新たな証拠——幼いころの想い出や、複雑な血縁関係等々——を示し、数えきれないほどの質問に躊躇《ちゅうちょ》なく答え、それがまたマージョリーの疑念を払拭するひとつの要因となった。

クリスピンは主に〝発声器官〟を通して霊を媒介する。しかし、ときとしてそれを具現化することもあった。マージョリーはある像《イメージ》をはっきりと見た。立ち込める煙の向こうにぼんやりと浮かび上がる懐かしい母の面影《おもかげ》。それが本物だという動かしがたい証拠がある。降霊会の最中にマージョリーが撮影した写真だ。現像してみると、〝存在しないもの〟がくっきりと浮かび上がった。母だ。全体が薄暗く、像は透けてぼやけていたが、間違いなく母だ。その点に関して疑問の余地はない。

数週間のうちに、マージョリーは新たな発見をした。降霊の世界ではクリスピンは名の知れた存在であること、しかし、つねにそういう世界とは一線を画してきたこと。

「率直に言って、イーストンさん、霊媒の少なくとも半分はただの詐欺師だ」あるときクリスピンが言った。「それで当然だと僕は思っている。科学界が心霊研究に二の足を踏んでいるかぎりは。人類の精神にかかわる重大な研究の場が、詐欺師の温床になっているのは、公的科学機関がいつまでも煮えきらない態度をとっているせいだ。科学には真実を追究する責任があるのに。いずれにしろ、僕らのように真剣に研究にとり組んでいる者は、その現状を充分に認識しなければならない。だからこそ、いまの組織化された心霊主義団体とはかかわらないことにしている。僕自身の信憑性《しんぴょうせい》を守るには、それしか道はないからね。僕を頼ってくれる人たちのためにも、そうでなきゃいけないんだ」

にもかかわらず、クリスピンはつねに忠実な支持者たちに囲まれていた。その顔ぶれは懐疑論者から熱狂的な信奉者まで幅広く、なかには〝意に反して信じてしまった〟人たちもいる。最初の降霊会で見かけたウッド医師に再会することはなかった。しかし好奇心から尋ねてみると、上流階級のお歴々に人気の精神科医だとわかった。

「そして、ひじょうにすぐれた人物でもある」とクリスピン。「他人の心を読む能力は並はずれている。メイフェア（ロンドン西部の高級住宅街）の住民の半分が、精神に問題を抱えて彼の診療所に通っているくらいだ。もつれた心の糸を解きほぐすことにかけては、イギリスで彼の右に出る者はいないだろう。僕はひとりの人間としても高く評価しているんだよ。いまだに唯物論的懐疑論に必死でしがみついているけどね。もし僕が心に深刻な問題を抱えたら、真っ先に彼のところへ行くだろうな」

「少なくとも、先生は素直に認めているものね、マイケル。あなたが出現させる現象は自分の理解を超えているって」妹が言った。

「ああ。それに本人が認めている以上に魅了されてもいる。精神の謎を解き明かすことに情熱を燃やし、僕のことを挑戦しがいのある研究対象だと見なしているんだ。本業に行きづまりを感じているとは思えないし、彼のほうが僕よりも人間のことを理解している。よく本人に言うんだ。

あなたが刑事だったら、迷宮入りする殺人事件はなくなるだろうって」

「あなたにそう言われると、ウッド先生はちょっと残念そうな顔をするのよね」ミス・クリスピンが笑顔で口をはさんだ。「こっちの方面で才能をいかす機会を待ち望んでいるんじゃないかしら。ちょっとしたことで騒ぎたてる神経症の金持ちにつき合っているよりも」

編みものの女も、気になる出席者の一人だった。彼女はつねに降霊会に参加していた。おもしろがっているような懐疑的な態度は本物なのか演技なのか。編みものの手をせわしなく動かしながら、それを隠れ蓑《みの》にして、目の前の出来事に心奪われているところを何度か見かけた。マージョリーは本心を聞き出そうとしたが、一筋縄ではいかないことはすぐにわかった。スレプフォール夫人は馬鹿ではないし、それどころか充分に世知《せち》に長《た》けていた。数週間が経つころ、ふたりのあいだに友情が芽生えていた。スレプフォール夫人の無頓着そうな態度の陰には、温かくて、おそらくは孤独な心が隠されていることにマージョリーは気がついた。夫人は二十年前に他界した夫のことをしょっちゅう冗談の種にした。夫の死後、彼女の人生は大きく変わってしまったにちがいない。子供はいなかった。

それ以外の熱心な信奉者たちの多くは、かなり様子が違っていた。そのうちの何人かは、正気と狂気の境界線上にいることはひとめでわかったし、すでに一線を越えてしまったらしい人たちもいた。感情を激しく揺さぶる、信憑性に満ちた降霊会が終わると、出席者のうちひとりかふたりは、頭がすっかり混乱し、支離滅裂なことを言いはじめる。マージョリーは最初のうち、そのことを気に病み、自分の仕事に疑問を感じたこともあった。しかしクリスピンは、独自の穏やかな論理的思考でもって、それはしかたのないことだと説明した。

「新たな真理が普通の人々に理解されることはめったにいない。周知のとおり、天才は概して普通ではない。とっぴさや異常さは、思想をリードする者たちに共通する特徴なんだ。普通の心は普通の出来事に根ざしている。だが、ある種の激しい衝撃を受けると、人の心は普通の出来事から、僕ら霊媒が関心を持つ事象へと向けられるようになる。その衝撃が強すぎると、現実逃避やそのほかの影響が現れることもある」

「それにしても」マージョリーは尋ねた。「どうして霊媒には問題のある人たちが多いんですか？　この世界には詐欺師が多いとよく言われますよね。霊魂はそんな人たちを寄せつけないような気がするんですけど」

「そういう性格のほうが霊魂と交信しやすいんだよ。常識にとらわれず、いいかげんで、意志が弱い。逆の立場から見れば利用しやすい相手なんだ。それにしても質の悪い道具にすぎないけどね。しっかりした性格のごく普通の人々が、未知の領域を受け入れられるようになるまで、来世と真の交流をはかったことにはならない。欠点のある人間は霊媒になりやすい。しかし、すぐれた霊媒ではないんだ」

この会話によってマージョリーは理解した。他を圧する人格と、鋭敏な頭脳を持ち合わせたクリスピンが、すぐれた霊媒でありうるわけを。クリスピンと彼のとりまき――熱狂的な信奉者ではあるが、明らかに普通ではなく、気がふれているようにさえ見える――はまさに好対照をなしていた。クリスピンは高い知性を持ちながら、未知の領域をしっかりと自分のものにしている。

だからこそ、彼女が目にしたような説得力のある素晴らしい結果を出すことができるのだろう。娘の友達選びに慎重だったマージョリーの母が、鋭敏さと力強さをあわせ持つクリスピンの人格を媒介に選んだのは、当然のような気がした。かつてマージョリーがはやりに乗って出会った、移り気で見栄っぱりな霊媒ではなく。

クリスピンから受ける影響が日増しに強くなっていることに、マージョリーはまもなく気がついた。彼女は自分に率直であることに慣れている。だから、こんなふうに誰かの影響を受けるのは初めてだと認めないわけにはいかなかった。これまでにも男性とつき合ったことはあるし、テッドを愛している。しかし、テッドとの関係を含めて、いままではつねに相手と対等につき合ってきた——いわば助け合いの仲だ。クリスピンとの関係は初めからまるで違っていた。クリスピンは彼女に比べて知性も人格の強さも圧倒的にまさっている。彼はすべてを与えてくれるのに、自分はただ崇《あが》めるだけで何ひとつ返すことができない、マージョリーはそう感じていた。だが、それはごく自然なことで——彼の妹も、使用人も、信奉者たちも、みんな彼に対して同じ態度で接している——マージョリーはクリスピンへの尊敬の念を素直に示した。クリスピンが望んだわけではない。それどころか、本人がそのことに気づいたら、不機嫌にはねつけるだろう。

マージョリーは自問した。クリスピンに全身全霊を捧げて仕えながら、テッドへの愛を貫くことができるだろうか。しかし、この問いには良心に誓って答えることができた。彼女とクリスピンとの関係はまったく個人的なものではない。年齢が離れているという点をべつにしても、クリスピンを男性として意識したことが一度もないというのは、興味深い事実だ。彼女にとってクリスピンは一個の人格でしかない。正直言って、彼がほかの女性と恋に落ちる場面すら想像できなかった。彼の生きる姿勢そのものがそういう感情を寄せつけず、さらにその外見――のっぺりした黄色い顔と吸い込まれそうな大きな瞳――が近寄りがたく孤立した印象を与えているようだ。クリスピンは感覚とか感情といったものに関心がなさそうだった。彼の言動には人間味を感じさせないよそよそしさがある。だからこそ――一般的な男女の仲を意識させる要素が皆無だからこそ――クリスピンが彼女に与える影響は、なおさら絶大であり、一方的でもあった。

それと同時に、このことをテッドに説明する難しさをマージョリーは痛感していた。彼女がクリスピンを敬うことに、当初からテッドは反発していた。クリスピンとその一族についてしばしば彼女を質問攻めにし、降霊術という世界を頭から信用していないことは明らかだった。仕事はとてもおもしろいし、クリスピンは理解のある雇い主だということ以外は、テッドにはできるだけ黙っていたほうがいいとマージョリーは早々に悟った。

もちろん、テッドはそれだけでは満足しなかった。降霊術について敵意すら感じさせる偏見を持ちながら、その実、自分でも認めているとおり、詳しいことは何ひとつ知らなかった。

「どっちみち知りたくないけどね」口論の末に、ふてくされてそう言うのがつねだった。「くだらない話をもっともらしく並べたててるだけじゃないか。そんなものに価値があると思うなんて、頭がどうかしちゃったのかい?」

テッドの言葉による攻撃はそれで終わらなかった。初めのうちは言い争いを避けていたマージョリーも、自然と応戦にまわり、長く実りのない口論に発展するのが習慣になった。

テッドに不信感を与えたもうひとつの原因は、彼女の給料が自分よりも高いことだった。マージョリーにそれほどの価値があるはずがないし、「何か裏があるにちがいない」とテッドは言った。マージョリーはいくぶんむっとして、冷ややかに言い返した。本当はそれが一番気に食わないんでしょう――自分よりも給料が高いことにテッドは嫉妬しているのだ。その言葉には棘《とげ》があり、テッドを傷つけてしまった。彼女はすぐに後悔した。

その夜、日付が変わる前にふたりはけんかをやめ、もう二度とその話題には触れまいと心に決めた。しかし、そういう決意は長くは続かないものだ。テッドと会うたびに、会話の行きつく先はけんかの種の〝クリスピンと降霊術〟。そしてあとには苦い後味と傷ついた心が残るだけ。そんなふたりの関係をさらに悪化させたのは、一日じゅう働いていたクリスピンが、その日の晩に仕事をすると急に言い出すことだった。よりによって、マージョリーとテッドが会う約束をしている晩に。そうなると彼女は約束の場所に行けず、ときには伝言すら残せないこともあった。当然、テッドは彼女の仕事やクリスピンをさらに嫌いになり、ふたりの関係に隙間風が吹きはじめた。それは彼女のテッドを見る目にも影響を与えた。マージョリーはいつの間にか比較するようになっていた。視野がせまく単細胞のテッドと、謎めいた魅力と知性をあわせ持つクリスピンを――彼女にとってクリスピンは何もかもが新鮮だった。

3

ほどなくテッドと彼女の関係をさらに悪化させる出来事が起きた。それは、クリスピンがマージョリーのなかに霊媒の能力を見出したことに端《たん》を発する。クリスピンは何気ない会話のなかで、マージョリーによく似た、彼らが出会うきっかけとなったレネ・デ・ヴァレンヌの話をした。驚異的な能力を持ったうら若いフランス人の霊媒で、残念ながらその才能に気づいた半年後に交通事故で死んだ。他に類を見ない能力をいかんなく発揮することなく、あの世へ旅立ってしまった。この話を聞いたマージョリーはクリスピンに尋ねた。自分にも霊媒の能力があると思うかと。すると、きみにはその力があると彼は答えた。だからこそ最初に出会ったとき、眠っている能力を生かしたくないかと訊いたのだと。

その後、マージョリーの人生を決定的に変える毎日が始まった。クリスピンの説明によれば、霊媒の能力を独力で伸ばすことは不可能に等しい。彼はそのための独自の技術を構築していた。霊媒の自我を引っ込めることで、そこへ肉体のないべつの人格が入り込み、自己表現をすることが可能になる。クリスピンはこの理論や手順を懇切丁寧に説明した。そして、これから乗り越えねばならない段階をきちんと理解しているか念入りに確かめた。

第一段階は入神状態《トランス》を作り出すこと。マージョリーは自然に入神状態に入ることができないので、催眠術を用いなければならない。クリスピンによれば、大多数の人々は催眠術のことを完全に誤解しているという。どんなに精神が強かろうと、精神の弱い人を圧倒できるわけではない。それどころか、精神を患っている人に催眠術は通用しないという。催眠術師の意志の力が入っていかないのだ。

「実際には自分で自分を催眠誘導するんだ」クリスピンは説明する。「催眠術師はその手助けをするだけで。きみ自身が眠りに落ちるように意識を集中する。催眠状態にある人に、本人のモラルに反する行為をさせることはできない。世間がなんと言おうと。たとえ滑稽なまねをさせられたとしても、犯罪は不可能だ。もちろん、これは僕たち霊媒が発見したことではない。心理学の世界の常識なんだ」

クリスピンの信奉者三、四人が見守るなか、マージョリーを催眠術で入神状態に導入し、降霊会が行なわれた。初めの数回はなんの手ごたえもなく、彼女は落胆した。しかし、しばらくすると成果が現れはじめた。

彼女には何が起きているのかわからない。入神状態から覚めたとき、思い出せない夢のように混沌《こんとん》とした記憶の断片が残っているだけだった。目覚めたあと耐えがたい疲労感に襲われることもあるし、すがすがしく幸せな気分になることもある。

最初の成果は、短い霊言《れいげん》（霊が霊媒に乗り移ってしゃべること）と自動筆記（霊が霊媒に乗り移ってメッセージを書くこと）という形で現れた。それらのお告げのなかには信憑性の高いものもあり、その精度が高まるにつれて、クリスピンのとりまきのあいだで彼女は熱狂的な支持を集めるようになった。

ウッド医師は本業が忙しく、しばらく降霊会への参加を見合わせていた。そのため霊媒となったマージョリーを見ていない。彼女はそのことを残念に思っていた。一度顔を合わせたきりだが、ウッドには好印象を持っていた。彼からひとことでも信頼の言葉を引き出せたら、クリスピンの信奉者たちの熱烈な称賛に匹敵することを彼女は知っていた。しかし、何があろうとそれは無理だとミス・クリスピンは断言した。ウッドが懐疑的な姿勢を崩すことはないと。マージョリーは不思議でならなかった。クリスピンが提示する証拠を目の当たりにして、それでもなお執拗に疑いつづけられることが。

霊媒として名を揚げたマージョリーを、スレプフォール夫人は皮肉な笑みを浮かべて見守っていた。何気ない言葉の端々から、夫人がその現象の信憑性を疑っているのは明らかだった。とはいえ、マージョリーの努力に疑念を投げかけるほど無神経ではなかった。

「だけど、こういうことは見た目ほど単純じゃないと思ったほうがいいわ」鮮やかな色の毛糸を編みながら、夫人は唇をすぼめて言い添えた。

「それってどういう意味ですか?」マージョリーは少し険《けん》のある口調で尋ねた。「わたしたちの信念はいたって明快だし、充分な根拠に基づいているんですよ」

「あたしが正しければ、じきにその意味がわかるわ」スレプフォール夫人は謎めいた表情で言った。「そしてもしあたしが間違っていたら、忘れてしまえばいいのよ」マージョリーの不安そうな顔を見て、夫人はつけ加えた。「ねえ、頭の固い年寄りみたいなことは言いたくないのよ。あなたたち若者は信じればいいじゃない? そういう時代なんだから!」

それはなんの励ましにもならなかった。これがもとで、マージョリーとスレプフォール夫人の関係がぎくしゃくしたとしても不思議はない。そしてその反動からマージョリーとクリスピン兄妹の仲はさらに深まった。両者のあいだにあった堅苦しさはとうの昔に消え、彼女はもはや使用人ではなく、対等に話ができる家族の一員になっていた。事実、ミス・クリスピンほど親しくなった女友達はかつていなかった。マージョリーは彼女になんでも打ち明けた。幼少時代のこと、そしてサミュエル・バートンと暮らした不幸せな日々。

「よくわかるわ」ミス・クリスピンは共感を示した。「バートンさんと言葉を交わした瞬間に思ったもの。なんて不愉快な人だろうって。よくもそんなに長いあいだ耐えられたわね」

もちろん、兄のクリスピンとはそれほど打ち解けることはなかった。クリスピンは誰とでも距離を置いていた。妹に対してさえも。リラックスしたり、人間らしい表情を見せたり、同情や愛情を求めることは決してないように見えた。その冷淡さ、よそよそしさは、彼の唯一無二の人格や、全人生を捧げた研究への飽くなき好奇心の代償なのだとマージョリーは理解するようになった。それが彼本来の姿であり、魅力でもあるのだと。

マージョリーの霊媒としての能力を引き出す訓練が進むにつれて、降霊会ではさらに顕著な結果が得られるようになった。その現象には、霊魂の〝付加像《エクストラ》〟が写真に現れたり、霊言や叩音《こうおん》通信（霊がテーブル等を叩いてメッセージを伝えること）、数度の純正な物質化現象（霊が目に見える形で現れること）も含まれていた。初めのうち彼女がとりわけ違和感を覚えたのは――それにもじきに慣れたが――あらゆることが自分の知らないところで起きることだった。彼女が中心人物でありながら、何かが起こるのは彼女の意識活動が停止しているときだけ。その間、彼女は深い入神状態にあるのだ。

マージョリーが媒介する現象の質が向上すると、クリスピンや彼の支持者と親交のある霊媒のあいだで、彼女の評判も徐々に上がっていった。降霊術を信じる者たちはそれぞれの派閥や学校に属している。クリスピンの一派はかなりの大所帯で、業界内の有力者とも交流がある。そのなかでマージョリーは〝M〟という呼び名で知られるようになった。不本意にプライバシーを公表されないようにと、クリスピンがつけた名前だった。〝M〟は売れっ子霊媒の一人になった。おそらく彼女の外見とにじみ出る誠実さが、評価を高める一因になったのだろう。当然ながら、この降って湧いたような名声は彼女に大きな影響を与えた。

この新たな才能が開花するのとときを同じくして、彼女の心に奇妙な変化が生じた。以前の彼女は、歳相応のごく普通の娘だった。敏感で他人のひとことで簡単に傷つく。楽観的でつねに明日を心待ちにしている。人生に前向きで、他人に興味を持ち、明るく活気のある場所を好む。人込みや劇場にも臆することなく出かけたものだ。

それが少しずつ変わりはじめた。ひとりでいることを望み、自分の殻に閉じこもるようになった。もはや他人に興味はない。彼らは現実味を失い、それと同時に、彼女を傷つける力も失った。外の世界は魅力的でも重要でもなくなった。マージョリーは自分のなかに豊かな資質があることに気づいた。心はつねに満たされ、仕事がないときには何時間でもひとりでたたずみ、ぼんやりと空想にふけることが多くなった。明日のことはどうでもよかった。

マージョリーはこの変化を歓迎した。誰かに頼らなくても生きていけるのだから。これも霊媒という仕事の余禄《よろく》なのだろうと彼女は思った。ところがそれは長続きせず、ときどき得体の知れない感情に襲われるようになった。ちょっとしたことで動揺したり、心ないひとことで泣き出したり、かと思えば、笑いが止まらなくなったり。原因不明の激しい抑鬱《よくうつ》状態に陥ることもあった。

そうしたさなかに、彼女は背筋が凍るような思いをした。異星人か名状しがたい邪悪な力が、彼女の魂の主導権を奪いとろうとしたのだ。体がぶるぶる震え、全身の毛が逆立った。支離滅裂な祈りの言葉をつぶやきながら、もがき苦しんでいるうちにその感覚は通りすぎていった。

これは降霊術を体得する初期の段階で、誰もが経験することだとクリスピンは説明した。自然界の力が発展途上にある彼女の人格をわがものにしようとした。恐れる必要はなく、一過性のものだ。彼女の〝支配霊〟（入神状態の霊媒の言動を支配し、霊界から出席者への交信を仲介する人格）はそれが無害だと知っている。マージョリーがときどき苦しめられる悪夢についても、クリスピンは同じ論理で説明した。悪夢から目覚めると、彼女の体は恐怖で硬直し、ひたいは汗でべっとり濡れている。それなのに、何を恐れていたのかちっとも思い出せなかった。

マージョリーは霊媒としての経験をテッドには言わないつもりでいた。危険な詐欺行為だと見なしているものに、彼女がかかわっていると知れば怒り出すに決まっている。しかし、ひとつの出来事がもとで、真実を話さざるをえなくなった。それまでに彼女の入神能力ほぼ完璧に近くなっていた。心を空っぽにすれば、自動的に意識不明の状態に入り込むことができるくらいに。ある晩、テッドの家で暖炉のそばに並んで座り、しばらく何も話さずにいた。そして気がついたときには、ソファの上にあおむけに寝かされ、顔は水でびしょ濡れだった。青ざめた顔をこわばらせて、テッドがのぞき込んでいた。

「いったいどうしたんだい？」心配そうに言う。「どこか具合でも悪いのか？　いきなり気を失うなんて」

「ううん、なんでもないのよ、テッド」マージョリーは静かな口調で応じ、体を起こした。

それでもテッドには、彼女が何か隠しているように見えた。彼は頑固だ。マージョリーが何もかも打ち明けるまで梃子《てこ》でも動かないだろう。彼女は覚悟を決めた。

その話を聞いたとき、テッドはショックのあまり口をきくことができなかった。

「なんてこった、マージョリー！　自分が何をしているのかわかっているのか？　どうしてそんな馬鹿げたまねを？　いったい何があったんだ？　そんな使い古したペテンに引っかかるなんて。僕がその野郎と話をつけてやる」

すでに身構えていたマージョリーは、この言葉に憤慨した。

「クリスピンさんはわたしの友達なのよ、テッド」マージョリーは語気を荒げた。「どうしてわかってくれないの？　あなたがそうやって批判しているものが、わたしにとってかけがえのない大切なものだってこと」

「だけど、いいか、マージョリー」テッドは食い下がった。「そんな見下すような言い方はやめろ。ちゃんと考えたことがあるのか、自分がしていることを。そいつは人の心を狂わせちまうことだってあるんだぞ」

マージョリーはいらだたしげに顔をそむけた。

「あなたはね、考え方が狭すぎるのよ、テッド。いくら議論したって時間のむだね。いったい何度同じことを説明させれば気がすむの？」

「とにかく、これ以上首を突っ込んじゃだめだ、マージョリー。きみの体が持たない。用心しないと気がふれてしまう！」

マージョリーは微笑んだ。

「あなたって手のつけられないお馬鹿さんね、テッド。何ひとつわかろうとしない。わたしにはある種の才能があって、それを伸ばすことが務めなのよ」

テッドは鼻で笑った。

「おや、その才能とやらは連中からもらったのかい？　まったくびっくりさせられるよ、きみのような分別ある娘が、そんな口車に乗せられるなんて」

マージョリーは怒りを抑えられなくなっていた。

「びっくりするのは、わたしのほうよ。あなたがそんなことを言うなんて。救いようのないわからずやね。クリスピンに会ったこともないくせに」

「ああ、会う必要なんかないね。何もかもペテンだってことはお見通しさ。それも今日でおしまいだ」

「どうしてペテンだってわかるの？」

「僕にはわかるんだ。それで充分さ」テッドはぎこちなく答えた。

「わたしと同じものを見れば、あなただって考えを改めるはずよ。それにクリスピンさんに会ったら、もう少し賢くなるでしょうね。彼は絶対にペテン師なんかじゃないわ」

「それじゃあ、すぐに会うことにしよう」

「どういう意味？」マージョリーはいやな予感がした。

「これからそいつのところへ行くんだ。そしてこう言ってやる。きみにちょっかいを出すのをやめないと、そのいまいましいつらをぶっ飛ばしてやるぞって」

マージョリーは弾かれたように立ち上がった。

「やめてよ、テッド。そんなことをしたら、二度と口をきかないから！」

テッドはふてくされた顔で彼女を見た。

「だって、降霊術だかなんだか知らないけど、これ以上続けられるわけないだろ？　さっきあんなことが起きたあとで」

テッドの頑固さと所有者然とした言い方が、彼女のくすぶっていた怒りを一気に燃え上がらせた。これまでにぶつけられた皮肉や非難の言葉が脳裏に鮮明によみがえった。彼女はテッドにうんざりしていた。彼には厳しい罰を与えなければ。震える手で指輪をはずした。

「あなたにそんなことを言われる筋合いはないわ。あなたの本性に早く気づいてよかった。わたしが自立する必要はないと思っているのね？　それなら、そういう考えに耐えられる女の人を見つけたほうがいいわ」

「おい、こいつはいったいどういう意味だ？」テッドはあっけにとられていた。わが目を疑うように、てのひらの指輪をじっと見つめている。

「二度と会いたくないってこと！」マージョリーは冷たく言い放った。「そういうことよ」繰り返す口調はいくぶん頼りなかった。

テッドが謝ると思っていた。あるいは、とりあえず彼女をなだめようとすると思っていた。ところが、彼は挑むようにあごを突き出して立ち上がった。

「わかった、きみがそうしたいと言うんなら」仏頂面で言う。「好きにすればいいさ。いまここで白紙に戻そう」

ふたりは黙りこくったままバスに乗り、クリスピンの家の前まで歩いた。マージョリーは門のところでしばし足を止めた。仲直りの言葉をかけてくれることを期待して。テッドの顔がそれほど近寄りがたく、怒りに歪んで見えたのは初めてだった。

「さよなら」マージョリーはあやふやに言って、手をさし出した。別れのキスをしないことが奇異に感じられた。それでも、自分からはするまいと心に決めた。

「さよなら！」テッドはぎこちなく言った。マージョリーは表の階段を上りながら、かつての平凡な生活との最後のつながりが切れたような気がした。彼女はまっさらな人生の一歩を踏み出したのだ。孤独と感傷が入り混じった複雑な感情に襲われた。しかし、明かりの灯された居間に足を踏み入れ、ミス・クリスピンから心のこもった言葉をかけられたとたん、そんな気分は吹き飛んだ。これこそが本来の自分の生き方なのだ。ようやく見つけた意義と目的のある人生なのだ。

「まあ、早かったのね」ミス・クリスピンは時計をちらりと見た。

「ええ」マージョリーはふさいだ顔で答えた。テッドとけんかしたことをミス・クリスピンに打ち明けたいという衝動に駆られた。しかし、その思いもすぐに消えた。「気が滅入る夜だったわ。伯父さまったらとっても機嫌が悪くて」

第3章　境界線

1

その後まもなく、マージョリーを戸惑わせ不安にさせる出来事が立てつづけに起きた。ひとつ目は、クリスピン兄妹が外出しているときのこと。使用人が遠慮がちに彼女の部屋へやってきて、クリスピンに会わせろと言って聞かない男が来ていると告げた。

「ふたりとも出かけていると言っても？」マージョリーは驚いて尋ねた。

「はい、申し上げました。それでも帰ろうとしないんです」娘は答えた。「とにかく会わせろとおっしゃって。

なんだか様子がおかしいんです」娘は声をひそめてつけ加えた。「最初は、酔っ払っているのかと。でも、ただ変わっているだけなのかもしれません」

「わかったわ」マージョリーはにっこり笑った。「わたしがお会いしてみるわ」

階段を下り、待合室に向かった。彼女はその客を見て思わずぎょっとした。クリスピンの集会で、風変わりな人には慣れているはずなのに。男はみすぼらしい黒いコートを着ていた。派手な緑のネクタイを締め、不潔そうな長い髪は脂で固まり、垢じみたコートの襟《えり》に垂れかかっている。

男は額入りの写真を持ち上げて、その裏側を食い入るように見ていた。彼女が入っていくと、写真を下ろし、はっとして振り返った。そして彼女が誰か見分けようとするかのように、じっと見つめた。そして頭をゆっくりと振った。

「違う、きみじゃない」悲しそうに言う。「きみに用はない」

椅子に崩れ落ち、それきり黙りこくってしまった。何やら物思いにふけっているようだ。

マージョリーはごく普通の会話に持ち込もうとした。

「あいにくクリスピンはふたりとも外出しております。わたしでお役に立てることはありませんか?」

「何もないさ」男はいっそう悲しそうに言った。胸につきそうなほど深く頭《こうべ》を垂れ、自分の靴を凝視している。

「僕のためにできることなんか何もない。自分でなんとかするしかないんだ」さっと顔を上げ、狡猾《こうかつ》そうな笑みを浮かべた。

「あの悪党から聞いているんだろう、僕の正体を?」

「あなたの正体?」マージョリーは面食らって聞き返した。「わたしにはなんのことだかさっぱり」

「だが、もちろん、やつはそうしなかった」客は彼女を無視してせっかちに続けた。いらいらと指の関節を鳴らすしぐさは癖なのだろう。マージョリーは戸惑い、途方に暮れた。これほど挙動不審で、気分がころころ変わる人には会ったことがない。どう接したらいいのか見当もつかなかった。

「それでは、クリスピンにはなんとお伝えしましょうか？」マージョリーは椅子から立ち上がった。「近いうちにまたいらっしゃいますよね？」

「だめだめ！」客は叫び、椅子に座ったまま唇をゆがめて笑った。「そうやすやすとは追い払えないよ。簡単にはだまされないぞ。クリスピンさんに伝えてくれ。使いを寄越してお茶を濁そうとしたってむだだって。小ざかしい駆け引きはお見通しだ。男なら堂々と自分で会いにきやがれ」

「どうやら行きちがいがあったようですね」マージョリーはぎこちなく言った。「クリスピンは留守だとお伝えしたはずですが。一度お引きとりいただいて、二時間ほどあとで出直されたほうがいいと思いますよ。もしお急ぎであれば」

立ち去りかけたとき、突如として男が近づいてきた。その猫のような俊敏な動きに、彼女は仰天した。男は手首をがっしりとつかんだ。その力は驚くほど強く、込み上げる感情を抑えているせいか指がぶるぶる震えている。男は唇をひきつらせてあやふやな笑みを浮かべた。

「なあ、きみも同じ穴のむじななんだろう？　そのときが来るまで親切そうなふりをして、あとで牙をむくんだ」

マージョリーが乱暴に手を振り払うと、急に男は態度を変えた。

「申し訳ない」片手で髪をすきながら言う。「体調がすぐれないもので」

ふたたび椅子に腰を下ろし、恥じ入るように彼女を見上げた。まるで叱られた犬のように。

「どうやら僕は、つまりその、無作法なことを言ってしまったみたいだな。すまない。ここで静かに待たせてもらいますよ。クリスピンさんが戻ってくるまで」

これを機に、マージョリーは客を残して部屋を出た。その男をひとりにしたくはなかったが、かといってその場にとどまるのはもっといやだった。妥協策として、部屋の前の廊下をうろうろすることにした。室内からは物音ひとつ聞こえてこない。客は静かに待っているらしい。三十分後、クリスピンが戻ってきた。マージョリーはその不審な客について話して聞かせた。

クリスピンは面食らった様子で、その男の人相を尋ねた。マージョリーが説明すると、クリスピンの顔色が変わった。目には警戒の色が浮かんでいる。

「行って話を聞こう。急いでホーキンスを呼んできてくれ。すぐにここに来るように。ランバートが現れたと！　ランバート――かならずこの名前を伝えて」

マージョリーは階段を駆け下り、クリスピンの運転手であるホーキンスのもとへ急いだ。愛想の悪い無口な男で、ほかの使用人たちと最低限しか口をきかない。にもかかわらず、クリスピンのお気に入りだった。ホーキンスにクリスピンの言葉を伝えたとき、その反応の大きさにマージョリーは驚かされることになる。彼女が部屋に入っていくと、ホーキンスはワイシャツ姿で座っていた。クリスピンの伝言を聞くや、弾かれたように立ち上がってたんすの引き出しに駆け寄り、そこからとり出したものをポケットに押し込んだ。それから、ひとことも言わずに地下から延びる階段を駆け上がった。マージョリーはあとを追いかけた。一階にたどりついたとき、ホーキンスが待合室のドアを勢いよく開けるのが見えた。次の瞬間、彼女の心臓が凍りついた。先ほどの怪しい客が手斧《ておの》を振り上げてクリスピンに襲いかかろうとしていた。彼はドアに背を向けていた。

ひとつのイメージがマージョリーの心に焼きついた——斧で殴られ、真っ赤に染まったクリスピンの顔。実際には、彼は椅子の背にもたれて息をあえがせていた。まるで力まかせに突き飛ばされたみたいに。それでも、客の顔をじっと見すえていた。油断のない、張りつめた表情で。

ホーキンスが部屋に踏み込んだときでさえ、クリスピンの視線は微動だにしなかった。マージョリーの位置からは、その揺るぎない緊迫したまなざしが攻撃を阻んでいるように見えた。不審な客は手斧を構えたまま、人形のように固まっている。マージョリーの目には、振り下ろされる瞬間の映像が浮かんでいた。客は首筋に血管を浮き上がらせ、怒りでわれを忘れている。しかし、動かなかった。

それは一瞬の出来事だった。部屋に入るなり、ホーキンスはポケットから手を引っぱり出した。握られていたのは短くて黒い、警棒のようなものだった。彼はそれを客の頭めがけて振り下ろした。オレンジを壁にぶつけたような、ぐしゃりという鈍い音がした。不審な客は、おびえた子供を思わせる、かぼそいうめき声をもらしながらその場に崩れ落ちた。クリスピンはふらふらと立ち上がり、気丈に微笑んでみせた。と思いきや、紙のように真っ白な顔でホーキンスの腕のなかに倒れ込んだ。マージョリーは驚いた。クリスピンが気を失うなんて！　ホーキンスは彼を椅子の上に慎重に下ろし、床で意識を失っている男を振り返った。

マージョリーがクリスピンの目を覚まそうとしているあいだに、ホーキンスは手際よく男の手足を縛り上げた。

クリスピンはじきに目を開いたものの、まだ意識が朦朧《もうろう》としている様子だった。マージョリーは水をとりにいった。しかし、戻ってみるとほほに赤味が戻りはじめていた。

「警察に電話をしてきたほうがいいですよね？」マージョリーはホーキンスに言った。

「いや、その必要はない、イーストンさん」運転手はいつになく鋭い口調で答えた。「余計なことをするな。今後のことはクリスピンさんが決める」

じきにクリスピンは自分の足で立ち上がれるようになった。ホーキンスに支えられてその場に立ち、縛られて床に転がっている人物を見下ろした。

「すぐに車をまわして」彼はホーキンスに言った。「しっかり縛ってあるんだろうね？」

「ああ、心配いらないさ。絶対にはずれやしない。だが万一に備えて、これを持っていたほうがいい」ホーキンスはさっき男を殴った黒い武器を手渡した。ゴム製の警棒だった。

「警察に電話したほうがいいのでは？」ホーキンスがいなくなるや、マージョリーはクリスピンに尋ねた。「ホーキンスにそう言ったら、余計なことをするなって。ずいぶんな言い方だわ。そうするのが当然だと思うんですけど」

「ホーキンスはちょっと動揺していたんだよ、マージョリー。気にすることはない。でも、電話はしなくていいよ。これから車でランバートを警察に連れていく。そのほうがてっとり早いからね」

「あなたを襲うつもりだったなんて」クリスピンが間一髪で逃れた危機の重大さを、マージョリーはいまさらながらに思い知った。「あんな斧、いったいどこに隠していたのかしら。わたしがこの部屋に来たときはなかったのに」

「コートのなかに忍ばせて持ち込んだんだろう。そして、この部屋でひとりになった隙に隠しておいた。僕が入っていくと、クッションの下から引っぱり出したんだ」

クリスピンはすっかり落ちつきをとり戻していた。顔色がやや青ざめているだけで、危うく殺されそうになったようには見えない。「話しかける前に殴りかかってきた」

「だけど、いったいどうして？」マージョリーが言う。「彼は気がふれているのかしら」

「そのようだね、かわいそうに」クリスピンは哀れむように客を見下ろした。床に横たわっている男は、意識が戻りかけているらしく、かすかに身じろぎした。「以前は大の仲よしだったんだよ。若いころには何かと手を貸したこともある。しかし、細君を亡くしたあと、ショックのあまり偏執症《パラノイア》か妄想症の一種を患ってしまって。パラノイア患者が親しい友人に憎しみを向けるのは珍しいことではない。どういうわけか、この気の毒なランバートは僕に恨みがあると思い込んでしまった。そしてついには病院に閉じ込めておくしかなくなった。僕に塩酸をかけようとしたあとで。だから、彼が施設を出られたとしたら驚きだよ。最後に様子を聞いたときには、悪化しているという話だったから。おそらく勝手に抜け出してきたんだろう。とても出歩けるような状態じゃない」

ホーキンスが戻ってくると、クリスピンは客の顔をのぞき込んだ。かぼそいうめき声をもらしたものの、目は相変わらず閉じたままだ。

「きみは部屋に戻ったほうがいい、マージョリー」クリスピンが言った。「あとは僕らがやるから。ずいぶんショックを受けただろう」

クリスピンは彼女の腕に優しく触れ、それを機にマージョリーは部屋を出た。しかし、好奇心と納得のいかぬ不安感から、しばらく階段の途中でぐずぐずしていた。

そこへ逆上した叫び声が聞こえてきた。そのけものじみた支離滅裂の絶叫は、例の不審な客のものだとわかった。意識をとり戻したのだ。罵倒するホーキンスの声、苦痛にあえぐ悲鳴、そしてすすり泣き。耳を疑うほど子供じみたその泣き声は、彼女をいたたまれない気持ちにさせた。すすり泣きを破ってもう一度悲鳴が聞こえ、今度は静寂が訪れた。じきに男を車に運ぶ足音が聞こえ、マージョリーは自分の部屋に戻った。

その日の夕食の席で、いまだ顔色のすぐれないクリスピンは、警察に行ったあとの顚末《てんまつ》を彼女に話して聞かせた。彼の予測どおり、ランバートは今朝精神病院を脱走し、その足でベルモント通りにやってきたのだという。

「すっかり片がついた。もう二度と逃げ出すことはないだろう。だから心配はいらないよ」

いずれにしても、その出来事はマージョリーの心に言い知れぬ不安を残した。苦痛にあえぐ悲鳴やすすり泣く声が胸を打ち、なんだかあの男がかわいそうに思えてならなかった。同情するなんてどうかしている。あの男は頭がいかれていて、人を殺そうとしたのだ。たぶん自分のしていることがわからないのだろう。

2

とはいえ、その不審な客の一件は、ほどなくマージョリーの記憶の隅に追いやられた。新たな問題に直面したのだ。テッドとけんか別れして以来、気分が滅入り、まるでいつもの彼女らしくなかった。胸が張り裂けそうなほど悲しくなって、テッドに手紙を書こうとしたこともある。しかしいつも途中で投げ出してしまった。何があろうと彼は言いはるに決まっている。いまの仕事を辞めて、普通の職につくようにと。

さらに告白すれば、マージョリーは降霊術にさえ興味を失っていた。降霊会は単調だった。霊媒になる前から参加し、あれほど夢中になっていた降霊会が、いまではうんざりするほど退屈なものになっていた。それでも、驚嘆に値するものを目にすることもあった。青白い発光体が人間の形をとったり、肉体のない声がしだいにエクトプラズム（霊媒の体から発出すると言われる流動性の物質）の顔を持つようになったり。霊魂の手に触れられたこともあった。

テッドへの手紙を途中で放り出してしまうのは、心の奥に巣食う何かが意志の力を奪ったせいだ。いまの彼女にはクリスピンのもとを去ることを含めて、いかなる決断も下せそうになかった。不思議なことに、そうして意志の力が極度に弱まったとき、クリスピン兄妹に対してぼんやりとした憎しみが芽生えた。彼らがそばにいれば、その憎しみはたちどころに消えてしまう。ベラの優しさや、クリスピンの熱意や知性に、マージョリーは心を動かされずにはいられなかった。

この不穏な心理状態は日を追うごとに強まり、やがてある事件を引き起こした。あとで思い出してもぞっとする。現実ではないとマージョリーは思いたかったし、実際、単なる空想だったのではないかと思うことさえあった。

彼女はそのころ、やけに生々しくて不快な夢をしょっちゅう見るようになっていた。ある晩、恐ろしく危険なものに追いかけられる夢を見た。夢のなかで彼女は自分の部屋にいて、ふくれ上がる恐怖が室内を満たしていくような感覚に襲われた。耐えきれずに部屋を飛び出し、出口のない迷路のような廊下をさまよい歩いた。どこもかしこも凍えるほど寒く、強風が吹きすさび、恐怖はつねにあとを追いかけてくる——闇の深さと凶暴さをいや増しながら。彼女は逃げ惑いつつ、心は本能的にクリスピンを求めている。やがて、その廊下の突き当たりに彼の部屋のドアがはっきりと見えたような気がした。足元の隙間から明かりがかすかにもれている。もつれる足で必死に走り、ドアを勢いよく引きあける。クリスピンはデスクの前で物思いにふけっていた。彼女には見向きもせず、いくら大声で呼んでも気づかない。

その瞬間、彼女の心は激しい痛みとともに恐怖で塗りつぶされた。

「クリスピンさん!」彼女は叫んだ。首に手をまわして乱暴に揺さぶり、自分のほうを向かせようとした。そしてようやく目が合ったと思いきや、彼の瞳は嘲笑《ちょうしょう》と侮蔑《ぶべつ》で満たされていた。獰猛《どうもう》な怒りに呑み込まれ、マージョリーは両手に力を込めた。クリスピンを絞め殺そうとしていた。おぞましい悲鳴が耳をつんざいた。どこから聞こえてくるのかわからない。と同時にすべてがかき消えた。目を覚ましたとき、彼女はクリスピンのベッドに寝かされていた。かたわらにはクリスピンとベラ。ふたりとも寝巻き姿で、マージョリーの名を呼び、目を覚まさせようとしていた。

「何があったの?」マージョリーは言い知れぬ不安に襲われ、背筋がざわりとした。ベラは彼女のひたいを優しくなで、クリスピンは含みのある視線を妹に送った。

「なんでもないんだ。きみが寝ぼけて歩きまわった、それだけのことさ。だいぶ疲れがたまっているんだろう。自分の部屋に戻って休んだほうがいい。それとも――ベラの部屋のほうがいいかな」

翌日、マージョリーがショックから立ち直ったあと、クリスピンはことの真相を優しく語って聞かせた。夜中に目を覚ますと、マージョリーが彼の首を絞めようとしていた。助けを求める悲鳴で、彼女は目を覚まし、そのまま意識を失ってしまった。

これを聞いたマージョリーは恐怖におののいた。これまで寝ぼけて歩きまわったことなど一度もなかったのに。クリスピンは彼女をなだめようとした。

「体が弱っているだけさ。少し張りきりすぎたようだね。きみはまだ経験が浅いからわからないと思うけど、精神活動は肉体に大きな負担をかけるものなんだ。薬局で強壮剤を処方してもらうといい。そして一日か二日ベッドで横になっていること」

「単なる肉体的な問題だと思いますか?」マージョリーは不安そうに尋ねた。「わたしの支配霊と何か関係があるのでは?」

「霊魂がきみを傷つけるわけないだろう? とんでもない思いちがいだ。かなり神経が消耗しているみたいだな」

「病院に行ったほうがいいかしら?」彼女が尋ねると、クリスピンは微笑んだ。

「おやおや、マージョリー、きみだって知っているだろう。そのへんの医者が精神疾患にどんな態度で臨《のぞ》んでいるか。こういう問題を扱う能力が彼らにあると思うかい？　頭がいかれていると決めつけられるだけさ」

「そうですね、どうかしてるわ、医者に相談するなんて。でも、どこか悪いところがあるような気がするんです。今朝は割れるように頭が痛いし」マージョリーはこめかみを押さえた。目が焼けるように痛い。

「横になって目を閉じるんだ」クリスピンは彼女のひたいに片手を当て、ゆっくりとなでた。彼のてのひらはぞっとするほど冷たく、触られているうちに頭痛がやわらぎ、あとにはひんやりとした爽快感が残った。マージョリーは軽い眠気を感じた。

「ほらごらん」クリスピンはにっこりした。「医者よりもよっぽど効果があるだろう。すぐにベッドに入りさない、マージョリー」

マージョリーはクリスピンの言いつけにしたがい、翌週には気分もかなり落ちついた。ところが、それとは逆にクリスピンは物思いに沈み、妙に気が立っていた。何かで頭がいっぱいらしい。そんな彼を見るのは初めてで、マージョリーは戸惑いを覚えた。ベラに理由を尋ねてみようかと何度か思ったが、彼女もまた同じようにぴりぴりしていた。何かの事情でクリスピンの帰宅が遅くなると、ベラはじっと座っていられず、家のなかを歩きまわった。ふたりとも何か、もしくは誰かを恐れているらしく、それは何かとマージョリーは考えた。またしてもランバートが精神病院を脱走したのだろうか？

ある日の午後、マージョリーはノックをせずにクリスピンの書斎に入っていった。彼は仕事に没頭し、気づいていない様子だった。彼女が背後にまわり、テーブルの端に置いてあった本をうっかり落とすまでは。その瞬間、クリスピンの体に電気が走った。椅子から飛び上がると同時に、デスクの開けたままの引き出しに手を突っ込む。振り向いた顔は紙のように白かった。

相手がマージョリーだと気がつくと、クリスピンの表情は安堵に変わり、それから気まずそうな顔をした。ぎこちなく微笑み、引き出しに手を戻す。そのときマージョリーは気がついた。さっきそこからとり出したのはリボルバーだと。それほど警戒するわけを知りたかった。しかし、クリスピンは黙ったままで、態度もよそよそしく、こちらから尋ねる気にはなれなかった。しかたなくマージョリーは何事もなかったかのようにふるまった。それでも、ここ数日のクリスピンの態度から、彼女が受けた印象に間違いはないらしい。クリスピンはひたすら何かを恐れている。

二日後、事情はおのずと明らかになった。それはマージョリーには信じがたく、受け入れられないものだった。クリスピンの書斎の前を通りかかったとき怒鳴り声が聞こえてきた。ドアは少しだけ開いており、マージョリーは立ち止まって耳を澄ませた。普段は立ち聞きなどしないのだが、この場合は許される気がした。思わず足が止まったのは、その怒鳴り声がランバートのような気がしたからだ。ところが、じきに間違いだと気づいた。その声の主はあろうことか、伯父のサミュエル・バートンだった。

マージョリーは仰天した。彼女の知るかぎり、サミュエル・バートンはベラにしか会ったことがないし、それもごく短い時間だ。しかし、クリスピンと伯父の会話の調子からして、ふたりは古くからの知り合いらしかった。

「いいかマイク、きみがいくら賢いからといって」伯父は言う。「うまくいくわけないだろう、そんなこと」

「まあまあ、サミュエル」クリスピンのよく通る声が言う。「そんなにかっかしないでください。面と向かって議論することではないでしょう。手紙でうまくやってきたんですし」

「ああ、だからこうしてわざわざ会いにきたのさ。手紙だと高飛車《たかびしゃ》に出られるようだしな。きみは面と向かうと多少は譲歩する気になるらしい。以前もそうだったし、今回もそれを期待しているのさ」

クリスピンの口調は驚くほど弱腰だった。

「ええ、サミュエル。べつに勇敢なふりをしたいわけじゃありませんよ。それはあなたにおまかせします。しかし、少しくらい計画が変更になったからといって、文句を言うのはあなたくらいのものだ。いくら虚勢を張ったり、おどしつけたりしても結果は変わりませんよ」

「虚勢を張っているのはきみのほうだろう。その必要はないのに」伯父が言う。

「聞き分けのないことを言わないで、サム」クリスピンの声にはいらだちが表れていた。

「きみはとんでもなく危ない橋を渡ろうとしている。明らかに危険すぎる」

「それどころか、リスクを回避する絶好のチャンスなんですよ。べつの危険がすぐそこまで迫っている。こっちがうまくいけばそれも解決できる」

「まったくずる賢い悪党だな、きみは。では、遺言を聞いておこうか。知ってのとおり私はそういう男なんだよ」

「僕の手紙はあれで最後ですよ、サム。一週間さし上げます。そのあいだに心を決めてください」

椅子を引く音が聞こえ、マージョリーはあわてて階段を駆け上がった。その会話が何を意味するのか見当もつかなかった。クリスピンが気にかけているリスクとは？　伯父は何を心配しているのか？　彼らの共通点は？　いつから知り合いなのか？　どうしてそのことを彼女に隠しているのか？

頭がくらくらするほど考えても、答えは出ない。クリスピンに尋ねる気にはなれなかった。立ち聞きを知られるのはしかたないとして、もっと心の奥深くにある本能が彼女を強く引き止めた。まるで真相を予測しながら、知りたくないと願っているように。クリスピンの才能の陰には、圧倒的なパワーの陰には、誰にも言えない小さな欠陥があるのではないか。そんな疑惑がふくれ上がっていく。クリスピンに対する信頼を失ったわけではない。たとえどんな真実を知ることになろうと、彼の知性や霊媒としての能力が変わることはない。しかし、おそらく彼は性格的に汚《けが》れた部分を持っているのだろう。マージョリーはそれを知りたくなかった。そしてベラもまたこの秘めごとに一枚噛んでいるのだろうか？　クリスピンとベラが恐れているものがわたしの伯父だなんて、そんなことありうるだろうか？

そのすぐあとに、マージョリーはまたしても悪夢を見た。だが、これまでとはまったく性質の異なる夢だった。胸騒ぎがして、マージョリーは真夜中に目を覚ました。そして室内に誰かがいると直感した。全神経を耳に集中させると、きぬずれのような音が聞こえた。いつものように、窓を開き、カーテンも引きあけられている。月光が射し込み、絨毯の上に大きな光のプールを作り出している。そのプールの上を何かが素早く横切った。一瞬、夢かと思ったが、とっくに目は覚めている。それは絨毯の上を移動していた。大きな蛇だった。こっちへ向かってくる。

マージョリーは恐怖で凍りつき、その生きものがベッドに近づいてくるのを呆然と見ていた。それはたちまちヘッドボードにたどりつき、ベッドの脚に巻きついてするすると登りはじめた。彼女はあとずさりして反対側の壁に背中を押しつけ、身を守ろうと片手を前に突き出した。すると、矢のような動きでその腕に蛇が巻きついた。しっとりと冷たい蛇の体を肌に感じ、マージョリーはたまらず絶叫した。体を引き裂かんばかりのその叫び声は、しまいには長く尾を引く不気味なうめき声に変わった。

クリスピンとベラがあわてて部屋に駆け込み、明かりをつけるまでに、ずいぶん長い時間が経過したような気がした。ふたりは不安で顔が青白かった。マージョリーは恐怖に震えながら、腕から蛇をとってと叫んだ。

「どんな蛇だい?」クリスピンは彼女の顔をのぞき込んだ。

「蛇って? どこにいるの?」ベラが尋ねる。

ふたりにはその蛇が見えないのだ。次の瞬間、蛇は彼女の腕から滑り落ち、ベッドの下に滑り込もうとしていた。

「見えないの？　ほら、あそこ」マージョリーはベッドの下に姿を消そうとしている蛇を指さした。

答えはない。

「心配しないで」ベラがなだめるように言った。「もう大丈夫よ。ここには何もいないわ」

「だけど、あの蛇を見なかったの？」マージョリーは言いはった。

「あっという間の出来事だったからね」クリスピンははぐらかした。

マージョリーは自分の腕を見た。さっき感じた刺すような痛みは妄想ではない。その証拠に、腕のやわらかい部分に、針で刺したような赤い跡がふたつ並んで残っている。クリスピンはそれを見てさらに青ざめ、驚きの声を上げた。

「なんてことだ！　これは夢なんかじゃない。いったいここで何があったんだ？」

クリスピンとベラは深刻な面持ちで視線を交わした。

「マージョリー」クリスピンは彼女の手をとった。「この部屋では厄介なことが起きている。それと闘うのは生易しいことじゃない。しかし、僕らは闘わなくちゃいけない。これから何が起こるかわからないし、悪霊が次に何をたくらんでいるかは謎だ。ここにはいま悪霊がいる。連中のなかには、きみを意のままにあやつり、物質化現象を起こすだけの力を持つものもいる」

クリスピンの声は高まり、空気を震わせた。「僕らは闘わねばならない。そして闘う力を得られるように祈るんだ。神が、そして善なるすべての霊魂が、僕らに力を与えてくれるように」

「アーメン」ベラがつぶやいた。感極まった様子で声が震えている。

マージョリーは初めてクリスピンの霊媒としての力に失望した。たぶんおびえているように見えたからだ。あるいは、伯父との不可解な密談を聞いたせいかもしれない。いずれにしても、マージョリーはクリスピンでさえ恐れるほどの危険に直面していると実感していた。

だが、いったい誰に助けを求めればいいのか。伯父のサミュエルに？　もちろん、それは馬鹿げた考えだ。ならばテッドに？　しかし、たとえ彼が過去のいざこざを水に流してくれたとしても、彼女が闘っている相手が本物だとどうやって理解させたらいいのだろう。

3

翌日、ひとつの解決策が見つかった。マージョリーはクリスピンの仕事場でノートをとり、そのかたわらにスレプフォール夫人が座っていた。二人はいくどか言葉を交わした。夫人は一、二度彼女の顔をのぞき込み、明らかに何か言いかけては思いとどまった。そして編みものの手をせわしなく動かし、少しだけ世間話をした。しかし帰り際に、マージョリーに声をかけてきた。

「よかったら地下鉄の駅まで歩かない？」

どこか具合でも悪いのかと思ったが、穏やかな表情からしてその心配はなさそうだ。スレプフォール夫人はマージョリーとふたりきりで話がしたいらしい。

「こんなことを言ったら余計なお節介だと思うでしょうね」夫人は並んで歩きはじめるとそう

切り出した。「そうだとしたら、年寄りのたわごとだと思って聞き流してちょうだい。だけどね、あたし、あなたの顔を見てびっくりしたのよ。クリスピンの屋敷に来たばかりのころとは別人みたいだから。ひどいやつれようよ、いまのあなた。たちの悪い病気にかかっているとしか思えない、あなたが自覚しているよりもずっと。あたし知っているのよ、あなたがどんな境遇にあるか――頼れる親戚はいないのよね。あたし自身もかつてはそうだった。だからあなたには正直に言おうと思ったの。愚かな老婆だと言いたければ、お好きにどうぞ。そんなこと気にしないし、言われなくたってわかっているもの」

マージョリーはスレプフォール夫人の優しさに胸を打たれた。実際、誰かに相談したくてたまらなかったのだ。とはいえ、彼女が抱えている問題を理解してくれそうな人はほとんどいない。夫人は降霊術をおおっぴらには認めていないものの、ひとかたならぬ関心を持っていることは間違いない。これほど熱心に降霊会に出席しているのだから。

マージョリーはみずからの窮状を打ち明けた。ランバートがクリスピンの命を奪おうとしたことや、クリスピンと伯父の会話については話さなかったし、最近気がついたクリスピンの欠点についてもまったく触れなかった。マージョリーは倦怠感《けんたい》と抑鬱感についてスレプフォール夫人に話して聞かせた。そして悪霊が力を増し、ふたつのいまわしい事件――寝ている最中に歩きまわったこと、そして蛇に襲われたこと――を引き起こしたことも。

「それだけじゃなくて」マージョリーは混乱した頭を整理しながら話を続けた。「人生に興味を失ってしまったみたいなんです。自分の霊媒としての能力も、愛する母からのメッセージも、どうでもよくなってしまって。それにどういうわけか、ここ数週間、母は何も言ってこなくなった。まるで母にまで見捨てられてしまったみたい。

降霊術を信じられなくなったわけじゃないんです」マージョリーは言いつくろった。「この目で飽きるほど証拠を見てきましたから。わたしと同じ経験をすれば、あなただってきっと信じるわ。それなのに、どうでもよくなってしまった。この抑鬱感は耐えがたいし、つねに悪霊につきまとわれている。心がばらばらになってしまいそう」

スレプフォール夫人は真剣なまなざしで彼女を見ていた。

「さぞつらいでしょうね。いったいどうしたらいいのかしら」

すでに駅に到着していた。そろって立ち止まり、夫人はマージョリーの腕に手を置いた。

「すぐに助けを求めるって約束して。あなたひとりでどうにかできる問題じゃないわ。医者に行って、何もかも話しなさい」夫人は手に力を込めて最後のひとことを強調した。「何もかも」

「だけど、どの医者に行けばいいの？　わたしの話を信じてくれるかしら？」

「ウッド先生のところへ行くのよ。会ったことあるでしょう、初めのころの降霊会で一度か二度」

「でも、あの先生はハーレー街（一流の医師たちが開業しているロンドンの一区画）のお医者さまでしょう。わたしなんかが診《み》てもらえるかしら？　高名なお医者さまにかかる余裕もないし。こんな話をしたら笑われるんじゃないかって心配で」

「大丈夫よ、ウッド先生は笑ったりしないわ」スレプフォール夫人は請け合った。「あの人は医者だけど心理学者だし、よくわかっているもの。そこいらの医者が考えている以上に、人間の心には未知の部分があるってこと。あなたの症状にも興味を持つはずよ。聞くところによると……」

夫人ははっとわれに返った。「ううん、なんでもないわ」

バッグから名刺をとり出し、そこに短い文章を書きつけた。

「これをウッド先生に渡して。いいこと、あたしはあなたを大切なお友達だと思っているのよ。だからなんとしても彼にあなたを助けてもらいたいの。ずいぶん前に、彼がまだ若くて駆け出しの開業医だったころ、あたしの夫が力を貸してあげたのよ。だから、あなたを救うために全力を尽くしてくれるはずよ、お金なんか払わなくても。だけど、彼には何もかも正直に話さなくちゃだめよ」

礼を言う前に、スレプフォール夫人は地下鉄に乗ってしまった。マージョリーは気が変わらないうちにタクシーに飛び乗り、ウッド医師の住所を告げた。収入が増えたおかげでタクシーに乗るという贅沢もできる。しかし、マージョリーはなんとなく悲しかった。どんな贅沢も、それを分かち合うテッドがいなければ、空疎で、なんの意味もない。テッドがいなければ……。マージョリーは居ても立ってもいられない気分だった。こんなにテッドを遠く感じたことはなかった。

4

ウッド医師の住まいはハーレー街やその近辺ではなかった。メイフェアに小さなマンションを借りていた。思いのほか地味で、ドアに表札さえ出していない。洗練され、趣味のいい調度品をそろえたクリスピンの屋敷に、マージョリーはいつも感心させられていた。そしてウッド医師の家に通されるや、ここは〝洗練〟のレベルがまったく違うことに気がついた。どこをとってもシンプルで、古くて、目立たず、かすかに暗い。しかし、すべてが本物だった。アンティークの調度は正真正銘のアンティークであり、飾ってある絵画も時代や画風からしてアンティークなのだろう。どの部屋にも優雅な雰囲気が漂っている。マージョリーはこんな部屋を間近で見るのは初めてだった。

男の使用人がスレプフォール夫人の名刺をウッドのもとへ運んだあと、長く待たされることはなかった。マージョリーは診察室に通された。そこはこれまでに見たどの診察室ともまったく違っていた。上品にしつらえた室内で堅苦しさを感じさせるものは、ウッドが座っているライティング・デスクだけだ。美しい金箔《きんぱく》を施したその机は、フランス第二帝政時代（ナポレオン三世が帝位に就いた一八五二年から十八年ほど続いた時代）のもので、室内のほかの家具とみごとに調和している。

マージョリーが入っていくと、ウッドはデスクの引き出しを閉めた。

「どうぞ座って」ソファを手で示し、自分も向かい側に腰を下ろした。

「この部屋を気に入っていただけたかな？」笑顔で言う。「なんだか驚いているようだね」

「だって、診察室のようには見えないんですもの」マージョリーは正直に答えた。

「まあ、ご覧のとおり、私は普通の医者ではないからね」ウッドはにこやかにたばこを勧めた。

「それに、まずは患者を圧倒すべしという古くさい理屈が嫌いでね。患者をおどすなんて、やぶ医者のすることさ。患者は導かれ、助言を受けるべきなんだ。だからこの部屋の内装は、患者を萎縮させるのではなく、リラックスさせるためのものなんだよ」

「まあ、それは素晴らしい考えですね。本当に居心地のいいお部屋だわ」

「ええ、そうでしょう」ウッドは見るからに満足そうに視線をめぐらせた。「医者としてはここまでこだわる必要はないんだがね。いや、実を言うと、私は人生を豊かにしてくれるものが好きなんだ――うまい食事、うまいワイン、そして美しい家具」

ウッドの気さくな態度のおかげで、マージョリーの緊張もゆるんだ。彼は自分のことをしゃべり続けていた。しかしその実、マージョリーは気づいていなかったが、ウッドは冗談を言ったり笑ったりしながら、彼女から片時も目を離さなかった。表面的には、彼女は診察を受けにきたのではなく、世間話をしにきたかのように見える。

「さて、私の話はこのくらいにして」ウッドはようやく本題に入った。「今度はきみのことを話してもらおうか」

説明するのは難しいとマージョリーは思っていた。彼女自身よくわかっていなかったし、自分の身に何が起きているのかきちんと把握しているわけではなかった。ところが、ひとたび口を開くと、すらすらと言葉が出てきた。気分が変わりやすく抑鬱状態にあること、恐ろしい悪夢、幻覚とは思えない生々しい蛇について。しかし話をしているうちに、そのときの恐怖がまざまざとよみがえり、彼女を包み込んだ。そしてしだいに投げやりな気分になってきた。こんなことをしても時間のむだだ、かつての平穏な日々をとり戻すことはできないと。

「信じていただけないと思いますが」マージョリーは言う。「でも、わたし、天国の母からのメッセージを確かに受けとったんです。実際に姿を見ましたし。まやかしや偶然なんかじゃありません。ほかにもいろいろ見ました。でも、いまは邪悪なものが現れて……ああ、どう説明すればいいのか……わたしを捕まえようと、いまでさえ――」ふいに口をつぐんだ。彼女の瞳から光が消え、表情を失っていく様子をウッドは見ていた。マージョリーはのろのろとひたいに手を当てた。

「どうしたのかしら。なんだか気を失ってしまいそう」

ウッドは急に立ち上がって彼女の隣に座り、瞳をのぞき込んだ。そして懐中時計をとり出した。

「何時かわかるかい?」彼女の前にさし出し、厳しい口調で尋ねた。

マージョリーの瞳の動きが止まり、文字盤を凝視した。まぶたが下がっていく。

ウッドは彼女の腕を乱暴につかんだ。その腕は固くこわばっていて、じきに体全体が硬直しはじめた。

「見えません」マージョリーはそうささやき、目を閉じた。

「いや、見えるはずだ」ウッドは食い下がった。「集中しろ。気をしっかり持つんだ!」

「見えません」彼女はソファにもたれた。「何も見えません……何も……」

彼女の声はしだいにかぼそくなっていく。体の硬直がなければ、意識を失ってしまったように見えただろう。

「イーストンさん、目を覚ますんだ！」ウッドは大声で呼びかけた。彼女の耳に口を当てて叫んだ。「起きろ！」

返事はない。ウッドは彼女の腕を下ろし、デスクに向かった。トレーから針を選んで消毒用のカーゼでぬぐったあと、彼女の腕の肉をつまみ、その注射針を一インチほど筋肉に突きさした。反応はない。それでも、閉じた唇の隙間から、蚊の鳴くような声で尋ねた。

「なぜそんなことを？」

「感じたのかい？」

「いいえ、何も感じない……何も見えない……」

「しかし、わかったじゃないか、わたしが何をしたか……」

「いいえ、何もわからない……何も……」

マージョリーは小さな吐息をもらし、滑り落ちるようにソファに突っ伏した。ウッドは呼吸ができるように彼女の顔を横に向け、しばし考え込んだ。そしてデスクにつくと、さらさらと何かを書きはじめた。

静寂のなか、ペンを走らせる音と、彼女の荒い息づかいだけがはっきりと聞こえた。二分ほど経過したころ、息づかいがやみ、マージョリーはうめき声を上げながら体を起こした。

「わたし、どうしたのかしら」困惑顔で言う。

「どうしたと思う？」ウッドはペンを動かしながら淡々と聞き返した。

「わかりません。突然眠り込んでしまったのですか？　ときどきあるんです、最近。頭が真っ白になって、そして恐ろしい夢を見ることが」彼女は身震いした。「腕も痛いし」

そしてウッドをにらみつけた。

「どうしてそんな物珍しそうな目でわたしを見るんですか?」

「そんなつもりはなかったんだ」ウッドは穏やかに応じた。「腕が痛いのは当然だよ。ついさっき針をさしたんだ。きみは何も感じなかったようだが。いまは痛みを感じるのかい?」

「ええ、感じます。どうしてさっきは痛くなかったのかしら」

「いまそのことを考えていたんだ。蛇に噛まれた場所はどこだい? あるいは、噛まれたときみが思っている場所と言ったほうがいいかな。そっちの腕なのかい?」

「いいえ、こっちです。まだ跡が残っています」

「見せてごらん」

マージョリーは袖《そで》をまくり上げた。ウッドは彼女の腕のふたつの赤い点を見て、口をすぼめた。

彼女はその表情から何かを読みとろうとした。

「いったいわたしに何があったのですか?」せっかちに尋ねた。

「わからないのかね?」医者は優しく問い返した。

マージョリーはかぶりを振った。

ウッドは隣に座り、彼女の手をとった。

「イーストンさん」改まった口調で語を継いだ。「これからする話は、きみにはたいへんショックなことだと思う。だから覚悟して聞いてほしい。きみは勇敢な娘さんだったね? 最悪の状況と向き合わないかぎり、それに打ち勝つことはできない」

マージョリーは不安そうに彼を見た。

「どんなことですか、それは?」マージョリーは身構え、おそるおそる尋ねた。

「おそらくきみの心は……」

マージョリーは小さな悲鳴を上げ、顔から血の気が引いた。

「さあさあ」医者は彼女の手を優しく叩いた。「私の言うことを正確に理解するよう努力しなさい。きみは決して気がふれているわけじゃない。しかし、よく覚えておくことだ。そういう幻覚や妄想や意識の喪失の意味するところを。それらは精神病の前ぶれなんだ」

マージョリーは、部屋全体がぐるぐるまわっているような錯覚に襲われた。黒々とした恐怖が一瞬にして全身を満たす。いまにして思えば、つねにその不安は頭にあった。それはいつも心の奥底で恐れおののいていたことなのだ。

「打つ手はないのですか?」マージョリーは青白い顔で尋ねた。

「もちろん手はいくらでもあるさ。たった数週間でどうして健全な心を失ってしまったのか。その理由はわからないが、それでもきみは闘わなくちゃいかん」医者の声には断固とした響きがあった。「いいかい、闘うんだぞ!」

「闘うって何と?」マージョリーは弱々しく尋ねた。

「その邪悪なものとだよ。誤解しないでほしいんだが」彼女の瞳に警戒の色が浮かぶのを見て、ウッドは急いでつけ加えた。「降霊会やクリスピンを非難するつもりはない。私は心理学者として中立的立場を保っている。いまの私にとって重要なのは、きみの正気を守ることだけだ。覚悟はできているかね？　そいつと闘うには、きみ自身と闘わねばならないんだよ」

「はい、闘います」マージョリーはようやく言った。「わたしはどうしたらいいんでしょう？　クリスピン家を出なければなりませんか？」

「いいや、私は闘うと言ったんだよ。逃げるのではなく。問題はきみの外ではなく内側にある。勝つためには、正面から向き合い、正体をしっかりと見極めること。そうすれば、敵が恐れるに足るものではないとすぐにわかるだろう。きみが怖がれば、そいつは威力を増す。ひとたび恐怖を克服すれば、敵は徐々に姿を消すはずだ。しかし、きみが逃げまわっているうちに捕まってしまったら、私はその結果に責任を負うことはできない」

「だけど具体的に何が起きているのですか？　急に気分がふさいだり、幻覚を見るのはどうして？」

「自覚していないようだが、きみにはふたつの人格があるんだよ。ひとつはいま私と話している人格。こっちは敵と闘い、健全な心をとり戻したいと願っている。ところがその陰で、べつの人格が成長していた。彼女は闘うことを望まず、夢や幻想の世界に入り込んでしまいたいと願っている」

「わかる気がします」マージョリーは思案に暮れながら言った。「ときどきふたりの人間がいるように感じることがあるんです。だけど、もしわたしが消えたらどうなるんですか？　まさか突然別人になるなんて……」

「だがきみの心を変えることはできるだろう？　考えてみたまえ！　きみはここへやってきた――敵から逃げて。そしたらどうなった？　私と話している最中でさえ、もうひとつの人格が顔を出して、きみの話を妨害した。敵はきみのなかにいて、逃げればさらに力を増す。もし私の治療を受けるなら、ひとつだけ約束すること」

「なんですか？」

「二度と降霊会に出てはいかん！」ウッドはきっぱりと言った。

「でも、わたしにどうしろと？　クリスピンに雇われているんですよ。降霊会に出て、記録をつけるために」

「きみの主治医として、私は断固として主張する。さっそくクリスピンに強く訴える手紙を書こう。彼がそれを無視するはずはない。あとは充分に体を動かすこと。寝る前に飲む薬を出そう。それで悪い夢を見ることも減るだろう。しかし、自分を病人だと思ってはいけないよ。きみは健康をとり戻しつつある。そう思って行動すること。きみは笑いたがっているし何かに興味を持ちたがっている。物事を決断し、それを行動に移すこと」

「努力はしますけど」マージョリーは自信がなさそうに応じた。「最近、どんな決意をしてもすぐに気持ちが萎《な》えてしまうんです」

「きみのことを大切に思ってくれる人はいないのかい？　信頼できる友達は？　こういうときは、誰かの力を借りるにかぎる」

「それが、そのう――」マージョリーは言いよどんだ。いまさら、テッドに助けを求めることはできない。「誰もいないんです。伯父がいるだけで。その伯父とうまくやっていけるとは思えません」

ウッドは彼女のためらいを見抜いた。

「さあ、ほかに誰かいるんだろう」ウッドは笑顔で迫る。「それとも、いい、いたのかな。私を信用しなさい。さもないと敵をやっつけることはできないぞ」

「確かに好きな人がいました。でも、だんだん気持ちが離れてしまって。ほんと言うとけんかしたんです。いまさらとり返しはつきません、手遅れです」

「とにかく、その人の名前と住所を教えてもらおう」ウッドは優しく言った。

「いいえ、こんなこと彼には言わないで」彼女は声を荒げた。「言っちゃだめよ」

「イーストンさん、私はきみの主治医だ」ウッドの口調がいきなり厳しくなった。「主治医であるかぎり、きみの指図は受けない。私が分別ある人間だということは保証する。いずれにしろ最終的な判断を下すのはこの私だ」

普段の彼女なら、ウッドの口調に猛然と腹を立てただろう。だが、いまは不思議なほど気が弱くなっていた。それ以上反論することなく、テッドの名前と住所をウッドに告げた。

「帰る前にもうひとつ」とウッド。「夜に声を聞いたことがあるかい？　つまり、きみの外から聞こえる声のことだが」

「いいえ」マージョリーは怪訝《けげん》そうに尋ねた。

「それなら、今後も聞くことはないだろう。だが、万一聞こえたら、症状が悪化している証拠だ。そのときはただちにクリスピンの家を出て、私のところへ来ると約束するんだよ」

「でも、逃げずに闘えとさっき言ったばかりじゃないですか」

「逃げなきゃいけない緊急の場合があるんだ。その場にとどまるのは賢明じゃない。戦術家はみんなそのことを知っている。かならずこの約束を守ること。その必要がないことを祈っているし、信じているがね」

「約束します」

マージョリーは帰りたくなかった——敵地に突入するようなものだ。それに気づいたウッドはもう一度励ましの言葉をかけた。

「怖がることはない。峠は越えたんだ。どれだけ多くの人たちがこうした困難を乗り越えてきたか、きみが知ったら驚くだろうな。そしていったん通り越して、それと決別すれば、すぐに忘れてしまう。きみはいまその真っただなかにいるから、ひどくつらく感じるんだよ」

そうは言ったものの、彼女を見送ったのち、ウッド医師はやけに思いつめた顔をしていた。あごに手を当てて、様々な選択肢を吟味するかのように物思いにふけっていた。それから、テッドの住所を書きとめたノートをふたたび開いた。

エドワード・ウェインライト
サウス・イースト一九、スタンフィールド・ロード一八ウッドはコートと帽子を身につけ、階段を下りて車に向かった。運転手にその住所を告げると、まもなく車は東へ向かって滑るように走り出した。

5

「私は医者という立場を逸脱して、ここへやってきました。あなたに何もかもお話しするために」ウッドはテッドの家の居間に座り、マージョリーが訪ねてきた経緯を手短に説明した。たちまちテッドは怒りをあらわにした。クリスピンの屋敷に乗り込んで、半殺しにしてやると息巻く彼を、ウッドはなんとか思いとどまらせた。

「そんな単純な問題ではないんですよ、ウェインライトさん」

「イーストンさんは間一髪のところで正気を保っている。あのクリスピンという男がどんな邪悪な手を使ったにしろ、彼女は完全にあの男の影響下にある。自分をクリスピンと同一視しているいま、あの男を傷つければ、同時に彼女も傷つけることになるでしょう。いくら彼女が意識的にクリスピンを批判しても、意識の外で、第二の人格がクリスピンと完全に同化している。この状況で彼を攻撃すれば、とり返しのつかない事態を招きかねない」ウッドは重々しくつけ加えた。

「だけど、僕らが力ずくであいつを……」

「どうすることもできませんよ。イーストンさんは自分の意志であの屋敷で働いている。あなたが暴力を振るえば、クリスピンは迷わず警察に通報するでしょう。いまのイーストンさんほど暗示にかかりやすい娘さんを見たことがない。それもクリスピンの暗示のみに。ただ、そのことを自覚していないがゆえに、かろうじて正気を保っているのです。ひとたび気づいてしまったら――」ウッドは思わせぶりなしぐさをした。

「だけど、彼女を連れ去りさえすれば」テッドは言う。「必要ならさらってくればいいんだ」

ウッドはかぶりを振った。「むだですよ。そんなことをしても、彼女は精神的にクリスピンと結びついていますから。私の診察室にいるときでさえ、クリスピンに教えられた催眠術による入神状態に陥ったんですよ。クリスピンに批判的な意見を聞かされたら、自然と意識を失うように暗示をかけられたにちがいない。だからこそ、私たちは細心の注意を払ってことに当たらなければならないのです。立ち向かう力が彼女自身から生まれるように。外部からの圧力は危機を招くだけです。いいですか、その危機はすぐ近くまで、目前まで迫っています。いったん起きてしまえば、もはやとり返しはつかない。彼女は私たちの手から滑り落ちて、別世界に行ってしまうでしょう――狂気の世界に」

「そんな、ひどすぎる！」テッドはたまらず立ち上がった。「あの野郎にそんなことさせるもんか」

ウッドはなだめるように若者の肩に手を置いた。

「もちろんさせませんよ。私たちが勝つ。しかし問題から目をそらしてはいけない。たとえばクリスピンの目的は何か？　私にはさっぱりわからないんですよ」

テッドは地団太《じだんだ》を踏んだ。

「くそ、もし彼女を傷つけたら、あいつの首をへし折ってやる。薄汚いペテン師め！」

「その心配はありません。クリスピンは彼女に惹かれていますから」ウッドが言う。「私が見たところ、クリスピンは普通の人間らしい感情をほとんど持っていない。実際、心理学的な立場から見ても、あの男は謎に満ちている。単なるペテン師ではない。もしペテン師なら、あんなお遊びに大金をつぎ込まないでしょう。あの男は降霊術を心から信じているらしい」

「あれは何か意味があるんですか？」テッドが訊く。「あるわけないですよね？」

「確かに幽霊は出てきません」ウッドは微笑んだ。「そういう点ではまやかしだと思います。しかし、心霊力というのは間違いなく存在する。私たちが知らないだけで。つまり外的な力ではなく、私たちの内面から生まれる力のことです。クリスピンはその力について私よりもよく知っています。ひとりの心理学者として、おおむねそれは認めたい」

「それにしても、なんのためにマージョリーに催眠術をかけたりするんです？」

ウッドは頭を横に振った。

「それがわかるといいのですが。私たちはただ見守り、あの男の目的を見つけられることを期待するしかない」

テッドはこらえきれずにふたたび立ち上がった。

「ただ見守るだけじゃだめだ。何か手を打たなくちゃ」

医者は思いやりに満ちた瞳でテッドを見た。

「じっと待つことほどつらいものはない。それだけなら、あなたに話しはしなかった」

「何か僕にできることは？」

「ありますとも。私はあなたを一種の対抗勢力に使おうと思っています。彼女はあなたに好意を寄せている。それは間違いない」

「それなら、どうしてあなたが僕に会うことに反対したんですか？　なぜ僕に助けを求めてこないんです？」

「彼女の通常の人格はあなたを愛しているからですよ。だからこそ、もうひとつの人格は彼女の心が乱されるのを恐れて、きみを近づけないようにしている。こっちの人格は、彼女がクリスピンに全身全霊を捧げることを望み、過去の記憶を切り離そうとしている――母親との思い出さえも。普通の人間関係を完全に遮断するつもりでいる。これも一種の病だ。それでもなお、彼女は心のなかであなたを慕っている。それを利用しなければ」

医者は立ち上がり、思案顔で室内を行ったり来たりしはじめた。

「そうだ！　あなたにクリスピンの集会に潜入してもらいましょう。私ではだめだ。彼に目をつけられているから。あなたが彼に会って、何をたくらんでいるのか探り出す。名前は変えたほうがいい。何が起きても信じているふりをして、やつのしっぽをつかむんです！」

「だけど、マージョリーに追い返されますよ」

「いや、彼女には会わないはずです。当分、降霊会には出ないと約束しましたから」

「それにしても、どうやって入り込めと？」

「スレプフォール夫人に紹介してもらいましょう。彼女はマージョリーのことを気に入っていてね。事情を話せば力を貸してくれるはずだ。それにしても行儀よくしなきゃいけませんよ。感情を表に出さないように。たやすくはないと思いますが。それで休みの予定は？」

「予定なんかありませんよ」テッドは自嘲気味に答えた。「景気が悪くていまは半日しか工場が動いていない。だから、時間なら使いきれないくらいあります。厄介事は束になってやってくると言うでしょう？」

「それは気の毒に。きっといっぺんに解決しますよ。気落ちしないで。それはそうとひとつ約束していただきたい」

「なんですか？」

「クリスピンの前で感情をあらわにしないこと。たとえ何があろうと。この計画には細心の注意を要します。どうか肝に銘じておいてほしい。むき出しの暴力はなんの役にも立たないということを。役に立たないどころか、彼女の身に危険を及ぼしかねない。約束してくれますね——マージョリーを助けるために」

「あなたがそう言うなら」テッドは応じた。「簡単なことじゃないけど、とにかくいまはあなたを信じます。うまく言えないけど、マージョリーは僕にとっていまでもかけがえのない存在で、だから——」

「礼を言うつもりなら」ウッドがさえぎった。「問題が解決してからにしてください」そして立ち上がった。「今日のところはこれで失礼します。じきに私かスレプフォール夫人から知らせが届くでしょう。くれぐれも忘れないように――決して本心を悟られないこと。なにしろ敵は抜け目がありませんから。だからこそ、私たちには彼が敵である理由さえわからないんだ」

第4章　心の闇

1

テッドは自分のことを平凡な男だと思っている。それはおもに、これまでの人生で平凡な状況にしか遭遇しなかったからだろう。生きるために働き、病身の母を助ける日々。決してらくな生活ではない。しかしそういうものは、ごく普通の能力を鍛錬《たんれん》することで乗り越えられる。ひとりの若者が生きていくうえで直面する、ありきたりな困難にすぎない。

そして、これまたごく自然な人生の流れとして、マージョリーと結婚し、家庭を持つつもりでいた。もっとも、それはありふれたことではなく、驚嘆に値する幸せなことだと思っていたが。マージョリーもまた彼と同じく平凡な娘であり、人一倍強い正義感の持ち主だった――ほれぼれするほどの正義感だ。テッドは彼女を愛しているし、彼女も同じ気持ちだと知っていた。あまたの想い出や喜びを分かち合うことで、ふたりの愛はいっそう深まり、永遠に続くかに思われた。

ところが突如として事態は一変した。マージョリーは別人になり、テッドが存在すら知らなかった世界で暮らしはじめた。その世界は彼女を変え、ふたりの仲を引き裂いた。そしていま、マージョリーは危機に瀕している。人知の及ばぬ恐ろしいものが彼女を乗っとろうとしている。テッドにはとうてい理解できなかった――それが何よりも問題だった。ありきたりの方法は通用しないのだ。たとえば、クリスピンのところへ乗り込んで、ぼこぼこに殴ってやることはできない。それは危険だとウッド医師に警告されている。途方もない手口でクリスピンに支配されているマージョリー。そんな彼女を助けるために、体を張ってできることは何ひとつない。テッドはやるせない無力感に襲われた。

それでも、窮地に陥ったマージョリーの苦しみを思うと、いつまでもくよくよしているわけにはいかなかった。マージョリーとの連絡が途絶えてからというもの――突然別れを告げたのは本心ではないとほのめかす手紙や伝言のひとつも届くことはなかった――テッドは虚ろな毎日を送っていた。そしてようやく近況を知ることができたと思いきや、マージョリーはなすすべもなくクリスピンの支配下にあるという。

テッドは認めなかった。かならずやマージョリーをとり戻してみせると心に決めた。何事も裏を探れば事情がわかるものだ――だからこの一件の裏も調べなくてはならない。ウッド医師は手を貸すと約束してくれた。クリスピンに会って、すべてを白日のもとにさらすチャンスをテッドに与えてくれるという。確かにそうすればマージョリーを助けられるだろう。彼女を救出したあとで、クリスピンにたっぷりと借りを返せばいいのだ。

そう決意したあと、彼の生活は一変した。友人や母親はみなその変化に気がついた。同僚や近しい友人たちとの会話にさえ、テッドはまったく興味を覚えなくなった。そんな状態が続くと孤独感がつのり、人と交わらなくなって、むっつりと不機嫌に過ごすことが多くなった。頼みの綱はウッド医師だけ。誰も助けてくれないし、理解すらしてもらえなかった。
日常の仕事はミスのないようにこなしていたが、それだけのことだった。毎週土曜日のサッカーはまったくする気になれない。そして週の終わりには、マージョリーとクリスピンのことしか考えられなくなっていた。テッドは改めてマージョリーの救出を心に誓った。

テッドはクリスピンの降霊会に定期的に出席するようになった。発言はいっさいせず、何ひとつ見逃さなかった。最初のうちは驚きの連続だった。そこでは想像を絶することが起きていた。何もかも滑稽なのに、妙に説得力がある。どこかにしかけがあるとわかっているのに、そのありかを突き止めることができない。出席者たちは一様に真剣そのものだった。敵がいかに危険で手ごわいかということをテッドは思い知った。そして、マージョリーが引き込まれたわけをようやく理解した。

なかでもクリスピンには強烈な印象を受けた。彼はテッドの知らない世界の人間だった。マージョリーの雇い主とは果たしてどんなやつだろうと、事前にあれこれ思い描いていたものの、実際に会ってみるとそのどれにも当てはまらなかった。派手な身ぶりでもっともらしい嘘をつく悪党を想像していた。クリスピンは普通の詐欺師とは違う、そうウッド医師が強調していたにもかかわらず、テッドは大ぼらふきのペテン師を思い描いていた。ところが、目の前に現れたのは禁欲的なたたずまいの、やけに超然とした人間味の薄い男だった。充分に不気味ではあるが、映画に登場する悪者の不気味さとは種類が違う。とりわけ温かみや男らしさがまるで感じられず、いかなる積極性も持ち合わせていないことにテッドは驚き、面食らった。

「爬虫類みたいだ」とテッドは思った。「体温のない蛇みたいな野郎だ」しかし、この印象はかならずしも正しくなかった。クリスピンは女のように感情をあらわにすることがいくどもあった。一度など、降霊会のあとすすり泣いているクリスピンを見たことがある。何かに激しく心をかき乱され、感情を抑えられなくなっているらしかった。

テッドは当初、自分のことを語らないせいで降霊会から追い出されるのではないかと心配していた。ウッド医師は調査員や助手と称して、テッドをクリスピンのもとへ送り込むことができないのではないか。ウッドはそれに対して心配いらないと請け合った。適当な作り話をでっち上げるから、テッドはできるだけ自然にふるまい、口を慎めばいいのだと。のちにテッドが知らされたところによると、ウッドは彼のことを総合技術専門学校《ポリテクニック》の優秀な生徒だとクリスピンに説明していた。霊媒に関する調査に対してなんの偏見も反感も持っていないという理由で、テッドをこの仕事に選んだのだと。クリスピンはこの説明をあっさり信じたらしい。

この状態が長く続いていたら、テッドは耐えられなかっただろう。降霊会に出席するたびに、いかに計り知れない厄介な問題に直面しているかが明らかになっていった。回を重ねるごとにクリスピンは威力を増し、手に負えなくなっていく。現実離れした感傷的な雰囲気や、不可解な出来事の連続を目の当たりにするうちに、テッドは深刻な影響を受けはじめた。仕事が手につかず、現場主任から間違いを厳しく注意された。神経が過敏になり、わけもなく気分が沈むようになった。

ひとめだけでもマージョリーに会えたら、という淡い期待は裏切られた。その屋敷のどこかにいるはずなのに、いくらベルモント通りに足繁く通っても、彼女に出くわすことはなかった。テッドはなんとしても会いたかったが、ウッドに警告されていた。マージョリーは彼に会わないと心に決めていて、彼女の意に沿わないことを強要すれば、問題をさらに複雑にするだけだと。

それでも、マージョリーの友達だと自己紹介したスレプフォール夫人には、何度か話しかけてみた。彼女からウッド医師のことを聞き、いまは彼に頼るのが最善だと思うようになった。ウッドを全面的に信用しなければならない——唯一の頼みの綱なのだから。そうはいっても希望の光は見えなかった。この三週間でマージョリーは悪化していないものの、回復してもいない。症状に改善が見られないことに、ウッドは不安を隠さなかった。

「健康をとり戻しつつあるが」ウッドは言う。「回復を願う気持ちが薄れているために、足踏みしている状態だ。私の診察を受けたのは間違いだった、クリスピンを裏切ってしまったと後悔しはじめている。意志の力が弱まっているんだよ。これはきわめて危険な兆候だ。彼女が闘う勇気を持ってくれないと!」

「僕には信じられないな、マージョリーがそんなふうに思っているなんて」テッドが言う。

「こういう患者が陥りがちな状況なんだよ。本人が治りたいと思わなければ、私たちにはどうすることもできない。いつか彼女が私に会いたくないという日が来たら、そのときはもう——」ウッドはその先を呑み込んだ。「だが、私たちは信じねばならない。そんな事態にはならないと」

「僕にできることはないんですか?」テッドはすがりつかんばかりに尋ねた。「なんとかして置かれている状況を彼女にわからせなくちゃ。彼女が破滅に身をまかせるなんて、そんなことありえない」

「すっかり変わってしまったんだよ。きみが知っているマージョリーを彼女のなかに見出すのは難しいだろう。私にはわかるんだ。クリスピンの影響を受ける前の彼女に会ったのは一度きりだがね。なんらかのショックを与えて目を覚まさせるという方法もある。しかし、これはひじょうにリスクが高い。ひとつ間違えば、彼女は一線を越えてしまうかもしれない」

「何か手を打たないと」テッドがわめく。「断っておきますけど、先生、こんななりゆきまかせの態度を永遠に続けるつもりはありませんから。マージョリーの身に何かあったら、あの悪党を絞め殺してやる。止めたってむだですよ！」

ウッドは若者の肩に手を置いた。

「そうならないように慎重にことを運ばねばならないんだよ、テッド。あと五日待ってくれ」

2

実際には、五日も待たされなかった。それから三日後の深夜、マージョリーはふと目を覚ました。水が流れるような、何かがこすれるような、不思議な音が寝室のどこかから聞こえてくる。最初は自分の頭のなかで鳴っている気がした――夢の続きを見ているような。まだ覚めきらぬ頭で、マージョリーは意識を集中し、その雑音を消そうとした。すると音は余計に大きくなった。

それは彼女の頭の外、つまり部屋のなかで鳴っているのだ。

マージョリーは体を起こした。月光が部屋を満たし、このところ彼女につき添っている看護婦のベッドをも照らしている。看護婦はぐっすり眠っているらしく、マージョリーは揺り起こしたいという衝動をぐっとこらえた。空耳にちがいない。それとも音の出どころがどこかにあるのか。たぶん車が行き交う音か、風の音だろう。

しかし、内心そうでないことはわかっていた。その物音は室内から聞こえる。人が身動きするときの音、足音をひそめて歩くときのきぬずれのような音だ。だがそんなはずはない。霊界からの訪問者がこんなときに現れて、彼女をわずらわせるとは思えない。彼女が病気を患い、疲れ果てているときに。彼らはいつも思いやりに満ちているのだ。

唐突に雑音がやみ、今度は肉体のない声が聞こえてきた。

「マージョリー」声はささやく。「マージョリー……いらっしゃい……狂気の世界へ……」

言葉はやけに明瞭で、おぞましかった。マージョリーは、最も恐れていることを言われている気がした。妄想なのか、それとも現実なのか。三人の不吉な笑い声がこだましたとき、その疑問は解けた。こんな恐ろしく不愉快な笑い声を想像できるはずがない。それは本物の、外から聞こえる声だ。何者かが彼女を苦しめようとしている。しかし、いくら暗闇に目を凝らしても、何も見えなかった。

ひたいに汗が噴き出した。いやらしい笑い声や、悪意に満ちた言葉を前にして、これまで抱いていた輝かしい霊の世界が急速に色褪せていく。思考が停止し、引き延ばされてばらばらになりそうな気がした。まるで罠にかかったけもののようだ。

それにしても、どうして看護婦は目を覚まさないのだろう。この延々と続く、耳をつんざく笑い声が聞こえないなんて。彼女の背筋を冷たいものが走り、ベッドから飛び下りて看護婦に駆け寄った。

「ねえ、早く起きて！」大声で叫んでも返事はなかった。マージョリーは恐怖に震えながら看護婦の肩をつかみ、乱暴に揺さぶった。それでも反応はない。あらんかぎりの力でもう一度揺さぶった。目を覚まさせるというよりも、命を引きはがさんとするかのように。それでも看護婦は眠りつづけていた。マージョリーは手を止め、あおむけにして顔をのぞき込んだ。のっぺりとした顔はぴくりとも動かず、月明かりに照らされて死人のように青白かった。

「死んでる」マージョリーはとっさにそう思い、恐ろしさのあまりその場にくずおれそうになった。残っている勇気を必死でかき集めた。

「わたし、狂うのかしら……このまま狂ってしまうのかしら」不安が頭を駆けめぐる。しかしその陰にはもっと恐ろしい考えが隠されていた。「わたしはすでに狂っている！」

よろめきながら壁まで歩き、照明のスイッチを押した。反応がない。カチリという音がしただけで明かりはつかない。この新たな脅威に直面しても、マージョリーは理性を保とうとした。すると、悪魔を思わせる笑い声が響きわたった。あざけり、ほくそ笑む、胸の悪くなるような声が……。

今度は天井から聞こえた気がして、マージョリーは顔を上げた。すると、ひときわ暗い片隅に、燐光《りんこう》を発する球状のものがいくつか浮かんでいた。ぐにゃぐにゃしていて、まるで空中を漂うくらげのようだ。ぶつかり、押し合いながら、牛の群れのようにゆっくりと動いている。目が慣れてくると、それはすべて人の顔だとわかった。憎悪で醜く歪んだ顔が、じわじわとマージョリーに近づいてくる……。

降霊会で彼女の目の前に現れた尊い存在を、おどろおどろしい悪魔に変えるとこうなるのだろう。これを見て、マージョリーの世界は完全に壊れてしまった。叫ぶことさえできなかった。かぼそい声でしゃくり上げながら、おぼつかない足どりでドアに向かった。

頭に浮かんだのは逃げることだった――助けて、ウッド先生。その医者の穏やか顔を思い出し、少しだけ励まされた。ドアを閉め、暗い廊下にふらふらと踏み出した。

階段を下りている最中に、どすんという耳慣れない音が聞こえ、生温かくてぶよぶよしたものが素足のかかとをつかもうとした。そして出てきたばかりの寝室から、悪意に満ちた嘲笑が追いかけてきた。

マージョリーはすすり泣き、階段の途中で座り込んでしまった。それでも転がったり滑ったりしてどうにか廊下に下りたち、玄関のドアへと急いだ。どうやってそれを開けたかは覚えていない。ふと気がつくと顔に冷たい夜風を感じた。彼女は寝巻き姿のまま、靴も履かずに道路に飛び出した。

3

翌朝、クリスピンは重要な降霊会を行なうことになっていた。出席者はテッドを含めて十二人。クリスピンは疲れ果て、おびえているようにすら見えた。考えすぎかとも思ったが、霊媒の控え室《キャビネット》を囲む銀の刺繍入りカーテンを、神経質そうに直すクリスピンの手が震えていることに気がついた。テッドは一瞬たりともクリスピンから目を離すまいと心に決めた……。

出席者は降霊を行なうテーブルで、普段どおりとりとめのない会話を交わしていた。やがてクリスピンの妹が困惑顔でやってきた。クリスピンに身を寄せ、ひそひそ話を始めた。テッドはそっと近づき、ひとことでも聞きとろうとした。「……あなたに会わせろと言ってきかないの……」

「わかった」クリスピンは同意した。ベラが出ていくと、入れかわりに看護婦が入ってきた。ウッド医師から聞かされていた、マージョリーにつき添っている看護婦だろうとテッドはとっさに思った。肉づきのいい、鈍重そうな顔の女だが、いまは明らかに焦っている。彼女とクリスピンの会話ははっきりと聞こえた。

「どうしましょう、クリスピンさん。彼女が消えてしまいました」

「消えた！　いったいどういうことだ？」クリスピンは語気鋭く尋ねた。

「ベッドが空っぽで、家じゅう探しましたがどこにも見当たりません」

「じゃあ、きみは何をしていたんだ？　彼女の部屋でつき添っていたはずだろう？」

「ええ、でも昨夜はどういうわけかぐっすり眠り込んでしまって。今朝目が覚めたら、彼女が消えていたんです」

「朝の散歩にでも出かけたんだろう」

「ですが、クリスピンさん、それはありえません」看護婦は言いきった。「彼女、着がえていないんですもの」

「着がえていないだって！　それなら、この屋敷のどこかにいるにちがいない。ほかの部屋を探してみたまえ」

「いいえ、このお屋敷のなかにはいません。かわいそうに、頭が混乱して、寝巻きのまま外へ出たとしか考えられません。警察に捜索願いを出さなくては」

「むろんそうするつもりだ、ファーニヴァルさん」クリスピンは即座に応じた。「いますぐ警察署に行って事情を説明してくれないか。私もできるだけ早く合流するから」

この会話の意味するところを思い知り、一瞬、テッドの心臓が止まった。看護婦を追いかけて、もっと詳しい話を聞き出したいという衝動に駆られた。たとえ、クリスピンにひた隠しにしてきた計画がおじゃんになろうと。しかし、テッドはこの衝動を抑え込んだ。とりあえず何が起きたのかはわかった。マージョリーが姿を消した。そしてあろうことか、クリスピンはこの事態を知っていたか、もしくは予期していたにちがいない。看護婦が現れる前、クリスピンは妙にぴりぴりして落ちつきがなかったのに、それがいまはすっかり消えていた。いつもの近寄りがたい自信に満ちたクリスピンに戻っている。

これにはどんな裏が隠されているのか？　いったいマージョリーが何をしたというのか？　こ

んなふうにクリスピンに苦しめられなければならないなんて。彼女はなぜ罠にかかったのか？　どうしていまになって姿を消したのか？　これらの疑問が頭を駆けめぐるなか、テッドは平静を装いつづけた。彼女は力ずくで連れ去られたのかもしれない。それとも、完全に正気をとり戻し、恐怖に駆られて屋敷を飛び出したのか。テッドはおのれの無力さを思い知り、いたたまれなくなった。現にマージョリーは一度も彼に助けを求めてこなかった。ウッド医師はああ言っていたが、彼女は本当にいまでも自分のことを愛しているのだろうか？

とにかく自分なりの誠意を示そうとテッドは思った。ついにクリスピンと決着をつけるときが来たのだ。こうなったら、好きなようにやらせてもらう。ウッドなんかくそくらえだ。いくら待っても事態は好転しないじゃないか。ウッドのように機転のきく利口な人間には向いているのかもしれないが、自分がそういうタイプではないことをテッドは知っていた。いくら賢く立ちまわっても、クリスピンのような頭の切れる悪党が相手では勝ち目はない。テッドは単純で荒っぽいやり方のほうが好きだった。ずいぶん前から、いずれはそういう手段をとるつもりでいたし、すでに覚悟はできている。いまこそ行動に移すときだ。彼女を救い出すにはそれしか方法はない。

おそらく目や口元に決意のようなものが表れていたのだろう。降霊会を始める前に、クリスピンは探るような視線をテッドに向け、何か言いたそうにしていた。それでも結局は口を開くことなく、じきに明かりが落とされて、クリスピンは入神状態に入った。続いて引き起こされた現象が、テッドの怒りを倍増させた。全部いかさまだと知りながら、そのからくりを見破ることができない。ほかの出席者たちが身を乗り出したり、感情をあらわにしたりするたびに、彼のいらだちはつのった。そして何より、クリスピンの抜け目のなさが腹立たしかった。ぱっと見た感じでは、それほど利口そうじゃないのにとテッドは思った。

どういうわけか、その日の降霊会は短かった。物質化現象は起こらず、霊言はあったものの、散漫で興味をそそるものではなかった。やがて支配霊が現れ、今日は状態がよくないと告げた。クリスピンが目を覚まし、ベラが照明をつける。銀の刺繍入りカーテンが引きあけられ、クリスピンの包帯が解かれた。いつになく疲れるし体調がすぐれないという。

「それにやけに暑いな」そう言って、ひたいに手を当てた。「珍しい経験をしたよ。入神状態のとき、普段はいっさい記憶がないのに今日は初めて夢を見たんだ。夢のなかではっきりとした啓示を受けた。きみに宛てたものだよ」クリスピンはうなずき、テッドに意味ありげな一瞥をくれた。

テッドはこんなふうに座の注目を集めてしまったことに戸惑いを覚えた。全員が彼を見ている。これまでは、ただの観察者以上の扱いを受けることはなかったのに。テッドはむっつりとクリスピンを見返した。「覚悟しておけよ!」心のなかでそうつぶやいた。クリスピンは苦もなくそれを読みとった。

「私が嫌いなんだね?」クリスピンはいたずらっぽい笑みを浮かべた。テッドは頭にかっと血が上ったものの、どうにか押しとどまった。主導権はクリスピンが握っている。みんなの前でマージョリーのことを持ち出すわけにはいかない。そのせいでテッドは落ちつきを失い、いらだちをつのらせた。

「どうして嫌いにならなきゃいけないんです?」こわばった顔で尋ねた。

「イーストンさんが失踪した責任は私にあると思っているんでしょう。きみは彼女のお友達ですね? 断っておきますが、私は何もしていませんよ。同じくらい驚いているのですから」

ほかの出席者たちはこのやりとりに眉をひそめ、二人を見比べた。テッドはますます居心地が悪くなった。スレプフォール夫人もいぶかしげな顔をしている。クリスピンとテッドを除いて、マージョリーの失踪を知る者はいない。それにしてもテッドがマージョリーを気にしていることや、看護婦との会話を盗み聞きしていたことをクリスピンはどうやって知ったのだろう? どこまでが推測なのか? 油断なく見開かれたクリスピンの黒い瞳は爬虫類を連想させた。そこにはなんの感情も表れていなかった。

テッドは不機嫌に押し黙っていた。人前でマージョリーのことを話題にしないと心に決めていたし、この問題に決着をつける覚悟を決めたばかりだ。クリスピンのひ弱そうな肩をわしづかみ、いまこの場で真実を白状させてやりたいという衝動に駆られた。テッドはうずく両手を握りしめ、なんとか踏みとどまった。もっと賢いやり方があるはずだ。

そう思った矢先に、クリスピンのまぶたが閉じ、冷ややかなまなざしは隠されて、表情に人間らしさが戻ってきた。黄ばんだ能面のような顔が弛緩《しかん》し、表情がやわらいだ。クリスピンはひたいに手を置き、テッドに手ぶりをした。

「喉がからからだ。すまないが、水を一杯持ってきてくれないか?」

クリスピンが降霊会のあとで喉の渇きを訴えるのは珍しいことではない。部屋の一角に小さな洗面台と蛇口があって、写真を現像する際に使用されている。クリスピンはたいてい、集会が終わるとそこで口や喉を潤す。しかし、テッドに水を持ってきてほしいとは妙なことを言うものだ。テッドは躊躇した。クリスピンは何をたくらんでいるのだろう？　それからもう一度クリスピンを見た。明らかに具合が悪そうだ。他意はないらしい。テッドは洗面台へ行き、蛇口の下にグラスをさし入れ、軽くすすいだあと水を満たした。それをクリスピンのもとへ運ぶ。クリスピンはかすかに微笑んで――テッドは反応に困った――グラスに口をつけた。

一口飲んだとたん、クリスピンの表情が豹変した。青ざめた顔で、椅子から立ち上がりかけた。恐怖で凍りついた顔が醜く歪んでいく。

「人でなし！」クリスピンは叫んだ。「本当に毒を盛ったな」

その言葉は意味をなさないうめき声に変わり、クリスピンは床にひざをついた。傷ついたけもののように身をよじり、体をひきつらせる横で、その場に居合わせた者たちは恐怖で凍りついていた。誰もが最初に彼に触れるのを恐れているようだった。ようやくテッドを含む数名が抱きかかえようとしたが、もがき苦しむ彼になすすべもない。最後にひときわ激しい痙攣《けいれん》を起こし、首筋からかかとにかけて弓なりにそりかえった。みるみるうちに動きが弱まっていく。医者が駆けつけたときには、かすかに体をひくつかせるだけになっていた。ふたりがかりでソファに運び、口元の泡をぬぐった。

このとき、ある出来事がテッドの記憶に深く刻み込まれた。クリスピンが痙攣を起こすや、妹のベラは恐怖に顔を引きつらせてあとずさりした。

「連中がやったんだわ！」ベラはそうつぶやいて部屋を飛び出した。

スレプフォール夫人に呼ばれた医者が到着すると、一同はベラを探してまわった。彼女は屋敷から姿を消していた。警察を呼びにいったのかと思ったが、いっこうに現われないので医者が電話をかけた。ベラからの通報は受けてないという。

警察が駆けつけたとき、クリスピンはすでに死んでいた。

第5章　男女《おとこおんな》

ロンドン警視庁《スコットランド・ヤード》犯罪捜査部《CID》の警部チャールズ・モーガンは、想像力に富む人間ではない。だからといって仕事に支障はないし、それどころか刑事稼業に必要なのは、型破りで大胆な仮説や驚くべき発想の飛躍ではなく、地道な努力の積み重ね、すなわち日常業務に励むことだと一般的には言われている。網は遠くへ広げるほど、雑魚《ざこ》をすくい上げる確率も増える。しかるべき人物がつねに目を光らせていれば、おそらく千匹の雑魚のうちの一匹が、犯罪にかかわる時間や場所、あるいは場面を指し示すかもしれない。そして一万の雑魚を精査することで見つかる十件の手がかりが、ひとりの容疑者を浮かび上がらせることもある。

しかし、そのやり方が通用しない場合もある。そうなると未解決の事件がまたひとつ増えるかもしれない。いくらヤードの刑事が毛一筋も見逃さぬ地道な捜査を続けようと、独創的な発想の持ち主が練り上げた壮大な犯罪計画は阻止できそうにない。

当然ながら、モーガンの世界は事実のみで構成されている――それも〝冷厳たる〟事実で。彼自身、想像にも妄想にも縁のない筋金入りの現実主義者だ。赤毛のちょびひげをはやした、大きな丸い顔――といっても太っているわけではない。肌はなめした革《かわ》のようだ。モーガンの心もまた革でできている。繊細さや鋭敏さはないが、革のように丈夫で、手ごたえのある事実を好む――根拠のない空論や、安易な憶測に用はない。落胆しようと失敗しようとへこたれない。革ほどすぐれたものはないのだ。

モーガンが駆けつけたとき、マイケル・クリスピンの死体は現実離れした内装の一室に横たわり、おびえた顔の人々がまわりをとり囲んでいた。その部屋は現実離れしているが、現実離れしていること自体が冷厳たる事実なのだ。モーガンはすぐに気がついた。この故人にはどこか〝普通でない〟ところがあったにちがいない。

死因は何か？　目撃者にいくつか質問するうちに、事件のあらましは明らかになった。クリスピンは何かを飲んだあと、もがき苦しんで死んだ。その水をクリスピンに渡したのは、ジョージ・ロビンソンという名前の若い男――がっしりした体格で、なぜか挑むような目つきをしていた。モーガンはその表情の意味を測りかねた。しかし、医師による予備の検死が終わるのを待つまでもなく、クリスピンの症状が何を意味するかはわかっていた。

クリスピンは毒を盛られたのだ。

「ロビンソンさんがクリスピンさんにグラスを渡したとき、みなさんここにいたのですか？」

モーガンは振り返って尋ねた。一同は部屋の隅に集まり、ロビンソンとはあからさまに距離を置いている。彼はたったひとりで部屋の中央に傲然《ごうぜん》と立っていた。目撃者たちは全員がこの場にいたことを認めた。

モーガンは室内をざっと見まわした。クリスピンが床に倒れ込んだとき、グラスは彼の手を離れ、残りの水は絨毯の上にこぼれたようだ。グラスは割れていなかった。

モーガンは指紋をつけないように慎重にグラスを拾い上げ、じっくりと検分した。まだ内側に水滴が付着している。これだけあれば分析できるだろう。念のため、絨毯のしみのまわりに色チョークで円を描いた。必要があれば絨毯を運び出して、分析官の検査室にそのまま送ればいい。

モーガンは改めて一同を振り返った。目撃者は六名。見たところ共通点はなさそうだ――現時点では、社会的な立場も性格もまったくわからない。彼らに対してなんらかの判断を下す前に、充分な情報を集め、それを精査しなくてはならない。モーガンの超然とした口調は、彼の決意の固さを反映していた。

「これはきわめて重大な事件です」モーガンは全員に向かって言った。「クリスピンさんは不慮の死を遂げた。そして私の知るかぎり、医者にかかっていたわけではない。そうなると間違いなく検死審問《インクエスト》が開かれるでしょう。クリスピンさんは亡くなる寸前、何者かを非難する明確な言葉を残していますし」

モーガンは手帳を確かめた。実際には、一語一句はっきりと記憶しているのだが。

「彼はこう言いました。『人でなし、本当に毒を盛ったな』と」

モーガン警部の視線は、クリスピンにグラスを渡した若者の顔の上で止まった。やはり、その言葉は彼に向けられたものにちがいない。若者はすっかり顔色を失っていた。

「みなさん認められますか、これが故人のいまわの言葉だと？」

人々のあいだから同意のつぶやきが聞こえてきた。

「検死が終わるまで確かなことは言えませんが、すでに、看過できない不審な点がいくつか見つかっています。したがって、あなたがた全員の名前と住所を控えさせていただきます。検死で必要性が認められた場合、詳しい話を聞かせてもらうことになるでしょう」

六人はひとりずつ名前と職業を申告し、珍しい組み合わせのリストができた。

オーブリー・シンプソン少佐（退役軍人）
ミセス・スレプフォール
ミス・ラモーナ・コーエン（画家）
ミスター・パトリック・グリーソン（保険屋）
ミセス・シングルトン
ミスター・アーサー・ルイス・ブラッドリー（自営業）

モーガンは五人の名前と住所を読み上げた。

「このなかにお知り合いの方はいらっしゃいますか？　もしいれば、おたがいの身元を保証し合えるでしょう」

確認した結果、全員に少なくともひとりの知り合いがいた。

モーガンは、ひとりでむっつりと立っているジョージ・ロビンソンに視線を移した。

「きみの住所と職業をまだ聞いていなかったね」

若者は気まずそうな顔をした。「ふたりだけでお話ししたいんですが、警部」

「いいだろう」モーガンはそう言って、ほかの証人たちを振り返った。「この若者をご存じの方は?」

中年の女性、スレプフォール夫人が何か言いかけて、思いとどまった。ほかに名乗り出る者はいない。

「別室でお待ちいただけますか?」モーガンは証人たちに言った。「この若者と少々話がありますので」

彼らは執事に連れられて、クリスピンが書斎に使っていた隣の部屋へ移動した。ふたりきりになるや、モーガンは険しい顔つきで若者に向き直った。

「では、ロビンソンさん。住所と職業を教えてもらおう」

「その件で、警部に説明したいことがあって。実は僕の名前はジョージ・ロビンソンじゃないんです」

「なんだと、そりゃ本当かね? 居合わせた人たちは、きみのことをジョージ・ロビンソンだと思っているじゃないか」

「本当の名前はエドワード・ウェインライト。ビルフォード・メタルボックス社に勤めています」

「ならどうして、ジョージ・ロビンソンという偽名を?」

「それが、長い話で」ぎこちなく答えた。「ものすごく簡単に言えばこういうことです。知ってのとおりクリスピンは霊媒で、しょっちゅう降霊会を開いています。今日もその会が終わったところでした。それで、ウッド医師が――今日は出席していませんが、なんならあとで住所をお教えします――彼はクリスピンの友達で、科学者としてこの降霊術ってやつの研究をしています。だけど、先生は最近仕事が忙しくて、なかなか降霊会に参加できない。そこで、代わりに僕を潜入させるという名案を思いついたわけです」

モーガンのまなざしはテッド・ウェインライトの手に向けられていた。荒れてがさがさのてのひら、割れたつめ。

「きみは科学者なのかい――ええと――ウェインライトさん?」

「まさか。メタルボックス社で働いてるって言いましたよね」

「それなら、どうしてまた、ウッド医師はそんな科学的な調査をきみに?」

「そう言われても――僕らは友達だから、それで……」テッドの説明は説得力がなく、彼自身そのことに気づいていた。

「クリスピンはきみが調査員だと知っていたのかね? もしそうなら、きみが降霊会に出席することをどうして許したんだ? 何か事情でも?」

「ええ、知っていました」テッドは答えた。「彼はショーに調査員が混じっていても気にしないんですよ」

「それなら、偽名を使う必要はないはずだ、ウェインライトさん」

まんまと罠にかかってしまったことにテッドは気がついた。

「そのほうがいいと思ったんですよ」ばつが悪そうな顔で言い訳した。

「クリスピンさんがきみの本名を聞くと、おびえたりいやがったりするからではないんだね？」

モーガンはさりげなく尋ねた。

「それは違います。彼が僕をいやがる理由なんかないし……」テッドは自分の頭の回転の遅さをのろった。気まずい沈黙。テッドにはそれが果てしなく感じられた。

するとモーガンは明らかに唐突な質問をした。「この事件はイーストンさんとどういう関係があるのかね？」

テッドはぎくりとした。

「どうして？　そんなこと僕が言いましたか？」

「ごく自然な流れでそう思っただけだよ。今朝、この屋敷からマージョリー・イーストンさんがいなくなったという通報があった。詳しい事情を聞いてみると、彼女は一時的な心身喪失状態に陥っているかもしれないという。それから時を移さず、同じ屋敷で男性が死亡し、状況に不審な点があるという連絡を受けた。ふたつの事件の関連性を疑うのは当然のことだ」

「なるほど。でも、僕は知りません」テッドはかたくなに言いはった。

「イーストンさんのことを知っているかね？」

テッドは言いよどみ、やっとのことで「以前は知っていました」と答えた。「でも、ここしばらくは会っていません」

モーガンはパイプに煙草をゆっくりと詰め、マッチで素早く火をつけた。「ウェインライトさん、正直に話したらどうだい？」態度をやわらげ、穏やかに言った。「このままですむとは、よもや思ってはいないだろうね」

「どういう意味ですか、それは？」

「説明するまでもないだろう」モーガン警部は一転、厳しい口調で言った。「一人の娘さんが失踪した。きみは彼女を知っているという。一人の男性が急死した。死ぬ間際に、きみが毒を盛ったという言葉を残して。いっぽう、きみは偽名を使って被害者につきまとっていた。それに対するきみの説明は、はっきり言ってとうてい満足できるものではない。われわれがこのまま引き下がると本気で思っているのかね？」

「だって、真実なんだからしかたないでしょう。それをうさんくさいと言われても、僕にはどうしようもありません」

「証言を拒否するということかね？　それがきみの言い分であり、訂正するつもりはないと？」

「はい、あなたがそう判断したいのなら」

「結構。とりあえず医師の報告が届くまでは、そういうことにしておこう。それまではきみを容疑者とは呼ばないし、なんらかの警告を与えることもしない。クリスピンは自然死かもしれないし。ところで、所持品を調べさせてもらえるかな？」

「お断りします。どうしてそんなことをしなきゃならないんです？」

「では、結構。医師の検死報告が届くまでここに残ってもらおう。変死という結果が出た場合、きみは拘束され、手続きにのっとって身体検査を受けることになる。今日じゅうに帰りたければ、自発的に受けたほうがいい」

「自発的身体検査とは、素晴らしい思いつきですね」テッドはいらいらしながら答えた。「僕の頭に銃を突きつけて、さっさとすませればいいでしょう？　わかりました、どうぞ調べてください」

モーガンは巡査を呼んで、ウェインライトのポケットを探らせた。紙きれ、折りたたみ式のナイフ、鍵、現金等々。モーガンは明るい場所に移動して、それらに素早く目を通した。そして小さな驚きの声を上げた。

「なんだこれは？」こまごました押収物のなかから、ガラスの小瓶をつまみ上げた。ふたをはずし、おそるおそるにおいをかぐ。とたんに警部の表情が一変した。

テッドは目を丸くしてその小瓶を見ていた。

「ちょっと待って」とテッド。「そんなもの、僕のポケットに入っていませんよ！」

「馬鹿を言うんじゃない。たったいま巡査がとり出すところを見ていただろう」

「だって、入っているわけないいんだ！」テッドは言いはった。「あるわけない。自分のポケットの中身を知らないとでも？　なんだよ、僕をはめようとしているのか？」

モーガンは冷ややかなまなざしを向けた。若者は狼狽《ろうばい》し、すっかり顔色を失っている。

「はめるだと？」問い返す声に怒りがにじんでいる。「私に向かってそういう言葉を使うのはやめてもらおうか。ほかのものはポケットにしまいたまえ。こいつは預かっておく。さあ、まっすぐ家に帰るんだ。ドゥーニー巡査が同行して住所を確認させてもらう」

名前を呼ばれた巡査が前に進み出た。

「外出は控えたほうがいいだろう」モーガンは意味ありげにつけ加えた。

「いや、ちょっと待ってくれ。僕のポケットにそんな小瓶が入ってるわけないんだ」テッドは必死に反論した。

「私に自分の目を信じるなと言うのかね?」モーガンは無愛想に応じた。「子どもじみたことを言うな！　さっさと帰りたまえ」

ドゥーニーが腕をつかみ、いやがるテッドを部屋の外へ連れ出した。ドアが閉まると、モーガンは現場の写真を撮影していた私服警官に声をかけた。

「おい、マッキントッシュ、急いでふたりを追いかけてくれ。ドゥーニーが帰ったら、あの男を見張るんだ。都合がつきしだい応援を送る。ウェインライトは逃亡の恐れがあるから油断するな。助けが必要なときは電話をしてくれ」

モーガンが隣室に入っていくと、待ちくたびれたほかの目撃者たちが、ぎこちなく言葉を交わしながら時間をやりすごしていた。

「今日のところは、これ以上みなさんにお訊きしたいことはありません」モーガンは愛想よく言った。「どうぞご自由にお引きとりください。新たな情報が必要になった場合は、先ほど教えていただいたご住所に警官がうかがいます」

モーガンは降霊会の会場に戻り、黒檀のデスクについて手帳にいくつかメモをした。それが終わると、改めて小瓶をとり出し、においをかいだ。そしてのち、部下のひとりにそれを手渡した。

「こいつに関しては疑いようがないな、そうだろう、キース?」

呼ばれた部下がそのにおいを慎重にかいだ。

「どうやら犯人は決まりのようですね」そう言って小瓶を返した。「身体検査を思いついてラッキーでしたね」

「まあな。もし忘れていたら、パンツの中身を思いきり蹴飛ばされても文句は言えまい。大急ぎでスレメイン先生のところへ行って、予備の検死が終わったか訊いてくれ」

キースはスレメイン医師とともに戻ってきた。その医者は顔色の悪い小柄な男で、白髪混じりのちょびひげをはやしている。青い瞳はくたびれていて、銀鈴のようなかぼそい震え声もまたくたびれている。

スレメイン医師は入ってくるなり、モーガンに鋭い一瞥をくれた。

「奇妙な事件に出くわしものだな、モーガン」挨拶もなしに言った。「まったくもって奇妙だ。それで犯人の目星は?」

「いくつか手がかりはある」モーガンは慎重に答えた。「クリスピンは毒殺されたと考えていいのか?」

「ああ、ざっと調べただけだが。明らかな症状が現れていた。むろん検死解剖のあとでないと確かなことは言えないが」

モーガンはうなずいた。「思ったとおりだ。これまでに集めた事実を総合すると、こういうことだ。ウェインライトと名乗るあの若者は、現在行方のわからないマージョリー・イーストンという娘と交友関係があった。口ぶりからして、彼女に好意を寄せていたと考えられる。そして、いまもその気持ちに変わりはないのだろう。いっぽう彼女はクリスピンのもとで暮らしていた。あの若者がクリスピンに嫉妬していたことはまず間違いない。

むろん、マージョリー・イーストンとクリスピンがいかなる関係にあったか、それを示す事実はまだ見つかっていない。しかし、私が思うに、かなり親しかったはずだ。ウェインライトは偽名を使ってこの屋敷に足繁く通っていた。つまりクリスピンは、ウェインライトの気持ちを知ってはいたが、本名の彼とは面識がなかったということだ。

そして当の娘が消えた。いまのところ、失踪の理由や行き先について具体的な証言は得られていない。たぶんクリスピンとけんかでもしたんだろう。それはともかく、彼女は重い病を患っている――したがって、当面、そのあたりの事情は棚上げにするしかない。

とはいえ、追究すべき材料はたくさんある。テッド・ウェインライトがクリスピンに水の入ったグラスを手渡し、クリスピンはそれを飲んだ直後に苦しみはじめた。『人でなし、本当に毒を盛ったな！』と彼は叫んだ。それはつまり、テッド・ウェインライトに毒を盛られる理由に心当たりがあったことを示している。運よく動かぬ証拠が手に入った。ウェインライトのポケットから青酸入りの小瓶が見つかったんだ」

モーガンがその小瓶をさし出すと、スレメインは用心深くにおいをかぎ、うなずいた。モーガンは勝ち誇った顔で医者を見た。

手に入れた事実を理路整然とつなぎ合わせられたことで、モーガンはいくぶん得意になっていた。そこから導き出される結論はひとつしかない。犯人はウェインライトだ。殺人事件とは本来そういう――単純かつ具体的かつ明白な――ものだとモーガンは考えている。巧妙に仕組まれた犯罪や複雑な事件などめったにない。人間は実にありきたりな、一マイル先からでも見えそうな動機で人を殺す。さもなければ、頭がいかれているかだ。後者の場合、犯人が本気で証拠の隠滅をはかることはない。

スレメインは申し訳なさそうな笑みを浮かべてモーガンを見た。

「確かに説得力がある」医者は認めた。「そこへ水をさすのは気が引けるが、実は二点ほど……」

「私の推測と合致しないんだな？」モーガンはそう言ってうなずいた。「よし、聞かせてくれ。なんらかの説明がつくはずだ」

「では、第一のポイントから。その小瓶には青酸――厳密に言えば、シアン化水素酸――が入っていたことに疑問の余地はない。シアン化水素酸はひじょうに毒性が強いうえに、広く普及している毒物で、摂取すると特有の症状が表れる。だからこそ断言できるんだ。クリスピンがどんな毒を飲んだにせよ、シアン化水素酸ではない。シアン化水素酸は急速に血液から酸素を奪い取り、その結果として全身の皮膚に特徴的な変化を引き起こす。クリスピンの遺体にはその変化が表れていなかった。それに、ある程度時間が経過すると、口腔《こうこう》や唇から発せられるはずの、独特のにおいもない。さらに、通常、シアン化水素酸の中毒患者は最終的に昏睡状態に陥るものだが、クリスピンは痙攣を起こして死んでいる」

「なら、犯人はどんな毒を使ったというんだ？」モーガンは不満そうに尋ねた。

「ストリキニーネだろう。むろん臓器を分析してみないことには、はっきりしたことは言えないが。できるだけ早く検死解剖を行なうつもりだ。ストリキニーネは中枢神経系、とくに脊髄に作用し、神経系を狂わせることによって死に至らしめる。ほんの小さな刺激が全身の運動神経の末端にまで伝わり、手のつけられない痙攣を引き起こす。そうなると全身の機能が麻痺し、やがては命を落とすことになる。目撃者の証言や遺体の状態からして、彼が毒殺されたとすれば、ストリキニーネが使われたことはまず間違いない。同じような症状を引き起こすべつの要因として挙げられるのは破傷風だけだ。しかし、現場の状況や短時間で死に至ったことを考えると、破傷風の可能性は排除できる。死因はストリキニーネと断定してかまわないだろう」

「なるほどそいつは確かに厄介だ！」モーガンも認めざるをえなかった。「どうやら思ったほど単純な事件ではなさそうだな。私の推理に適合しない、もうひとつの事実とはなんだね？」

「警部の推測によれば、犯行の動機は三角関係のもつれ――ウェインライトがクリスピンに嫉妬したこと。しかし残念ながら、その三角関係は成立しない」

「どういう意味だ？」

「マイケル・クリスピンは、女だったんだ」

第6章　六つの奇妙なもの

1

「女だと！」モーガン警部は思わず叫んでいた。「そいつは確かに驚きだ！」

「不思議でならないよ」スレメインは続ける。「誰もそのことに気づかなかったなんて。どちらかというと体格は男に近かったことは私も認める。しかし、肉づきのいい臀部《でんぶ》やひげのない顔を見れば、誰だって不審に思うはずなのに。着るものでできるだけ男っぽく見せていたんだな」

「行きつけの仕立屋を見つけ出さないと。たいして捜査の役には立たないだろうが」

「ほかに知りたいことは？」スレメインが尋ねた。

「いまのところはない。それより、できるだけ早く検死解剖と分析の結果を届けてくれ。おまえさんのおかげで考えることが山積みだ。

あのグラスを持っていってくれないか。ひとつ残らず指紋を検出するよう、ヒッチコックに頼んでくれ。そのあと、グラスの底の沈殿物も調べてみてほしい。グラスの水で足りなければ、絨毯のここにこぼれている。まずは使用された可能性の高いストリキニーネの検査をすべきだろうな。この小瓶も持っていったほうがいいな。ここに入っていたものが、青酸以外の何ものでもないことを確かめてほしい。においからして間違いないと思うが、驚くべき事実をふたつも突きつけられて、そっちも自信がなくなってきた。ひょっとするとまがいものかもしれない」

スレメインが立ち去るや、モーガンは使用人たちの入念な取調べを始めた。ひとり目はマージョリー・イーストンの看護婦ファーニヴァル。彼女は珍しく捜査の役に立ちそうなタイプの証人だった。質問にははっきりと答え、憶測や思い込みで証言をしない。惜しむらくは、クリスピンに雇われて日が浅いことだ。精神病患者の世話をした経験を買われて、マージョリー・イーストンの看護をまかされ、たいていはその娘につき添っていたという。

「その娘さんの精神状態は、正確にいうとどうだったんですか?」

「明らかに精神病の一歩手前でした。極度にふさぎ込んでいて、無気力で。かといって正気を失っているわけではありません。話の筋はちゃんと通っていたし、他人をきちんと見分けられるし、記憶もしっかりしていた。ときどき幻覚を見るようですが、気分が沈み、神経が過敏になっているせいでしょう。体が元気になれば、自然に消えると思います」

「彼女がこんなふうに失踪した理由に心当たりは? 突発性の精神錯乱でしょうか?」

「まったくわかりません。たぶん、夜中に妄想にとりつかれて目を覚まし、屋敷から飛び出してしまったのでは。それにしても、それほど遠くまで行けるわけないのに。彼女は寝巻きのままですから。道を歩いていれば、人目につくはずです。どこかの家に迷い込んだのなら、とっくに警察に通報されているでしょうし。いずれにしても、警部さんに連絡が行くはずですよね。たとえ彼女が自分の名前や住所を忘れてしまうような状態にあるとしても」

「私が署を出た時点では、彼女らしき人物を見かけたという通報はなかった」モーガンは言う。「確かに妙ですな。しかし、最悪の事態を考えるには早すぎる。ひょっとすると簡単に説明がつくことなのかもしれない」

「実は気になることがひとつあって。昨夜にかぎって、なぜ自分があんなにぐっすり眠り込んでしまったのか。わたしはもともと眠りが浅いほうですし、看護婦という職業柄、病室の物音にはことさら敏感なんです。普通の物音なら、わりと大きくても反応しないのですが、いつもと違うちょっとした動きとか、患者さんの叫び声が聞こえるとすぐに目が覚めます。だからどうしても信じられなくて。わたしが気づかないうちにイーストンさんがベッドを抜け出して部屋を出ていったなんて」

「まあ、ときとしてそういうことがあるものです」とモーガン。「思いのほか深く眠り込んでしまうのは珍しいことじゃない——泥棒はそれを狙っているわけだ。気に病む必要はありませんよ」

ファーニヴァルはあやふやな表情で言った。「妙なことを言うと思われるかもしれませんが、警部さん。でも、わたしにはそれだけのことじゃないという確信があるんです。今朝目が覚めたとき、肩と首にあざができていることに気づきました。首の跡はいまも残っています」

モーガンは赤紫色のあざを仔細に眺め、小さなうなり声をもらした。

「こいつは手の跡だな。誰かに首を締められたのですか?」

ファーニヴァルはかぶりを振った。

「いいえ——あざは気管の上ではなく、首の横についていますから。誰かに乱暴につかまれた跡だと思います。それがゆうべだったことは間違いありません。なのに、どうして目が覚めなかったのか。どうやったらわたしをぐっすり眠らせて、目を覚ますことなく首にこんなあざを残すことができるのか」

「つまり、誰かに薬を盛られたと？」

「それしか説明のしようがありません」

「いつどこで薬を飲まされたか心当たりはありますか？」

「最も可能性が高いのは、毎晩、寝る前に運ばれてくるココアです。いま思い返してみると、いつもより苦かったような気がします。断言はできませんが」

「クリスピン兄妹が関与していることは間違いない。あなたがこの屋敷に来たとき、あのふたりに妙なところはありませんでしたか？」

ファーニヴァルは鼻で笑った。

「べつに何も。叩音とか降霊会とか霊魂とか――こんなところにいたら誰だって頭がへんになるわ。子どもだましのお遊びとしか思えない！　ここに通ってくる人たちに関しては――とにかく、これまでに世話をした大勢の患者さんのほうがよっぽどまともだわ！」

「そういう種類の奇妙さではなくて」モーガンは説明した。「あなたではなく、私が興味を持ちそうなネタはありませんか？」

「さあ、あの人たちはたぶん、法を破るようなことはしていませんよ。とりあえず、お給料はきちんと払ってくれていましたし」

モーガンはいわくありげな目つきで彼女を見た。

「あなたはどう思いますか、マイケル・クリスピンが実は女だと言ったら」

ファーニヴァルはぎょっとした。

「警部さんったら、気でも違ったのかしらと思うでしょうね」そう言ったあとで言葉に詰まった。「でも、確かに彼には普通じゃないところがあった……つまりあなたは……そんなまさか……あの歩き方といい、お尻の感じといい……あの肉のつき方は男じゃないわ！」

モーガンはうなずいた。

「そう、マイケル・クリスピンは女だった。どのくらいの期間、男のふりをしていたのかはわからない。普通じゃないところというのは具体的にどこですか？」

看護婦は答えに窮した。

「なんていうか、奇妙な印象を受けました。やけにもったいぶった態度で。とても礼儀正しくて、堅苦しい。そのせいか、ひとりの男性として考えたことはありません。かと言って冷淡でもなく。俗に言う女々しいのとは違うし、男っぽくもない。なんだか変な感じなんです。背筋がざわっとするような。そういう謎めいた雰囲気に圧倒される人もいるでしょうね」

「なるほど、たいへん参考になりました、ファーニヴァルさん。いまのところ、お聞きしたいのはそれだけです。まだこの屋敷にいらっしゃるんですよね？」

「ええ、いずれにせよ、あと一週間は。解雇は一週間前に告げられる契約ですので。そのうちイーストンさんが見つかるかもしれませんし。そうなれば、世話をする者が必要でしょう。わたしがここに残ることについて、ミス・クリスピンは何か言っていましたか?」

「それがどこにも見当たらないんですよ。外出したらしくて、まだ戻っていない」

続いてモーガンは、残りの使用人の取調べを行なった。コック、小間使い、運転手。コックと小間使いからは、たいした答えを引き出せなかった。二人とも、クリスピンのことをよい主人だと思っているらしい。〝彼〟は高い給料を払ってくれるし、面倒な仕事を言いつけることもない。いっぽう、妹のベラの評価はそれほど高くなかった。口うるさくて高圧的だったという。

例の〝怪しげな行為〟に関しては、最初のうちは恐ろしかったそうだ。こんな屋敷に、しかも住み込みで働こうと思う者は誰もいない。だが、それにもじきに慣れたという。実害があるわけではないし。

「絶対に慣れられないこともありましたけど。あたしが給仕をしているとき、旦那さまが幽霊の話をするんです。あたし、怖くて、ときどき震え上がっていました」小間使いが言う。

クリスピンが主人ではなく女主人だったと聞いて、心底驚いている様子だった。クリスピンは四六時中、巧みに演じていたということだ。すっかり体にしみついていたのだろう。それでも彼女たちは、クリスピンに〝違和感〟を覚えていたことを認めた。

モーガンは最後に運転手のホーキンスから事情を聞いた。ホーキンスによれば、車庫の車がなくなっているという。洗車したので、今朝そこにあったことは間違いない。つまり、クリスピンが亡くなった直後に消えたということだ。モーガンは、行方のわからないベラ・クリスピンのことを思い出した。

「ミス・クリスピンはその車を運転できますか?」モーガンは尋ねた。

「はい、私が教えましたので。私が非番のとき、ときどき自分で運転して、買いものに出かけていたようです。それほどうまいとは言えませんが。いまでも混雑した街なかは苦手らしくて」

「クリスピン家に勤めてどれくらい?」

「五年になります」

モーガンは手帳に目を落とした。

「では、従業員のなかで一番の古株ということか。マイケル・クリスピンは、本当はマイケル・クリスピンでなかったことを知っていますか?」

ホーキンスは虚をつかれたようだ。

「マイケル・クリスピンではない? おっしゃる意味がわかりませんが、警部」

「マイケル・クリスピンは女性だったことが判明したのです」

「女だって! まさかそんな!」ホーキンスは驚きの声を上げた。

その驚きが本物なのかモーガンには判断がつかなかった。

「疑ったこともないと?」

「当たり前じゃないですか、警部。一瞬たりとも疑ったことなどありませんよ」

モーガンはこの答えにかすかな疑念を覚えた。なんというか、断定的すぎる。看護婦のファーニヴァルはクリスピンに普通とは違う、奇異な印象を受けたときっぱり言いきっていた。コックや小間使いでさえ、クリスピンの態度に不自然さを感じていたことを認めている。ところがホーキンスは——明らかに頭が切れそうだし、誰よりも長くクリスピンのことを知っているにもかかわらず——この事実にまったく気づいていなかったという。確かに運転手というのは、小間使いほど主人を観察する機会はない。あるいは、彼にはファーニヴァルのような鋭い観察眼がないだけかもしれない。

ホーキンスは執拗な取調べにも、簡単にぼろを出す男ではなかった。口数の少ない陰気な男で、歳は三十八くらいか。いっけん聞き分けがよさそうな態度の裏には、しばしば手に負えない頑固さが隠されているものだ。

モーガンはそれ以上追及するのをやめ、ベラ・クリスピンに関する質問に戻った。彼女はいまだに帰宅しておらず、行き先を知る手がかりになりそうな情報もない。ホーキンスから車のナンバーを聞き出し、スコットランド・ヤードを通してパトロール中の警官に無線で注意を呼びかけた。ベラ・クリスピンがその車で逃亡を企てたとしたら、昇進を切望する巡査たちの鋭い目に止まらずに、そう遠くまで行くことはできないだろう。

その夜、ロンドンとサウサンプトンを結ぶ街道沿いで、その車が乗り捨てられているところを発見された。運転手を見た者はいない。ベラ・クリスピンが逃亡をはかったことは明白だ。

クリスピンは毒殺され、マージョリー・イーストンは失踪し、ベラ・クリスピンは逃亡……。ちょっと見たところでは、なんのつながりもない不可解な組み合わせに思える。がしかし、かならずなんらかの関係があるはずだ。

モーガンは手がかりを求めて、徹底的な家宅捜索を行なうことにした。この捜査に翌日から二日間を費やした。その結果は驚くべきものだった。普通の人は書類や手紙などといった文書類を自宅にため込んでいて、そこからその人の暮らしぶりが自然と浮かび上がってくるものだ。ところがクリスピンの屋敷には、きわめてありきたりな必要最低限のものを除いて、目ぼしいものは何ひとつなかった——手紙は一通もなく、大半は商店の請求書やチラシのたぐいで、それらも几帳面に整理されていた。そこには明らかな意図が感じられた。クリスピンはいつか警察の捜索を受けることを予測していたのだ。

いったいそれは何を意味するのか？　クリスピンは常日頃から警察にいかなる情報も与えないよう、こんなふうに屋敷を保っていたのだろうか。もしそうなら、それほどまでに家宅捜索を恐れていた〝彼〟の人生そのものにがぜん疑問が湧いてくる。あるいはクリスピン殺害をもくろんでいたほかの誰かが、手際よく処分しておいたのか。現在逃亡中のベラが、隠しておきたい秘密を暴かれぬよう、その痕跡をきれいにぬぐい去っていったのか。

クリスピン殺害からベラが逃亡するまでの時間がごく短いことからして、この三つ目の可能性はほとんどないと思われた。

もちろん、ふたつ目と三つ目を組み合わせれば可能性は充分にある。ベラは〝マイケル〟・クリスピン殺害に関与しているため、手がかりになりそうな書類すべて——預金通帳から私信のたぐいまで——を持ち去ったのかもしれない。しかしながら、クリスピンがもだえ苦しみながら死んでいくのを見て、ベラが思わずもらしたひとことによって、この可能性も排除できそうだ。現場に居合わせた人々の証言によれば、そのひとこととは――

「連中がやったんだわ！」

この言葉は、〝マイケル〟・クリスピンの命を奪ったと彼女が信じている者たちから、彼女自身も逃げ出したことを示唆しているように思われる。

とはいえどれも強引すぎる。複数の事実が示す犯人はやはりテッド・ウェインライトだ。たとえ小瓶の毒薬が一致せず、現段階では充分な動機が見当たらないとしても。これらの不備を認めてもなお、容疑者の筆頭に上げられるのはあの若者だ。あくまでも事実を尊重するモーガン警部としては、テッド・ウェインライトを犯人の最有力候補からはずすわけにはいかなかった。

屋敷を去る前に、警部の家宅捜索が実を結んだ。思いも寄らぬ発見があったのだ。整理だんすの引き出しのひとつに鍵がかかっていた――家じゅうで鍵がかけられていたのはそこだけだった。そのこと自体が実に珍しい。おおかたの家には、鍵をかけた引き出しや戸棚がいくつかあるものだ。そのうえ引き出しには、無理やりこじあけようとした痕跡がはっきりと残っていた。鍵穴のまわりに引っかき傷、そして隙間に梃子のようなものをさし込んだ跡がある。

警部は、クリスピンが身につけていた鍵の束を思い出した。順番に試してみると、そのうちのひとつがぴたりと合った。警部は引き出しを開けた。

中を見た瞬間、警部は落胆した。文書類か、謎を解く手がかりが見つかることを期待していたのだ。出てきたのは、今回の事件に直結しないどころか、てんでばらばらの雑多な品物ばかりだった。あまりにもばらばらで、その際立った関連性の欠如こそが、いわば共通点になっていた。

それらはいま警部の前のテーブルに並べられ、なんらかの意味を読みとれと迫っている。品物は六つ――警部はそれを〝六つの奇妙なもの〟と呼ぶことにした。

1、リネンの丈夫そうな布が一枚。幅の広いキャンバス地のひもが両端に縫いつけられている。警部にとって初めて目にするものだった。

2、厚紙が一枚。色とりどりの短い毛糸が結びつけられていて、それぞれにアルファベットがふられている。色見本かサイズ表の一種のようだが、あまりにも無秩序で作りも雑なため、何かの表や見本として分類するのはためらわれた。

3、おもちゃの風船がいくつか。うちひとつはコックつきの特殊な金具で自転車の空気入れにつながっている。

4、女性の写真が一枚。服装からして二十年ほど前に撮影されたものと思われる。

5、先が二股に分かれた棒と細い笛が一本ずつ、それにストローが数本入った箱。一本のストローの先端は茶色く汚れていた。ニコチンのにおいがした。

6、『法医学』という題名の薄い解説書が一冊。

警部の期待を少しでも満足させてくれたのは、最後の一点だけだった。それ以外のものは、個別に見ればさして目を引くものではない。しかし、それが一カ所に集められていたこと、鍵をかけた引き出しに後生大事にしまってあったこと、何者かがその引き出しをこじあけようとしたこと、そしてここが殺人事件の現場であることを考えると、謎は一気に深まり、興味をかきたてずにはおかなかった。それらの品物は事実だ。揺るぎない厳然たる事実だ。触ることもつかむこともできる。とはいえ、警部は最初のうち、それらの事実が不充分であることを苦々しく思っていた。なぜなら、すべてを盛り込んで筋の通った仮説を立てるには、常識にとらわれない自由な発想が必要だからだ。警部はその証拠の品々を用心深くかばんにしまった。

家宅捜索の結果、〝奇妙なもの〟のひとつが明らかになった。マージョリー・イーストンの部屋で、色褪せた写真一枚と指輪の入った封筒が見つかった。写真の裏には「最愛のマージョリーへ」と記されていた。

写っている女性は、鍵のかかった引き出しから見つかった写真と同一人物だった。ただし、撮影されたのはべつの場所で、いくらか若いころに写されたもののようだ。

2

「その点に関して疑問の余地はないよ、警部」翌日、スレメイン医師はモーガンに言った。「クリスピンは、あるいは本名がなんであれ、ストリキニーネによる中毒で死亡した。それもかなり毒性の強いやつで」

「青酸が入っていたらしい小瓶のほうは?」

「ああ、確かに青酸以外の何ものでもなかった。したがって、あの小瓶と彼女の死はまったく関係ないと言わざるをえない」

「それはどうかな。警察の目をごまかすための小道具と考えるほうが妥当だろう。クリスピンの死因はストリキニーネによる中毒死と判明し、例の小瓶にはべつの毒物が入っていた。それで容疑が晴れるとあの男が思っているとしたら、とんだ計算違いだ。そういう中途半端に利口なやつは珍しくないんだよ。それでグラスのほうはどうだった？」

「ストリキニーネの反応がはっきりと出たよ。絨毯を調べるまでもなく。現時点で報告できるのはこれで全部だ」

　スレメインが帰ったあと、モーガンは受話器をとり、死んだ女の指紋や写真を託してあった記録係を呼び出した。すると一件記録（特定の事件や人物に関する書類をまとめたもの）が戻ってきた。〝マイケル・クリスピン〟には前科があった。

　警察に記録された名前はブレンダ・ハーティントン。女にしては珍しい信用取引を利用した詐欺師だった。架空会社によるにせ取引でふたりの男をだまし、ちょっとした偶然から逮捕されたものの、金のありかはついに明かさなかった。釈放後も警察は根気よく監視を続け、女にはつねによからぬ噂がつきまとっていたが、告訴されるまでには至らなかった。そうこうするうちに五年ほど前、女は忽然《こつぜん》と姿を消し、警察は二度と行方を突き止めることができなかった。

　いまならそれも合点がいく。彼女はマイケル・クリスピンという新しい役柄を手に入れ、性別を変えることで警察の追っ手を振りきったのだ。ずいぶん風変わりな偽装を選んだものだとモーガンは思った。しかし、書類をめくるうち、ブレンダ・ハーティントンの母親はヴォードヴィルで男役を演じていたことがわかった。舞台でひと財産作ったものの、ギャンブルと酒でそれを使い果たしたあげく、貧困にあえぎながらアル中で死んだ。当時ブレンダは十五歳。子どものころのブレンダは母親の芸をまねていた――そう考えるのは手前勝手な想像ではあるまい。そんな彼女にとって男のふりをすることは容易だったはずだ。体型がいくぶん男っぽいのも母親譲りなのだろう。

モーガンは〝マイケル・クリスピン〟の死にまつわる複数の証言を頭のなかで反芻《はんすう》した。ある一点について目撃者の意見は一致している――グラスに水をそそいでからそのグラスがクリスピンの手に渡るまでのあいだ、ウェインライトを除いて手を触れた者はいないし、本人に気づかれぬうちに毒を盛れるほど近くにいた人もいない。そんなことができたら神業《かみわざ》だとモーガンは思っていたが。

前もってグラスに毒が仕込んであったのかもしれない。しかし、三人以上の証言によってこの可能性は消えた。水をそそぐ前に、ウェインライトがグラスをすすいだことをはっきりと記憶していたのだ。まさにその瞬間、ストリキニーネをグラスに入れたとも考えられる。

そうなると当然、ウェインライトは毒を入れてあった容器を持っていなくてはならない。ところが見つかったのは青酸入りの小瓶のみ。とはいえ、クリスピンが死亡してから警察が到着するまでに、それくらいの小さなものを処分する機会はいくらでもあったはずだ。たとえば、混乱に乗じて窓の外に投げ捨てるのはたやすいことだ。

実のところ、警部はこう考えるようになっていた。ウェインライトのポケットから見つかった青酸入りの小瓶は、〝目くらまし〟の役割を期待されていたのだろう。仮にウェインライトがクリスピン殺害に青酸を使ったとしたら、その容器を真っ先に処分しようとしたはずだ。そのいっぽうで、捨てずにいた理由は次のように説明できる。小瓶の中身とクリスピンを殺害した毒は一致しない。それを知ったモーガンが驚くことを予測して、あの若造は大胆な賭けに出たのだ。驚きのあまり、警察がウェインライトを被害者と見なし、べつの容疑者を探すのではないかと。モーガンはそう推測しつつも認めざるをえなかった。ウェインライトが、罪を犯し、さらに無謀とも言える策略をめぐらせて犯行を隠蔽するタイプには見えないことを。

しかしそうなると、そもそもウェインライトは誰かを毒殺しそうなタイプではないし、そのこと自体が、犯人の人柄やありがちな犯人像に惑わされてはいけないという警告なのだ。警部は経験上、人間は何をしでかすかわからない生きものであり、今回のケースもその一例なのだとわかっていた。この歳になって、人間のすることにいちいち驚くのはよくない。

とりあえず、容疑者が判明したと上司に報告できるだけの充分な証拠はそろっている。法廷でウェインライトを有罪にすることも可能だろう。性急に逮捕状をとる必要はない。未解決の問題がまだ四つ残っている。マージョリー・イーストンがいまだに行方知れずなのはなぜか？　ベラ・クリスピンはどこへ消えたのか？　ウェインライトの殺害の動機は？　クリスピンを毒殺しようと決意したのなら、どうしてこれほど見え透いた、足のつきやすい方法を選んだのか——人々の面前で、犯行を目撃されることもかまわずに。

モーガンはウッド医師に話を聞くことにした。ウッドにはウェインライトをジョージ・ロビンソンという偽名でクリスピンの集会に送り込んだ責任があるし、彼ならウェインライトの真の動機を明かす手がかりを与えてくれるはずだ。このままではあやふやな点が多すぎる。それらが解決するまでウェインライトは、厳重な見張りをつけて泳がせておいたほうがいい。そのうち不安に耐えられなくなって、われわれをマージョリー・イーストンかベラ・クリスピンの居場所へ、もしくは本当の犯行の動機へと導いてくれるかもしれない。

モーガンは認めたがっていないが、この事件にはべつの要素がある。なんとも不可解で、挑戦的で、突拍子もない品々――〝六つの奇妙なもの〟の存在だ。

第7章　がらくた

モーガン警部はウッド医師に会ったとたん戸惑いを覚えた。うさんくさい過去を持ち、おそらく無知ゆえに軽率にもクリスピンの集会に引き込まれた、安っぽい医者を想像していたのだ。ところが、ウッドの身のまわりを一瞥しただけで、〝安っぽい医者〟という表現が当てはまらないのは明らかだった。彼は売れっ子の医者であり、金持ちでもある。

言葉を交わしてみて、その印象はさらに強まった。ウッド医師は成功からくる自信に満ちあふれ、成功を享受するのに必要な柔軟性と気どりのない態度を兼ね備えていた。

検死審問はまだ開かれていなかった。そして新聞各紙もいまのところ、のちに〝男女《おとこおんな》の怪《かい》〟として世間の話題をさらうこの事件について派手に書きたてていない。それゆえにモーガンは、ウッド医師を驚かせることで主導権を握りたいと考えていた。

「クリスピンが亡くなったことはご存じでしょうね？」モーガンは自己紹介を終え、ウッドの探るようなまなざしに気づくや、そう切り出した。

医者は心底から驚いているように見えた。

「いいえ、初耳です。死んだ？　本当に？　具合が悪いことすら聞いていませんよ。いったい何があったんです？　交通事故ですか？」

「彼のことはよくご存じだと思っていました。それでは、どうして死んだのかご存じないんですね？」

「お言葉を返すようですが、よく知っているとは言えません。彼の集会にはちょくちょく顔を出していましたが。それに出席していれば、訃報《ふほう》も耳にしたのでしょう。あいにく、今朝アイルランドから戻ってきたばかりで。ひょっとすると郵便物に知らせが混じっているかもしれませんが、それもまだ開けていなくて。そういうことがあれば、妹のクリスピンさんかイーストンさんが連絡を寄越すはずです」

「そのご婦人ふたりがそろって行方不明なんですよ」警部は言った。「ベルモント通りで起きた重大な事件について、先生は何もご存じないようですね」

「まったく知りません！」ウッドは驚きの声を上げた。「クリスピンが死に、女性たちは行方知れずになっているなんて！　私の留守中にいったい何があったんです？」

「ことの始まりから逐一説明したほうがよさそうですね」

〝逐一〟というのは語弊がある。モーガンは頭のなかで素早く事件を整理し、何を省くか判断した。第一段階として、ウェインライトに嫌疑がかかっていることは省略する。そうすれば、仮にウッドが自分の子分をかばうつもりでいるとしたら、不必要に警戒心を刺激せずにすむかもしれない。

「イーストンさんは月曜の夜中に屋敷から姿を消しました。誰も行き先を知らず、いまだに見つかっていません。つき添っていた看護婦はぐっすり眠っていて、物音に気づかなかった。睡眠薬を飲まされたにちがいないと本人は主張しています」

「睡眠薬を？　しかし、それは思いすごしでしょう。なんてことを言い出すんだ、あの看護婦は」

「驚くのはごもっともですが、ひょっとすると事実かもしれません。翌日の降霊会で、クリスピンはグラスの水を飲むなり、痙攣を起こしてひっくり返り、数分後に息を引きとりました。そしてわれわれが到着したとき、妹のクリスピンさんは車で行方をくらましていた。サウサンプトンへ向かう途中で乗り捨てられた車を発見しましたが、彼女もイーストンさんもいまもって消息がわかりません」

「信じられない！　そんなことが起こるなんて！」医者の声は、モーガンが予測していたほど驚いていないように聞こえた。

警部は時機を見て、衝撃的事実を明かした。

「先生、マイケル・クリスピンが詐欺師だったことをご存じですか？」

そのときウッド医師は立ち上がって、椅子のかたわらにある収納棚の扉を開けようとしていた。モーガンの質問を聞くと、医者の動きが一瞬止まった。

「ええ、知っていますとも、警部」ためらいなく答え、「一杯おつき合いいただけますかな？」とつけ加えた。どちらの口調も等しく鷹揚《おうよう》で、驚いている様子はない。

「おや、先生はご存じだったのですか」警部は少々面食らって、次の言葉がすぐに出なかった。

「では、お言葉に甘えて一杯いただきます」

ウッドはグラスとデカンタをトレーに載せ、テーブルに運んできた。

「そうするとクリスピンが女だったことも?」モーガンはウッドから目を離さなかった。

「ええ、ええ、知っていますとも」ウッドは声を上げて笑いながら、しっかりした手つきで酒をグラスにそそいだ。「さぞ驚かれたでしょうね」

「そりゃあもちろん」警部は認めた。「それを言うなら、いまだって結構驚いているんですよ。先生がご存じだったなんて。それで、いつごろから知っていたのですか?」

「まあ、心理学者として当然ながら、初対面のときからクリスピンには普通でないものを感じていました。そしてかなり早い時期に、服装倒錯症の一種だという結論に達しました」

「服装倒錯症?」

「エオニズムですよ」ウッドはしかつめらしい顔で説明した。自分がからかわれているのかどうか、警部には判断がつかなかった。

「エオニズム? わかりやすく説明してください。私はただの無知な刑事ですので」

「服装倒錯というのは、異性の衣服を着ること。精神病の一種で珍しいものではありません。フランスの貴族ド・エオンにちなんで、エオニズムとも呼ばれています。フランスの宮廷で男装して成功をおさめ、その後イギリスの社交界にまで進出した女性ですよ。あるいは女装をした男性だったとも言われている——真相は結局わからずじまいで、それをもとに大勢の人々が賭けをして大金をすったらしい。まあ、害のない性癖ですよ」

「なるほど、ずいぶんいかれた性癖のように思えますが。私にはとうてい理解できませんね」

「それはそうでしょう。こう言ってはなんですが、あなたは警官で私は心理学者ですから」

「くだらん！　心理学など持ち出す必要はありませんよ。クリスピンは前科のある詐欺師で、あの偽装は警察の追っ手を逃れるための方策なんですから」

「しかし、心理学を持ち出さないで、どうやって説明するのですか？　いくら法の目をかいくぐるためとはいえ、彼女がそんな風変わりな方法を選んだ理由を」

「とにかく、その点について議論するつもりはありません」モーガンはぴしゃりと言った。「そうやって理論を振りまわすのは、科学の世界でならおおいに結構。しかし、法廷では成功しませんよ」

「それは認めます。実際、法廷で何かが成功したところなど見たことがありませんからね。医師として出廷した経験があるんですよ」

モーガンは巧みに話をそらされている気がした。

「理解できないのは――いいですか、先生――科学者であるあなたが、悪党で詐欺師だと知っている人物とどうしてつき合いつづけられるのか、ということです。たとえば、あなたは研究者として彼女の降霊会に参加していた。彼女が詐欺師と認識していながら、どうしてそんなことができるんです？」

「詐欺師と知っていたからですよ」ウッドは笑いながら言った。「まさか、われわれ心理学者が心霊現象を〝にせもの〟と〝本物〟に分けているとお考えではないでしょうね？　それらはすべて本物――つまり人間によって作り出された、心理学的な現象なんですよ。そうすると全部いんちきではないかとおっしゃるかもしれません。それ自体が肉体のない人格という、実体のない現象に頼っているがゆえに。実際のところ、霊媒のなかにはだまそうという意志のない者もいて、彼らが引き起こす現象はすべて無意識の人格によって生み出されています。それとは逆に、霊媒が意図的にだます場合もありますが、科学的にはどちらでも大差ない。もちろん、人格の統合という問題を解明するうえで、重要な意味合いを持っています。したがって、詐欺師は科学的に興味深い研究対象になりうるわけです。

クリスピンの場合は、確かに意図的な詐欺行為でしたが、興味深い人格の持ち主であることに変わりはない――強烈な野心を持ったエオニスト。それとはべつに注目すべきは、知覚過敏と人格乖離《かいり》から生ずる、並はずれた心的な力を持っていることです。その事例を詳細に記録したノートもあります。クリスピンが死んだいまとなっては、ひじょうに悔やまれますよ。このところ彼女の追跡調査を怠っていたことを。なにしろ私は多忙な人間なもので。それでも、たいへん興味深い心理学的データが集まりました。それを参考にして研究論文を書いているところです。もとのノートをご覧になりたいですか?」

「いえ、結構」モーガンは即座に断った。「科学の専門用語は解しませんし、私は事実を事実と呼ぶのが好きですので」

「そして私は、それに名前をつけて、既存の現象のどこに位置するかを厳密に指し示すことが好きなんですよ」ウッドはさも愉快そうに応じた。「いつの時代も科学者と経験主義者のあいだには、長くて深い溝があるものだ」

「それはまあ、そうでしょう。経験主義者と呼ばれることに異論はありません。そのとおりの人間だと思いますので。問題は、クリスピンが毒殺されたということです。いったい誰が彼女に毒を盛ったのか？　毒薬の出所はどこか？　そして、その毒はいつ仕込まれたのか？　グラスの水に入っていたのか？」

「青酸は効きはじめると、あっという間に死に至る」ウッドは思案顔で言う。「水を飲んでからクリスピンが倒れるまで、どのくらいの間隔があったのですか？　警察医の仕事に首を突っ込むつもりはありませんが」

パイプに煙草を詰めていた警部は、ふと手を止めて不思議そうにウッドを見た。しばしの沈黙。ウッドはモーガンの探るような冷たいまなざしに気づいた。その顔からはいかなる感情も読みとれない。

「どうしてクリスピンは青酸で殺害されたと思うのですか、ウッド先生？」モーガンは静かに尋ねた。

ウッドは持っていたグラスに口をつけた。そして一呼吸置いて平然と問い返した。「そうおっしゃいましたよね？」

「私は言っていません」

ウッドは微笑んだ。

「言ったはずですよ、警部。私は心理学者であって、人の心を読みとる超能力者ではない」

「私は言ってませんよ、先生。断言してもいい！」

「それは妙だな。確かにそう言ったような気がしたのですが。おそらく警部から症状を聞いて、その薬物が頭に浮かんだのでしょう」

「しかし、私は症状について何もお話ししていませんよ」モーガンは食い下がった。「クリスピンは痙攣を起こしたと言っただけで。それが青酸による中毒症状と一致するとおっしゃるのですか？」

ウッドは肩をすくめた。

「答えようがありませんね。そこから先はあなたがた警察の範疇《はんちゅう》でしょう。ずいぶん長く精神科医をやっているもので、専門外の知識はひじょうに心もとない。法医学の知識も含めて」

モーガンは皮肉っぽい笑みを浮かべた。

「では私から説明しましょう、先生。青酸による中毒症状に痙攣はない。それどころか意識を失って全身虚脱状態に陥る。つまり痙攣とはまったく逆の症状を引き起こすわけです」

ウッド医師の瞳は明らかに落ちつきを失っていた。

「とんだ思いちがいですね。どうか大目に見てやってください。医者というのは誰しもうとい分野があるものです」

「くどいようですが、どうして青酸が頭に浮かんだのか答えていただけませんか？」

「無知以外に理由などありませんよ、警部！　まったくお恥ずかしい話だ」

「クリスピンはストリキニーネによる中毒死でした」

ウッドはいたずらっぽい笑み浮かべた。

「ということは運がよかったとも言えるわけだ！　危うく怪しまれるところでしたね、教えられてもいないのにその毒薬を当てたりしたら。間違ってラッキーでしたよ。あなたがた刑事さんが、いったん獲物に食らいついたらどうなるか知っていますから」

「まさか身をもって経験したわけではないでしょうね」モーガンは冷ややかに言った。

「違いますよ」ウッドはにこやかに応じた。「医師として証人台に立ったときに知っただけで。気の毒な知的障害者を警察の手から救い出そうとしたのです。それはそうと、もう少しお役に立てるといいのですが。ほかにお知りになりたいことは？」

「ええ、ありますとも。山ほどあります。マージョリー・イーストンについて何か知っていることはありませんか？　彼女の治療に当たっていたと聞いていますが」

「ええ、そのとおりです。マージョリー・イーストンは、残念ながら完全にクリスピンの影響下にありました。勧められるままに催眠術や自動書記に身をゆだねた結果、彼女の人格は乖離してしまった。新しく生まれた無意識の人格は、完全にクリスピンに支配されています。私が彼女に会ったとき、内的葛藤が原因で発狂寸前の状態にあった。これを治療するのは容易ではありません。彼女をクリスピンから遠ざければ、たちまち精神的破綻を引き起こしかねない。葛藤が激化し、無意識の自我によって彼女の人格は完全に分離してしまうでしょう。

とはいえ、心霊術のテクニックの一種である、様々な自動現象や人格の分離にこれ以上かかわれば、とり返しがつかなくなる。医者として私は、ベルモント通りの屋敷にとどまるよう彼女に指示しました。ただし心霊行為にはいっさい参加せず、可能なかぎりクリスピンの影響を受けないようにと。

ご存じのとおり、われわれ医者がこういう患者にしてやれることはごく限られています。人間の高次神経機能は自然に統合される性質を持っていて、その力に期待するしかない。イーストンさんは実際、私のアドバイスにしたがうことで急速に回復しつつありました。もう一カ月もすれば内的葛藤もおさまって、ベルモント通りを離れることができたかもしれない。無意識の人格は徐々に意識下の人格に引き寄せられ、やがては統合される。正直言って、生前のクリスピンの態度を考えると、今回の彼女の失踪には不吉なものを感じます」

「何があったと思いますか?」

「そう、あのクリスピンのことだ、彼女への影響力が薄れていることを察知して、どこかへ連れ去ったのかもしれない。クリスピンがそうまでする理由はわかりませんが。それにしても、クリスピンがあの娘にこだわるのはどうしてなのか。金を巻き上げられる裕福な客でもないのに。極度の利他主義ですね。この関係にその言葉を使えるとすれば」

「先生の説が正しいとすれば、クリスピンが死んだいま、イーストンさんはふたたび姿を現すはずですね」

「ええ、確かに。ベラ・クリスピンが──本名をなんというか知りませんが──隠しているのでないかぎりは。あるいは、マージョリーが何かの拍子に正気に戻ったとも考えられる。そして自分の置かれている状況に嫌気がさし、ベルモント通りを離れようと決意した。ごく自然な衝動でしょう、世間から身を隠したいと思うのは。そうやって突然回復した事例もありますし。たいてい意識の混濁《こんだく》が二、三時間続いたあと、そういうことが起こるものです」

「だが、寝巻きから着がえる間もないほどあわてて出ていったんですよ」

「それはよくない。ひじょうに悪い兆候だ。そうなると前者の可能性のほうが高そうだな。どっちにしろ確かにこれは厄介ですね」

しばしの間があった。

「ジョージ・ロビンソンという名の若者をご存じですか?」警部が尋ねた。

「ジョージ・ロビンソン」ウッドはゆっくりと反芻した。「ああ、知っていますとも。私の研究をときどき手伝ってもらっている若者です。実を言うと、私が出席できないとき、クリスピンの降霊会に調査員として出てもらっています」

「そのようですね。調査員としてはかなり珍しいタイプではありませんか?」

「どうしてです?」

「つまり、彼はそれほど高い教育を受けていないということです」

「パブリック・スクール出身という感じではありませんね。しかし、彼には物事の本質をつかむ素質があるし、しっかりした常識も持ち合わせている。われわれに必要なのはそれだけなんですよ」

「なるほど。では続けてお訊きします。テッド・ウェインライトという若者をご存じですか?」

「テッド・ウェインライト、どこかで聞いた覚えがあるような。しかし思い出せませんね。なぜその若者のことを？」

「私が質問しているんですよ。その名前を知っているかどうか」モーガンは頑として譲らなかった。

「いやあ、知っているとは言えませんね、いまのところは。しかし、職業柄たくさんの人に会いますから。あとになって思い出すかもしれません」

「そうですか。私が帰ったら思い出すかもしれませんね」モーガンは意味ありげな目つきで応じた。「いま思い出していただけなくて残念です。先生なら彼に救いの手をさしのべられたかもしれない。でもまあ、しかたありません。先生がそうおっしゃるなら、このまま進めるしかない――ウェインライトの逮捕状を請求します。マイケル・クリスピン――あるいは本名で呼ぶべきかな――ブレンダ・ハーティントン殺害の容疑で」

「なんだって！　そんなむちゃな」ウッドが叫んだ。表情ががらりと変わっている。「どんな証拠があるんです？」

「彼は名前をいつわってクリスピンと同じ部屋にいました。加えて、クリスピンを殺害する動機があった。そして決定的なのは、彼がクリスピンに水の入ったグラスを渡したことです。そのグラスからは致死量を超えるストリキニーネが検出されました」

「しかし、そんなはずはない。とても信じられない、ウェインライトがそんなことをするなんて。まったくありえない話だ！」

「ほう、やはり彼のことをご存じなんですね」警部は勝ち誇った顔で言い放った。「思うに、先生、最初から正直に話していたほうがよかったのではないですか」

「確かに警部のおっしゃるとおり、もっと率直に答えるべきでした。いまになってそう思いますよ。まさか警部がそこまで知っているとは」

「それでは、洗いざらい話してください」モーガンは念を押した。「洗いざらいですよ。隠しごとはなしです――たとえそれが善意からであっても」

「簡単に言えば、こういうことです。マージョリーがクリスピンの支配下に置かれる前、その若者、つまりテッド・ウェインライトと親しくしていたことを知りました。実を言うとふたりは婚約していたのです。ところがそれを破棄してしまった。彼女がクリスピンに感化されたことがおもな原因です」

「婚約ですと、あのふたりが？　それにしてもさっぱり理解できませんね。奇術師まがいのトリックを使う卑劣な女とかかわりを持っただけで、ごく普通の娘がごく普通の若者との婚約を破棄してしまうなんて！」

「もしそれを理解できないとおっしゃるなら、これだけは言えますよ、警部、あなたは人間の心がいかに複雑かをご存じないようだ。〝普通の〟人に関して言えば、私の知るかぎり、この世にそんな人間は存在しません。もしいたら、それが男であれ女であれ、あまりにも珍しくて、異常者よりも異常な存在になるでしょうね。たとえは悪いが、肛門性交《アイリッシュ・ウェイ》よりも珍しい」

「では、異常者とは誰をさすのですか？　われわれが普通と呼ぶ人々はどうなるんです？」

「たまたま社会の基準に順応しているだけのことですよ。もって生まれた反社会的な、もしくは風変わりな気質をうまく押し隠すことで。そうやって抑制された部分は存在しつづけ、べつの人格を形成する傾向がある。一定の状況で、一定の方法を用いれば、その人格を目覚めさせることもできる。催眠術は最も有名な方法です。過度な精神的ストレスが引き金になる場合もある。そして、われわれはそういう人たちを異常と呼ぶ。自分たちもそういう部分を隠し持っているかもしれないのに」

「ということは、イーストンさんにかけられたその催眠術を解いてやれば……」

「人格ができあがってしまったあとに？　あなたは精神的に何かに執着した経験がないようですね。私はあります。だめです、そんなことをしても彼女を助けられません。あなたの意志で誰かを動かすことはできない。みんなそれぞれに意志を持っているんですから。心を癒すには、意志の同意が必要なんです。それは彼女を肉体的に動かすよりもはるかに難しい。これはマージョリーの魂を賭けた、文字どおりの闘いなんです。私はウェインライトに連絡をとりました――いま思えば賢いやり方ではなかったのかも――彼女を救うために。そして、身元をいつわって降霊会に出席させた。そうすることで、彼女の窮状をウェインライトに理解させ、クリスピンに邪魔されることなく救出できると考えて。正直言って、ウェインライトの最初の反応は、とてもマージョリーの役に立つとは思えないものでした。ふたつの感情のあいだを行ったり来たりするばかりで。猛烈な憤り――いますぐ彼女を奪い返し、力ずくでクリスピンから引き離しかねない勢いだった――そして、クリスピンにじかに制裁を加えたいという願望――そんなことをしたら彼女はさらにクリスピンに肩入れするようになるでしょう」

「じかに制裁を加えたいという願望ですか」モーガンはゆっくりと反芻した。「気になる発言ですね」

「誤解しないでください」ウッドはすぐさま反論した。「ウェインライトがクリスピンのあごに一発お見舞いしてやりたいと思うのは、人として当然の感情であって、それ以上のものではありません。男なら誰しも自分の恋人を奪った相手をこらしめてやりたいと願う、そういうたぐいのあからさまな暴力ですよ。あなたのようにそれをおおげさに解釈するのは馬鹿げたことです。それに毒を盛るなんて、ウェインライトみたいな性格の男がすることじゃないでしょう？　とにかく、彼はそういう荒っぽい衝動を抑えられるようになった――よく言って聞かせましたから――クリスピンの降霊会に出席するまでには。荒っぽいと言っても、軽く二、三発殴る程度のものでしょうが。いずれにしても私の説得を聞き入れて、彼は暴力という手段を完全に捨て去りました。それとはべつの武器で闘わねばならないことを理解したのです。クリスピンに勝つには、肉体ではなく精神的な力が重要なのだと」

「いまの話を全面的に信じるとしても、ある事実をお忘れになっていますよ。ウェインライトがべつの武器で闘わねばならないと気づいたと仮定しましょう。そして、その新しい武器で勝利をおさめつつあったと――先生の助力もあって。イーストンさんは快方に向かっていたと言ったのは先生自身ですし。しかしですね、守勢に立たされたクリスピンが新たな手を打ったとしたらどうですか？　心理的な闘いで敗色が濃くなったと見るや、肉体的な暴力という手段に訴えることにした――そして、イーストンさんを強引に連れ去ったとしたら。その聞き分けのよい若者も、同じ暴力という武器で対抗しようとするのではないですか？　イーストンさんが失踪したのは、クリスピンが殺される前だ。まさにその失踪が殺害の動機なのでは？」

「しかし、それでは本末転倒だ！」ウッドはかっとなって反駁した。「証拠のない単なる仮説じゃないですか。それもこれも、あなたがウェインライトに偏見を抱いているせいだ」

「本末転倒であろうとなかろうと、私にはそう思えますよ。突拍子もない思いつきだと、私を責める人はいないでしょう。先生の証言によれば、もともとウェインライトはクリスピンのあごに一発お見舞いしてやりたいと思っていた——男同士の決着をつけるために。では、クリスピンが男でなく変態女だと知っていたとしたら？　殺そうとするのではないですか、爬虫類のようなあの女を——毒薬を用いて。どんなに育ちが卑しかろうと、女に暴力は振るわないはずだ。本能的に避けるでしょう。しかし、害虫を駆除するように公衆の面前で殺すことは厭《いと》わなかった——愛する女性を救うためなら」

「その筋書きはあまりにも強引すぎますよ。あいにく私は、クリスピンが女であることを彼に話していません。あの若者がそのことに気づくはずがないでしょう？　よほど並はずれた観察眼を持っていないかぎり」

「どうして言わなかったんですか？」警部は詰問した。

「なぜ言わなきゃならないんです？　いちいち警察に動機を説明する義務などないはずだ」

「彼に伝えるのはごく自然なことだと思いますが——黙っていた理由はひとつしか考えられない。心理学者である先生には、ウェインライトの反応がわかっていた。先生は恐れていたのではないですか。その事実を知ったウェインライトが、まさに彼がしでかしたとおりのことをするのではないかと。私は確信していますよ、彼は知ってしまったのだと」

「馬鹿ばかしい。警部のとっぴな推測にはまったく感心させられますよ。根拠となる事実はないに等しいのに。妄想の塊《かたまり》ですな」

「それどころか、私は事実の塊ですよ」

「どっちでもかまいませんが、その事実の塊とやらに身をゆだねる前に、少なくともクリスピンがあの貧しい娘を支配しようとした動機を説明してくれてもいいでしょう。まさかとは思いますが、慈善活動のつもりだったなんて言わないくださいよ。クリスピンはイーストンさんを何かに利用しようとしていたにちがいない。多大な時間と金を費やし、面倒なことも引き受けたのだから。さあ、動機はなんですか?」

「クリスピンがマージョリー・イーストンを霊媒に――みずからの道具のひとつに――育て上げたことが、何よりの答えではないですか」

「それが最終目的とは思えませんが。そういう道具をあれほど性急に作ろうとしたのはどうしてですか?」

「理由ならいくらでも思いつきますよ。しかし、この事件にはいまだに解明されていない謎がいくつかあることは認めます。どうか先生の力を貸してください」

モーガンは持参したアタッシェケースのふたを開けた。なかには例の〝六つの奇妙なもの〟が入っていた。

「クリスピンの屋敷の引き出しから見つかったものです。何に使うのか見当もつかなくて。しかし状況からして、この事件に深くかかわりがあることはほぼ間違いない。何か思い当たることはありませんか？」

ウッド医師は雑多な品物を注意深く眺めたあと、警部のほうを向いた。「実に顕著でユニークなものを見つけましたね」まじめくさった顔で言う。「おめでとうございます」

「なんでしょう、これは？」警部は勢い込んで尋ねた。

「がらくたですよ」ウッドは答えた。「長く医者をやっていますが、こんな素晴らしい標本を見たのは初めてだ」

怒りでほほを紅潮させながら、警部はかばんのなかに品物を戻した。そしてどうにか引きつった笑みを浮かべた。

「なんと言われようと、私はこのなかに謎を解く鍵が隠されていると信じています」

第8章　「とてつもなく奇妙なことが起きているにちがいない」

1

モーガン警部は署に戻ると上司のもとへ行き、長時間にわたって話し合った。

「表面的にはきわめて明快な事件です」モーガンは言う。「ウェインライトがクリスピンを毒殺した。クリスピンの死因はストリキニーネによる中毒死。その毒薬は、ウェインライトがクリスピンに手渡したグラスに入っていたことが判明しています。そのグラスに近づいた者はほかにいませんし、毒を入れる機会があった者もいない。ウェインライトがクリスピンを殺害するに足る動機もつかんでいます」

上司はうなずいた。

「で、何か問題があるのか？　それだけそろっていれば充分だろう」

「実は気になる点がいくつかありまして」

「たとえば？」

「あの娘はなぜ失踪したのか。クリスピンの妹はなぜ逃げたのか。マージョリーとクリスピンの関係をめぐる一連の出来事の裏には、いったい何が隠されているのか。そして鍵のかかった引き出しに入っていた、あの風変わりな品々はなんなのか」

「例の〝六つの奇妙なもの〟か?」上司は口元をゆるめて尋ねた。「捜査のかく乱を狙ったのかもしれないと考えてみたかね?」

モーガンはうなり声だけで応じた。

「あえて言わせてもらえば」上司は続けた。「きみはその医者の話を少々信用しすぎているようだな」

「どんなところがですか?」

「あの娘さんの件だよ。彼女が本当にクリスピンの支配下にあったと、どうしてきみにわかるんだね?」

「いや、ですが、彼女はあの男の屋敷に住み込んでいたんですよ! それに、彼女の伯父に会ってきたのですが、彼女は反対を押しきってあの屋敷で暮らすようになったそうです。彼はそのことにひどく腹を立てていて、行方不明の姪の身をさほど案じている様子はなかった。自分まで面倒に巻き込まれるのではないかと、そればかり気にしていて」

上司は思案顔で、かすかに緑がかった灰色の口ひげを引っぱった。

「クリスピンと同様、その娘も詐欺師だったのでは?」

「どういうことですか?」

「つまり、その娘とウェインライトが結託している可能性はないのか? ウェインライトが犯行に及ぶ直前に失踪したなんて、偶然にしてはできすぎている」

「つまりウェインライトと医者とあの娘が、クリスピンを始末するために手を組んだと？」

「そうだ」

「可能性はあります。失踪した娘がいまだに見つからないのが不思議でなりませんし。しかし、だからといって事件の本質は変わりません。クリスピンに毒を盛ることができた人物は、ウェインライトしかいません」

上司はうなずいた。

「確かに、その点に疑問の余地はない。先にウェインライトの身柄を確保して、そのあとでじっくりと事件の全容を解明することもできる。すぐにしょっぴくつもりか？」

「ええ、これ以上あの男を泳がせておく意味はなさそうなので」

2

モーガンが帰るなり、ウッド医師は車を呼んでウェインライトに会いにいった。その小さな家の向かい側で、街灯に寄りかかっているレインコート姿の大柄な男に、医師は気づかなかった。

ウェインライトは見るからに不安そうだった。ほとんど眠っていないらしく、目の下にくっきりと隈《くま》ができていた。ウッドを部屋に招き入れると、落ちつきなく室内を行き来しはじめた。

「あいつら、いったいどういうつもりなんだ」脈絡のない不平をこぼした。「くだらない質問ばかりして。クリスピンを嫌っている理由とか、あのグラスにほかに触ったやつがいないかとか。マージョリーがいまだに見つからないことを、まるで僕が喜んでるみたいな言い方をして！　あいつ、死ぬ前に彼女に何をしたんだ？」

「みんなで彼女を探しているところだ」ウッドは彼をなだめようと穏やかな口調で言った。「クリスピンの仕業ではないと思う。彼女が失踪したのは、逃げたと思って間違いない。たぶん一時的に記憶を失って、どこかをさまよい歩いて……」

「そんなら警察は、僕を小突きまわさなくても、彼女を見つけられるはずじゃないか」

「そう簡単にはいかないよ。彼女は記憶を失っていることを隠して働きはじめたのかもしれない――そして新しい人生をスタートさせた」

「だけど、彼女の失踪は新聞で大きくとり上げられたんですよ。自分が誰だかわかるに決まってる」

「そうとは限らないさ。その記事を読んでも、自分のことだとは思わないかもしれない」

「彼女の身に危険が迫っているような気がしてならないんですよ」

「危険が迫っているのはきみのほうだよ」ウッドは静かに告げた。若者は目を丸くした。

「どういう意味ですか？」

「いまこの瞬間にも、クリスピン殺害容疑で逮捕されるかもしれない」

「そんなむちゃな。どんな証拠があると言うんです？」

ウッドは明らかになった事実を話して聞かせた。ウェインライトは椅子にどさりと腰を下ろし、しばし黙り込んだ。

「僕には何がなんだかさっぱり。いったい誰が仕組んだんだ、こんなこと」

「仕組まれたことかもしれないし、あるいは単なる偶然かもしれない。偶然にしてはできすぎているが。この事件の裏には、私たちには計り知れない何かが隠されている気がする」

「だけどおかしいじゃないか！」ウェインライトは吐き捨てるように叫んだ。「そんなふうに僕を捕まえられるわけないさ——やってもいないことで」

ウッドは若者の肩に手を置いた。

「気をしっかりもって。何か打つ手があるはずだ。モーガンの心の動きは手にとるようにわかる。すでに事件は解決したと思っているんだ。あとは陪審に送って、評決を待つばかりだと。これ以上捜査を続けるつもりはないだろうな」

「ということは……？」ウェインライトの顔からゆっくりと血の気が引いていく。

ウッドは重々しくうなずいた。「答えは明白だ。しかしもちろん」医師は急いでつけ加えた。「打つ手はあるはずだ。私たちの手でなんとしても真相を突き止めなければ。ただ、それには時間が必要だ」

「しかし、どうやってこの僕に時間を作れと？」ウェインライトは思わず叫んでいた。「いまいましい刑事が四六時中、家のまわりをうろついているっていうのに。逃げ出したりしたら、捕まえられるに決まってる！」

ウッド医師はしばらく考え込んでいた。ウェインライトは藁にもすがる思いでその顔——ふっくらしたほほ、白髪混じりの頭、異様なほど若々しい瞳——を食い入るように見ていた。

「私はこの事件がひじょうに気になるし」医者はようやく口を開いた。「責任も感じている。正直言って、私は裏をかかれたんだ。裏をかかれたまま放っておくのは気分が悪い。私はきみの話に嘘はないと信じている」

医者はウェインライトに鋭い一瞥をくれた。そのまなざしがぞっとするほど冷たく、突き刺すような力を持っていることにウェインライトは初めて気がついた。

「だが、誰かが嘘をついているんだ。私はきみに代わって、事件の真相を探る役割を引き受けてもかまわないと思っている。ただ時間稼ぎをする必要がある。二、三週間は必要だ。危険を冒す覚悟はあるかね?」

「すでに充分危険な状況に追い込まれているし、怖いものなんかありません」

「では、私が真相を突き止めるまで身を隠すんだ。ことによると二、三カ月かかるかもしれない」

「どうやって逃げろと? どこへ行くにも見張りがついてくるのに。少し前からそのことに気がついていたけど、単に疑われているだけだと思ってた。まさか確たる証拠を握っているなんて。たとえ連中をまくことができたとしても、生活するお金がありませんよ。少しは蓄えがあるけど、母さんのために残しておかなくちゃ」

「ちょっと考えさせてくれ」

ウッドは三、四回部屋を行ったり来たりしたあと、窓に近づいた。道路の向こう側で、レインコートを着た男がこの家を盗み見ている。ウッドは振り向きかけてふと動きを止め、窓ガラスを指で弾いた。車にもたれていた運転手が顔を上げた。ウッドは彼を手招きした。

「いいかい、チャンスは一度きりだ。私の運転手ときみは背格好が似ている。運転はできるかね？」

「もちろん！　トラックの運転手をしているいとこに教えてもらいましたから」

「結構！　ここで私の運転手の制服に着がえて車に乗り込むんだ。私がきみのすぐ前を歩けば顔を隠せるし、あの私服警官はきみをちらりと見るだけだろう。運転手が戻ってきたと思うはずだ。車に乗り込んでしまえばこっちのものだ。私のために素早くドアを開けるのを忘れるんじゃないぞ！　それからこの住所に向かってまっすぐ車を走らせるんだ。かつて世話をした患者が田舎に小さな別荘を持っていて、私のためならなんでもすると言っている。私もちょくちょく泊まりに行くんだよ。彼がきみの面倒をみてくれる。百パーセント信用できる男だ。実を言うと、彼は一度警察の厄介になったことがあってね。精神を患っているときにしでかしたことが原因で。といっても、完全に正気を失ってたわけじゃない。だから、警察に訴えられる心配はないよ。きみのために一筆書こう」

ウッドは、礼を言いかけた若者を制した。

「礼には及ばないよ。研究の一環としてやるだけだからね。かならず真相を究明してみせる」

半時間後、ふたりは緑豊かな田舎道を車でひた走っていた。いっぽう、レインコートを着た見張りの男はいまだに持ち場にとどまっていた。

三時間後、モーガンは怒り狂いながら、容疑者が失踪したと上司に報告した。

五時間後、ウッド医師は慇懃《いんぎん》な態度で、テッド・ウェインライトが失踪したことも、彼の行方もまったく知らないと主張した。

「いいえ、行き先など見当もつきません。もっとも、逃げたことを残念には思いませんがね。彼は無実だと信じています。あなたがそう気づくのも、それほど遠い未来ではないと思いますよ、警部さん」

3

「ずいぶん妙なとり合わせだな」スレメイン医師は〝六つの奇妙なもの〟を指さした。「このなかで解明できたものは？」

「その写真だけさ」モーガンが答える。「それはマージョリー・イーストンの母親なんだ。べつに驚くようなことじゃない。マージョリーがクリスピンに自分の母親の写真を渡したとも考えられる」

「おや、こいつは意外だ！」警察医は、両端に幅広のひもを縫いつけた布を引っぱり出した。

「なんだ、それが何かわかるのか？」

「そりゃあ、もちろん。精神病院にいたことのある医者ならすぐにわかる。私は二年間勤めていたからね」

「この布と精神病院がどう結びつくんだ？」

「簡易な拘束衣の一種さ。躁鬱《そううつ》病患者の症状が悪化すると、ベッドにおとなしく寝かせておくための方法が必要になる。そうしないと、猛烈に暴れて自分や他人を傷つけるか、生命に危険が及ぶほど自分を疲れさせてしまう。そこでこういう布を使って拘束するんだ。この布を患者の体にかけてベッドの下でひもを縛り、首をしっかりと固定する。そうやって患者を抑えておくんだ」

「よくわからんが、あまり気分のいいものじゃないな。私も警官だから、誰かを拘束することに目くじらを立てるつもりはないが。それにしてもいやな仕事だ」

「それも患者のためなんだ。なんだい、べつに虐待しているわけじゃないぞ！ ほかにどんな対処法があると言うんだ、躁鬱病患者が完全にいかれてしまったら。専用の個室に閉じ込めるか、拘束衣を着せるしかないんだよ」

「いや、わかっているとも。しかし、そうなるには理由があるんだろう？」

スレメインは警部の顔をまじまじと見た。

「あんたはまったくわかって……」

「言い争ってる場合じゃない」モーガンはさえぎった。「いま興味があるのは証拠品だけだ。その件は忘れてくれ。この写真が証拠番号一、そして問題の布が証拠番号二、残りは四つ。先へ進もう」

モーガンはその品々をぼんやりと眺めていた。

「こいつはどう見ても他愛ない子どものおもちゃだよな」モーガンは風船と自転車の空気入れを手にとった。「クリスピンは風船をふくらませて、いったい何が楽しかったのか」

「普通の空気入れとは違う」スレメインが口をはさんだ。「ほら——この金具なんか特注品じゃないか」

「そう言われてもさっぱりわからんな」

「私にはわかるよ。実験室で似たようなものを使うからね。お宅にガスレンジは?」

「ああ、階下《した》に行けばある」

ふたりはキッチンに下りた。そしてモーガンの妻が迷惑そうに見守るなか、警察医は石炭ガスを自転車の空気入れに送り込んで、風船をふくらませるところを実演してみせた。

「硬いゴムのタイヤに空気を入れるのと違って、薄い風船をふくらませるには、ガスの供給量を制限する丈夫なコックが必要だ。だからこの金具をつけたんだろう」

科学者らしい熱心さで、遊びに夢中になる子どものように、スレメインはガスで風船をふくらませ、ひもで口をしっかりと縛った。そのひもをくれたのは、うさんくさそうに眺めていたモーガン夫人だった。

「あきれてものも言えないわ」夫人が言う。「いい歳をした男ふたりが雁首《がんくび》そろえて、こんなことに時間を費やすなんて！」

当のいい歳をした男ふたりは、夫人の愚痴など聞いていなかった。

「さあ、飛ばすぞ！」スレメインは笑いながら風船を放そうとした。しかし、表面に付着したしみのような跡に気づき、顔を近づけて目を凝らした。「妙だな、ここに模様みたいなものがあるぞ」ぴんと張った表面を指先でそっとこすった。「蛍光塗料だ。明かりを消して何が描いてあるのか見てみよう」

モーガン夫人は断固として反対した。

「ちょっと、そんなに遊びたいなら、あたしのキッチンから出ていってちょうだい！ここはね、生きものを殺生する神聖な場所なの。それにいまは夕食の準備中よ。続けたいなら向こうでやってちょうだい」

スレメインとモーガンはやむなく居間へ引き返し、モーガンが明かりを消した。スレメインが風船を放す。それはふわりと舞い上がり、天井にぶつかってバウンドした。ふわふわと漂う球体に、やがて顔が浮かび上がった。醜いがどこか哀れを誘う、不幸な化けものといった様相だ。

「こいつは驚いた」警部が言う。「あのクリスピンっていう女は、ずいぶんおもしろいおもちゃを持っていたんだな！」

「確かにそうだ。残りの三つも解明できるといいんだが」スレメインは明かりをつけ、風船を回収した。

「現時点では、私の理解を超えたものばかりだ。だが、じきにわかるかもしれない。ところで、ウッドという男を知っているかね？」

「ウッド？　何者だね？」

「心理学を専門にしている医者だ。メイフェアにあか抜けたオフィスを構えている」

「その分野の医者は星の数ほどいるんだ。ええと、ウッドねえ……。上品な白髪で物腰のやわらかい、社交界の名士然とした男では？　会った瞬間に好感を与え、打ち解けた気分にさせるような？」

「そうだ。じゃあ知っているんだな？」

スレメインはかぶりを振った。

「いいや、そういうタイプの医者を知っているだけさ。メイフェアに診療所を構える連中は、みんな似たような感じだから」

そう言って残念そうにため息をついた。

「気楽な仕事でたんまり稼いでいるのさ。私のこの辛気《しんき》くさい仕事とは雲泥の差だ。しかし、私にはそういった才覚がないし、見てのとおりのごま塩頭だ。会ったとたんに好かれることもないしね」

「つまりあの男はいかさまってことか？」モーガンは期待のこもった口調で尋ねた。

「メイフェアに居を構えて、裕福に暮らしている医者はみんないかさまだよ」スレメインは皮肉っぽく答えた。「少なくとも私の意見では。負け惜しみと呼びたければ呼べばいいさ。私もかつてはやりの精神科医になりたいと思ったものだ。それで二年間精神病院にも勤めた。だけど、残念ながら私には、精神科医として成功するために必要な、頭のいかれた連中を落ちつかせる資質が備わっていなかった。やつらは私を見るといらいらするらしい。だから、こうして死体を切り刻んでいるわけさ。彼らは文句を言わないし、やけにうまが合うんでね。あんたのその医者はまっとうだといいが。それにしても、どうして私に尋ねたんだね？　何か怪しいところでも？」

「初めは感じのいい男だと思ったが、いまとなっては、汚い手を使って私をだましたと信じるだけの充分な理由がある。だから、何かわかればと思ったのさ」

「犯罪に手を染めてるってことか？」

「そこまではいかない。犯罪者をかくまっているんだ」

「強大なる法の力に逆らって？　そいつはいけないな。しかし医者というのは、知ってのとおり、法律を敬うよう教えられていないからね。私たちに求められるのは健康体と病人を見分けることであって、法律を遵守《じゅんしゅ》する良民と犯罪者を見分けることじゃない。それはともかく、帰ったらウッドのことを調べてみるよ」

「医者の名簿ならここにあるぞ。資格や経歴については、おまえさんが見たほうがよくわかるだろう」

スレメインは分厚い冊子のページを素早くめくった。

「あったぞ。ウッドか。なるほど、にせものではないようだな。ええと、精神科医としての経歴も書いてある。こいつは驚いた。私と同じ病院にいたのか――といっても二年後だが。古株のなかには知り合いもいる。必要なら連絡をとって、その医者の記録を調べてみるよ」

「ありがたい。そうしてもらえると助かるよ。あまり期待はできないと思うがね。あれだけうまく立ちまわれるなら、怪しまれるようなことはしないだろう。ワインについてはよくわからないが、彼にもらった葉巻はまっとうな人間が吸うものだったよ」

4

翌日、モーガンの穏やかな朝は、ベルモント通りからの取り乱した電話でさえぎられた。その屋敷にはまだ使用人がいる。クリスピンの遺産を預かる受託者が——追跡可能な親族全員に全財産を譲渡するという簡潔な遺言によって任命されたバークレーズ銀行が——クリスピンの妹が見つかるまで屋敷に残るよう使用人を説得したのだ。

モーガンに助けを求めてきたのはそのうちのひとりだった。

「お願いですから、警察から誰か寄越してください」女の声がわめいた。「この屋敷にはお化けか殺人鬼がいるんですよ。どっちだか知りませんけど！」

モーガンはこの悲痛な救援要請に応じて、みずから出向くことにした。屋敷で待っていたのは、興奮しているものの胆のすわった女コックだった。「ほかのふたりは出ていきましたよ、まったく役立たずの弱虫なんだから」女は言う。「でも、あたしは残りました。怖いことなんかあるもんですか！」新聞紙を派手に振りまわす。

「いったい何があったんだね？」

「いえね、ひとりはあたしたち全員が毒殺されるって言うし、もうひとりは妙なものを見るようになって。あのふたりにはさまれてると、とんでもなく恐ろしい場所にいるような気がしてくる。アンがここへ飛び込んできて言ったんですよ。あたしの足くらいの太さの蛇が廊下を追いかけてくるって。あたしが火かき棒を手に駆けつけたときには何もいなかったけど、アンが屋敷を出ていったところをみると、実際何かを見たんでしょうね。あたしは引き止めたんですよ。いま出ていったら今週の給金がもらえなくなるし。でも、殺されるくらいなら、一週間分の給料をふいにするほうがましだって」

「こちらへどうぞ」降霊会用の部屋にモーガンを案内し、先を続けた。「掃除するときを除いて、あたしたちがこの部屋に入ることはありません。それで、メイが掃除をすませたあと、くず入れのごみを捨てにドアを開けたまま部屋を出ました。そして戻ってみると、犬がなかに入って、絨毯の上でのたうちまわっていたそうです。旦那さま――というか奥さまというか――が亡くなったときと同じく、どうすることもできなくて。犬はもだえ苦しみ、悲鳴を上げていました。まるで人間みたいに」

「それで、その犬はどこに？」

「あそこです、かわいそうに」女コックは部屋の隅を指さした。

モーガンはけものをおおう茶色い紙をまくった。弓なりにそり返った背中、飛び上がった瞬間のようにぴんと突っぱった四本の脚。端がめくれ上がった口元からは、苦しげなうなり声が聞こえてきそうだ。歯を固く食いしばったまま、犬は息絶えていた。

「何か変わったものでも食べたのかね？」

「普段と同じ残りものですよ。ほらあそこの皿に残っているでしょう。だけど、メイはひどくおびえてしまって。あのときと同じ部屋で、まったく同じ死に方をしたものだから。おかげで、あの子は逃げるように屋敷から出ていきましたよ。それで警部さんに電話をするのが一番だと思って。正直言って、あたしだってこんなところに長居はしたくありません。怖くはないけど、あたしは仲間といっしょに楽しく働きたいんです。こんなことが続くようなら、そんなの無理ですから」

「気持ちはよくわかるよ」モーガンは紙で犬の餌を包みながら言った。「こんな事件が起きた家にひとりでいるのは気持ちのいいことじゃない」

「蛇を見たっていう話には、驚きましたよ」コックは続ける。「アンはちょっとやそっとのことじゃ動じない娘だし、酔っ払っていたにしてはちょっと時間が早すぎる。あの子がお酒を飲んでいたことは前から知っていました、でもほら――おたがいさまでしょう？　あたしだって嫌いじゃないし」

「どこでその蛇を見たというのかね？」

コックは階段の狭い踊り場に警部を案内した。洗面所に向かう廊下の途中に当たる。

「そして、きみが来たときには何もいなかったんだね？」

「影もかたちも！」

「駆けつけるまでにどのくらいかかった？」

「そうですねえ、アンが血相を変えてキッチンに飛び込んできたあと、まっすぐここへやってきたから。せいぜい一分ってところでしょうね」

モーガンはその狭い廊下を注意深く観察した。洗面所のドアは閉まっているが、廊下に作りつけられたリネン棚の扉は開いていて、そこからパイプが出ていることに気づいた。見ると、足元の横板に、パイプの直径よりもわずかに大きい穴が穿《うが》たれている。モーガンは階段の絨毯を固定する金属棒を一本はずし、その棒で先ほどのパイプをそっと突っついた。やわらかい革のようなものに触れたかと思いきや、それは棒の下で激しく身をよじらせた。シュッという不気味な音が聞こえ、モーガンはあわてて棒を引き抜いた。

ふたたびシュッという音がして、細長い三角形の頭が姿を現した。ぎらりと光る小さなふたつの目玉。長い首の先を小刻みに震わせている。

「なんてことなの」コックが叫んだ。「見て、あのいやらしい小さな舌先を！」

蛇はさらに六インチほど頭を前に突き出した。

「しばらくそっとしておいたほうがよさそうだな」モーガンはあとずさりしながら言った。「階下《した》に行こう」

コックは先に立って階段を下りた。モーガンはすぐに署に電話をかけ、専門家を至急派遣してもらうことにした。一時間後、コック相手に料理用のシェリー酒を飲んでいると、かばんを持った小柄な男が警察の車両で到着した。動物園から連れてこられたという。

「ひょっとすると危険な種類じゃないかもしれない」モーガンが言った。「だが、用心に越したことはないからね」

その小柄な飼育員は階段を上り、モーガンは充分に距離を置いてあとに続いた。蛇は姿を隠していた。飼育員が穴の周辺をそっとこすると、先ほどの頭がぬっと現れた。

「これは素晴らしい」男がつぶやく。「実に素晴らしい。なんてかわいらしいやつだ」

「毒を持っているのか？」モーガンは真っ先に訊いた。

「ええ、嚙まれたら三分で死ぬでしょうね」

モーガンは二、三歩あとずさりした。飼育員はおもむろに、二股に分かれた棒を蛇の首めがけて振り下ろし、床に押さえつけた。そしてその口に小さな梃子を押し込んだ。

「すいません、違いました。こいつは毒を持っていません。牙は残っているけど、毒腺がとり除かれている。昔の蛇使いのやり方だ」

飼育員は押さえていた棒をはずし、蛇の頭をつかんで持ち上げた。

「嚙まれたら痛いですが、たいした傷にはならない」

その二股に分かれた棒を見て、モーガンはふと思いつき、例の〝六つの奇妙なもの〟が入ったアタッシェケースを署から届けさせた。

二股に分かれた棒、細い笛、そしてストロー。モーガンはそれらを飼育員にさし出した。

「ああ、まさしく蛇使いの商売道具ですよ。蛇使いなら誰でも持ち歩いているものばかりだ。この棒で蛇を押さえつけ、ニコチンを塗ったストローで感覚を麻痺させる。そうしておいて笛であやつるんですよ。蛇が体をくねらせて踊るのは笛の音色のせいではなく、一種の朦朧状態にあるからです。笛に合わせて踊っていると思ったほうが感動的ですけどね」

「この蛇に害はないというのは確かかね？　相手が犬でも？」モーガンはその動物の身に起きたことを話して聞かせた。

「この蛇が？　ありえませんよ、そんなこと。毒腺は根こそぎとり除かれていますから。たとえ毒があったとして、こいつに嚙まれても痙攣は起こさない。意識を失って昏睡状態のまま死ぬんですよ」

モーガンは〝六つの奇妙なもの〟と犬の死骸、それに餌の残りを持って、浮かぬ顔で屋敷をあとにした。蛇は動物園に提供した――今後は展示物として生きることになるだろう。モーガンは新たな事実をつかんだ。しかし、謎はますます深まるばかりだ。霊魂の顔を描いた風船、蛇使いの商売道具、毒を抜かれた蛇、死んだ犬、拘束具……。

「あのベルモント通りでは、とてつもなく奇妙なことが起きているにちがいない」モーガンは険しい表情でそう確信した。

第9章　妄想の夜

1

マージョリーは寝室から外へ飛び出したとき、ひとつのことだけを考えていた。この壊れていく世界のなかで、どこか安全な場所へ避難したいと。真っ先に頭に浮かんだのはウッド医師だった。彼の穏やかな人柄と意志の強さだけが、彼女の正気を守ってくれる気がした。

外へ出たとき、通りに人影はなかった。いくらも走らないうちに、彼女は落ちつきをとり戻しはじめた。ウッド医師の家までどうやって行くつもりなのか？　ここから何マイルも離れているというのに。

それでも、あの暗い屋敷に戻る気にはなれなかった。何もかも死に絶えたようなあの恐ろしい屋敷に。狂ったように揺さぶっても、あの看護婦はぐったりとして目を覚まさなかった。

マージョリーは家々の窓に必死で目を凝らした。どの窓にも明かりはなく、寒々としている。神経が昂ぶっているせいか、それらにじっと見られているような気がした。目に見えない幽霊が窓の向こうから見下ろし、いくら逃げても逃げきれない彼女をあざ笑っている。

口を開き、悲鳴がほとばしりそうになった。いったん叫べば止められなくなるだろう。しかし悲鳴は出なかった。その代わりに、恐ろしさのあまり全身を震わせてすすり泣き、ひざの力が抜けていくのを感じた。倒れないようにガードレールにしがみつく。やがて目の前が暗くなりはじめた。

その刹那《せつな》、ゆっくりと近づいてくる一台の車が見えた。墓場のように静まり返った街で、生命のあるものに出会えるとは。彼女にはそれが希望の光に思えた。気力を振り絞ってふたたび歩きはじめ、走ってくる車の前方に足を踏み出した。自分がどんなに奇妙な姿に見えるか気にもとめずに。

「助けて」運転手に訴えた。「あの家にはいられないの。いまは説明できないけど、緊急事態なんです。お願いですから、わたしを友達の家に連れていって。ここからそんなに遠くありませんから」

運転手の顔は車の屋根が陰になって見えない。マージョリーが話すあいだ、その男は身じろぎひとつしなかった。彼女は突如として恐怖に駆られ、ふたたびパニック状態に陥った。自分は現実の世界から切り離されて、その世界の住人とはもはや意志の疎通がはかれないのではないか。どんなに揺さぶっても看護婦が目を覚まさなかったように。

だが一瞬の沈黙のあと、その男はうなずいた。

「わかった。さあ乗って」

マージョリーはドアを開けた。と同時にあとずさりした。後部座席に一組の男女が座っていた。どういうわけか、ドアを開けるまで彼らの姿は見えなかった。あとずさる腕をつかまれ、車のなかに引きずり込まれた。その手が乱暴に彼女の口をふさぐ。マージョリーはなすすべもなく、されるがままになっていた。腕に針のような痛みを感じ、弱々しいうめき声をもらして身をよじっただけだった。

その後、倦怠感がどっと押し寄せた。車は速度を上げて街を走り抜けていく。対向車はいない。毛布できつく巻かれているらしく、身動きがとれなかった。車窓を飛びすさる街の灯《ひ》が、朦朧とした意識が生み出すとりとめのない幻影に溶け、あふれ出す。これは夢だろうか？　ときどきそんな気がした。そうでないときは、夢と現実がごちゃ混ぜになったような奇妙な感覚に襲われ、もはやどれが夢で、どれが本当の自分なのかわからなくなった。

一時間とも一日とも感じられる時間が流れたあと、冷えびえとした青白い朝日が車内を満たした。そして車が停まった。

「こっちへ来るんだ」有無を言わせぬ声が言った。マージョリーはおとなしく立ち上がり、男のがっしりした腕に導かれるまま、重い足どりでよろよろと階段を上った。階上に達すると、崩れるように椅子に座り込み、そのまま眠ってしまった。

誰かに揺さぶられて目を覚まし、女にスープのようなものを与えられた。それを食べおわると、ふたたび眠りに落ちた。眠っているあいだに混乱した夢をいくつも見た。夢のなかに彼女の実体はない。なのに、あらゆるものが支離滅裂な映像となって、彼女のまわりをぐるぐるまわっている。

切れぎれに目を覚まし、そのたびにしつこい錯覚にとらわれた。自分はいま歯科医に来ていて……。

誰かが彼女を荒々しく揺さぶった。

「さあ、服を着るんだよ！」女の声がせかした。

女はマージョリーを着がえさせ、顔を洗わせた。彼女は少しでも自分でやろうとしたが、いったん身をゆだねると、あとはされるがままになっていた。女の顔には不思議なほど見覚えがあったものの、名前を思い出すことはできなかった。

「あなたは誰？」マージョリーは尋ねた。

「あんたの伯母さんでしょ！」女が答える。「マーサ伯母さんだよ。なんて馬鹿げた質問をするんだい、マージョリー！」

「マーサ伯母さんなんて知らないわ」マージョリーは弱々しく反論した。「でも、あなたのことは知ってる気がする」

「わけのわからないことを言うんじゃないの」女は彼女の髪をとかしながら言う。最後にてのひらで軽く叩き、指先で形を整えた。「さあ、鏡を見てごらん。出かける準備ができたよ」

マージョリーは鏡のなかの自分に目を凝らした。一瞬、誰だかわからなかった。身につけているのは、中年向けにデザインされた、不恰好な黒い服だった。明らかに着古され、緑色の糸でつくろってある。おまけにひどく汚れていて、着方もだらしないせいで、いっそう醜く見える。食べものがこびりついた胸元。からまって目や耳の上に垂れかかるぼさぼさの髪。マージョリーはその姿を見て身震いした。

しかし実際には、すっかり衰弱し、頭が混乱しているため、ぼんやりと鏡を見つめることしかできなかった。一瞬片手を上げて髪をなでつけてみたものの、結局なすすべもなくその手をもとに戻してしまった。マージョリーは鏡から目をそらした。

「それでいいんだよ」女は励ますように言った。「気分がよくなってきたみたいだね。だから言ったろう、海のそばでのんびりするのはいいことだって」

「海のそば?」マージョリーは困惑して尋ねた。「海なんか知らないわ」

「聞いたかい、サム?」女は声を張り上げた。「マージョリーは海を覚えていないんだって!」

隣の部屋から男が現れた。ごつい手をした、赤ら顔の大男だった。男は彼女の腕に手を置いた。毛深い手の甲が目にとまり、マージョリーは激しい嫌悪感を覚えた。

「どうだっていいじゃないか、そんなささいなこと」男はなだめるように言った。「おまえはまだ回復していないんだ。気にすることたない。伯母さんの言うとおりだ。海のそばで骨休めしたおかげで、ずいぶん元気になったじゃないか」

女はうなずいて立ち上がった。

「さて、そろそろ行かなくちゃ。予約を入れてあるんだから。ほら伯父さんに手を貸してもらいなさい」

「その人はわたしの伯父さんじゃないわ」マージョリーはいきなり甲高い声で叫んだ。込み上げる衝動を抑えられなかった。「自分で歩けるから、手助けはいりません!」

立ち上がり、ドアに向かって歩き出した。

「まったく、この子の頭には何が詰まっているんだろうねえ！」女は上機嫌で言った。「ほら、手を貸しておやり、サム、ひとりで歩けるわけないだろう」

いっとき興奮しただけで、マージョリーはすっかり消耗していた。男に腕をつかまれても抵抗することなく、車に連れていかれた。

短い移動のあと、マージョリーはべつの建物の階段を上らされた。広い敷地に建つ大きな建物だった。少し待たされたのち、三人の男が待つ部屋に通された。

男たちは、入ってきた彼女をおかしな目つきで見ていた。

「あなたの名前は？」ひとりが尋ねた。

「マージョリー・イーストンです！」

「海から戻ってきたばかりで」伯父と名乗る男が口をはさんだ。「向こうで悪化しちまいまして。俺の姪っ子に何を聞いても、まともな答えは返っちゃきませんよ」

「この人はわたしの伯父さんじゃありません」マージョリーは憤然として言った。

三人の男のひとり、先のとがった白いあごひげをはやした男が驚いて聞き返した。

「あなたの伯父さんではない？　そうすると、この人は誰です？」

「わかりません」マージョリーは力なく答えた。「会ったこともない人です。この人の車に乗せられるまでは」

女は驚きの声を上げた。

「マージョリー、なんてこと言うんだい。おまえのサム伯父さんじゃないか！」

「この女性を知っていますか？」ひげの男が彼女を指さした。

マージョリーはその女を見た。

「ええ、見覚えはあります。でも誰なのかはわかりません。以前どこかで会った記憶はあるのに、どうしても名前を思い出せないんです」

三人の男たちが意味ありげな視線を交わした。マージョリーは話をはぐらかされたような気がした。三人のあいだには、なんらかの合意があるらしい。それは彼女に関する合意なのだろうか？

「車に乗り込むまで、この男性を見たことがないと言いましたね？」べつのひとりが尋ねた。しゃれた黒い上着にストライプのズボンをはき、やせてとがった顔をした若い男だ。「それ以前、あなたはどこにいたのですか？」

「恐ろしいことが起こる屋敷にいました」

「恐ろしいこととは？」

「声が聞こえるんです」マージョリーはそう答えて、ひたいに片手を当てた。いまとなってはすべてが支離滅裂で、あいまいに感じられる。「不気味な笑い声、たくさんの顔。それにあの看護婦、あんなに揺さぶったのに起きなかった。彼女は死んだのかしら？」

マージョリーを連れてきた男が耳打ちすると、ひげの男はうなずいた。

「何をこそこそ話しているの？」マージョリーは語気荒く尋ねた。

「なんでもありませんよ」ひげの男が淀みなく答えた。「では、海辺に旅行したことを覚えていないのですね？」

「もちろんよ、行っていないんだから。断言してもいいわ。そんなこと忘れるはずないもの」

「あなたの年齢は？」背広を着た若い男が訊いた。

マージョリーが答えると、男は手元の書類にちらりと目を落とした。

「間違いありませんか？」

「間違うはずないでしょう！」

束の間の沈黙。その後、まるで彼女の見えないところで合図をしたかのように、三人はいっせいに立ち上がり、べつの部屋へ移動した。

「あの人たち、どこへ行くの？」マージョリーは不安に駆られ、連れの二人に尋ねた。

「心配いらないよ」彼女を連れてきた男が猫なで声で言った。「ちょっと診てもらいに来ただけさ。あのうちふたりは医者なんだ。強壮剤みたいなものを処方してくれるだろう」

「強壮剤なんかいらないわ」そう言うと、涙がどっとあふれた。「わたし、家に帰りたい」

女がマージョリーの肩を優しく叩き、子どもをあやすように言った。

「帰るんだよ、マージョリー。だからいい子にして。もうじき、あの親切な方たちが戻ってくるから。そしたらまっすぐ家に連れて帰るからね！」

数分後、三人は戻ってきた。そしてひげの男が、マージョリーの伯母と名乗る女に大きな封筒を渡した。彼らが部屋から出ようとすると、三人のなかで最も年かさのいった男が女に話しかけてきた。一度も質問をしなかった男だ。女は見るからに感謝している様子だった。

「いいんですよ、イーストンさん。これが私の務めですから。治安判事としては心の痛む仕事であることは認めますが」

背後でドアが閉まり、ふと気がつくとマージョリーは、またしても自分を連れてきた男女と三人だけになっていた。頭が混乱し、体は衰弱しているにもかかわらず、マージョリーは突如として得体の知れぬ恐怖に襲われた。馬鹿げた質問ばかりしていたが、彼らの存在は安心感を与えてくれた。それがまたあのふたりとどり残されてしまった。

「家には帰りたくない！　あそこに戻らせて」マージョリーはそう言って、出てきたばかりの部屋のほうへあとずさりした。男が彼女の腕を荒々しくつかんだ。

「馬鹿を言うな、いまいましい小娘め！　さあ、とっとと外へ出るんだ」男は手で彼女の口をふさぎ、引きずっていこうとした。マージョリーはそばにあった家具にしがみつき、息をあえがせながら必死で抵抗した。叫ぶ力はなかった。

「もう一本打ったほうがよさそうだね、ジョー」女が言った。マージョリーは腕の肉をつままれるのを感じた。鋭い痛みが走り、腕の感覚がなくなっていく。マージョリーはかつがれるようにして車まで歩いた。意識が遠のいていく……。

2

目を覚ましたのは午後だった。すでに日は傾きかけている。どのくらい眠ったかわからないが、ずいぶん長い時間が経ったような気がした。

そこは見知らぬ部屋だった。

窓に近づいて外を眺めた。目に飛び込んできた景色があまりにも予想外で、まだ目が覚めていないのかと思った。

その建物は小高い丘の上に建ち、どこまでも続く広大な湖に面していた。寒々とした灰色の湖面に、ぼんやりとした午後の太陽が浮かんでいる。数羽の鳥を除いて動くものはない。水面をかすめ、巨大な葦《あし》の茂みから飛びたつ鳥たちの姿が、さえぎるもののない広がりに点々と散らばっている。湖の向こうには陸地が見える——平坦な沼地のようだ。天候のせいなのか、それとも土地がやせているせいなのか、無残にも薄汚れた茶色に変わっている。

目の前に広がる景色は恐ろしく単調で、人の営みを感じさせるものは何もない。間隔を置いて建てられた風車が七基と、古びた黒い小船が一艘あるだけ。そのおんぼろの船は沈みかけていて、つないである杭も明らかに腐っている。その風景の異質さや、打ち捨てられた物悲しい様子を見ているうちに、マージョリーはなぜか絶望的な気持ちになった。

水面を飛びまわる鳥たちは、どことなく異国のにおいがする。油を流したような黒い水面の広がりも、風車も、風変わりな形をした小船さえも、等しく異国を感じさせた。マージョリーは外国に来てしまったのだと確信した。ここはオランダだろうか？

ベッドの脇に衣服が置いてあった。震えながらそれを身につけた。意識がはっきりしたいま、その醜悪な衣服を着ることに、マージョリーは吐き気を覚えた。しかし、ほかに着るものはない。まだ昼間だというのに、その建物は不気味なほど静まり返っていた。

服を着たあと、ドアを引いてみた。外から鍵がかけられている。どうにかして開けようとしたがむだだった。そこで注意を引くために、大声で叫び、ブラシでドアを叩いた。

何分か経過したころ、近づいてくる足音が聞こえた。鍵がまわり、ドアがそっと開かれた。黒い口ひげをはやし、血色が悪く油ぎった顔の小男が、戸口に立っていた。黒のモーニングとストライプのズボンを粋に着こなし、ポマードで固めた豊かな黒髪はエナメルのようだ。マージョリーの視線は鮮やかな深紅の唇に引き寄せられた。青白い顔のなかで、その唇だけがやけに目立っている。

「おやおや」男は言った。笑顔がぱっと浮かび、すぐに消えた。あまりにも消えるのが早くて、見間違いかと思うほどだった。「ずいぶん賑やかでしたね。何か問題が起きたのでなければよいのですが」

マージョリーは怒りが引いていくのを感じた。その男の丁寧な口調には、陰湿な悪意のようなものが含まれていて、それが彼女をおびえさせた。

「なぜわたしはここにいるんですか?」できるだけ堂々とした態度で尋ねた。

男は肩をすくめた。

「私に訊かれても困りますね。たぶん人生に耐えられなくなったのでは。もしくは親御さんの選び方を間違ったのか。なにぶん同僚の記録をじっくり読む時間がないもので」

「それってどういう意味ですか?」マージョリーは困惑して尋ねた。「どうしてわたしは自分の意志に反して、こんなところに閉じ込められているの?」

「おそらく必要だからでしょうね。いずれにしても、ドアを蹴破ろうとするのは、あまりにも失礼だと思いませんか?」

「じゃあ、用があるときはどうすればいいの?」

「暖炉のそばにベルがありますよ」男はうやうやしく答えて、炉棚の右側に置いたプッシュ式の呼び出しベルを示した。

「ともかく、いまあなたはここにいるんだから、質問に答えてくれてもいいでしょう。どうしても知りたいんです。ここへ連れてこられた理由を。ゆうべ、わたしの身に何が起きたのか。薬を飲まされたことは間違いないわ!」

「患者に薬を与えるのは当然のことです。さて、私は失礼させていただきますよ、イーストンさん。べつの部屋で呼ばれているもので。その途中にここへ寄ったのです。あんなに騒々しくなければ、いまごろ私の患者のところにいるはずだ。待たせるのは嫌いなんですよ。深刻な事態にならないともかぎらない。たとえば大量の出血とか。では、失礼」

男はいきなり会釈をしてドアを閉めた。鍵をかける音が聞こえた。

マージョリーはベルを押して待った。返事はない。さらに数分間ベルを押しつづけた。それでも反応はない。一時間もむなしくベルを鳴らしつづけたあと、先ほどと同じ方法を試すことにした。ドアを激しく打ち鳴らしはじめた。

叩きはじめて数分後、ドアが乱暴に押しあけられ、白衣姿のたくましい中年女が飛び込んできた。いかつい顔全体にはっきりといらだちが表れている。

「いったいどういうつもり？」女は彼女をねめつけた。

「ベルを鳴らしても返事がないから。だからこうやって注意を引くしかなかったのよ」

「ベルを鳴らしただって！」女は驚きの声を上げた。「ここをホテルか何かだと思っているのかい？　そんな厚かましいことを言うやつは初めてだよ。そのベルが鳴ったことは一度もなかった。十年前、あたしたちがこの施設を引き継いでからずっと」

「わたしがここにいる理由を知りたいのよ」マージョリーは臆することなく言いはった。「いますぐ伯父のところに帰して！　わたしをここから出してくれないと、ただじゃすまないわよ。なんとしても連絡をとってちょうだい。わたしの伯父か、マイケル・クリスピンさんか、ウッド医師に、一刻も早く」

女はいまいましげに彼女をにらみつけ、要求を無視した。

「うるさいわね！　そこに座んなさいよ、そのやかましい口にふたをして」

「あなたにうるさいなんて言われる筋合いはないわ」すっかり頭に血が上っていた。

「うるさいって言ってんだろ！」女は吐き捨てるように言って、固く握りしめたこぶしでマージョリーの口を殴りつけた。それから彼女の両手をわしづかみ、ベッドの上に投げ飛ばした。

「あんたみたいに骨の折れる連中も、ここじゃああっという間におとなしくなる。こんな馬鹿騒ぎを続けるつもりなら、一カ月ほど断食とひまし油の湿布療法を行なうことになるだろうね。

そうすりゃ、そのお高くとまった態度もあっという間になりをひそめるさ。ちゃんと行儀よくして言われたとおりにすれば、悪いようにはしない。あたしらだって面倒を起こしたいわけじゃないからね。だけど、あんたがその気なら――いつだって受けてたつよ」

女は踵《きびす》を返し、部屋から出ると鍵をかけた。マージョリーは怒りとショックで震えながらベッドに横たわっていた。

一時間ほど経ったころ、ドアが開き、いかつい顔の女が紅茶と分厚いパン二枚とバターを運んできた。女はそのトレーをベッドの脇に乱暴に置いた。マージョリーは何も言わずにそれを手にとった。

「ありがとうは？」女はいましめるようにうながした。

「ありがとう」マージョリーは声を詰まらせて言った。

女は満足そうにうなずいた。

「それでいいんだよ。こういうやり方にもじきに慣れるさ」

女は一瞬ためらい、しかし何も言わずに部屋を出ていった。マージョリーはパンにバターを塗り、ゆっくりと食べた。女に殴られた唇が痛々しくはれ上がり、食べるのに苦労した。どうして自分はこの建物に監禁されているのか？　ここはどこなのか？　ここに至るまでの出来事はなんだったのか――薬のせいでおかしな夢を見たのではなく、実際に起きたことだとしたら。すべてがあまりに奇妙で、とても現実とは思えなかった。

食べおわると、窓辺に座って外を見るしかすることはなかった。鳥たちが空高く舞い上がり、黒い水面に急降下するのを眺めていた。風が出てきたのか、水面のあちこちにさざ波が立っている。マージョリーは鳥たちの自由がうらやましかった。目の前に広がる茫漠《ぼうばく》たる風景のなかで、生命を感じさせるものはそれしかいない。少し前に猫を一匹見かけた以外は。その猫は、湖岸と建物の敷地を区切る高い塀に向かって芝生を横切り、擁壁《ようへき》をかけ上がって塀の向こうへ姿を消した。あの塀を登れるのは猫くらいのものだろう。高さは十二フィートほどもあり、てっぺんには忍び返しがついている。

そのうち、黒っぽいものがぼんやりと見えることに気がついた。あれは丸太か、それとも葦の茂みが風に揺らいでいるのか。しだいに輪郭がはっきりしてきた。それは小さな手こぎボートだった。男がふたり乗っている。

マージョリーはすがるような思いで祈った。叫び声が届くところまで彼らが近づいてくれることを。十五分ほど、そのボートは背の高い葦の茂みの陰に入り、見えなくなった。ふたたび姿を現したとき、ボートはそれとわかるくらい接近していた。

まっすぐに建物のほうへやってくる。

二十分後、沈みかけた黒い小船と同じ杭にボートをつなぎ、男たちは釣りを始めた。絶好のチャンスだ。マージョリーは窓に駆け寄り、開けようとした。

ところが窓は、上部がわずかに開く位置でしっかりとネジで固定されていた。空気を入れかえるには充分だが、狭くて片手を滑り込ませることさえできない。

自由になるこのチャンスを逃してはいけない。マージョリーは覚悟を決めた。椅子をつかみ、目の高さまで持ち上げると、力いっぱい窓に叩きつけた。ガラスが派手に飛び散り、釣り人は反射的に建物を振り返った。マージョリーは窓から身を乗り出し、声を振りしぼって叫んだ。

「助けて！　監禁されているんです、ここに！」

驚いたことに、釣り人たちは関心を示して近づいてくるどころか、ちらりと彼女のほうを見ただけだった。ひとりが彼女に向かっておどけた身振りをし、もうひとりが笑いながらその男をひじで小突くのがはっきりと見えた。彼らは外国人で、彼女の言うことを理解していないのだ。その矢先、背後からむんずとつかまれ、ベッドの上に投げ飛ばされた。さっき食事を運んできた女が怒りをあらわにして、彼女の顔や体に猛然とこぶしの雨を降らせた。

「思い知らせてやるからね、このいまいましい小娘が！　世話をかけせさせやがって！　二度目は承知しないよ！」

ポケットからロープをとり出し、マージョリーをベッドにきつく縛りつけた。

「自分がどんなに馬鹿なことをしたか思い知るがいい。次はこの程度じゃすまないよ！」

手足は動かないし、殴られたせいで体じゅうが痛い。マージョリーは二、三時間、そのままの姿勢でベッドに横たわっていた。いっぽう割れた窓には、例の女が新聞紙をぞんざいに張りつけていった。長い時間が経過したあと、女は彼女のベッドに戻ってきた。

「もう二度とあんなふうに注意を引こうとしないと約束すれば、ロープをほどいてあげる」

マージョリーは約束するしかなかった。そして拘束を解かれた。

燃えるような夕日が湖面を照らし、束の間、あたりの陰鬱さが薄らいだ。やがてその輝きは色褪せ、あとには憂いを増幅させた景色が残された。風が強まり、湖岸の水面を絶え間なく波立たせる。むせび泣き、地の底から湧き上がるようなその波音が、マージョリーをいっそうやるせない気持ちにさせた。

ベッドに入るしかすることはなさそうだった。マージョリーは寝巻きに着がえ、ベッドに腰かけた。そのときノックの音に続いて男の声が聞こえた。

「入ってもいいですか?」

「いいえ」マージョリーは答えた。「ご用件は? もう寝るところなんです」

彼女の答えなどおかまいなしに、男はドアを開けた。今日の午後、彼女がドアを猛然と叩いたときに現れたのと同じ小男だった。

「そんなに困惑することはありませんよ」身構えるマージョリーを見て、男はちらりと笑みを見せた。「私は医者です。夜の回診をしているんですよ。患者さんたちが快適に過ごし、期待どおりに回復しているか確かめるために」

「わたしは患者じゃないわ!」

「おやおや、われわれの診断を受け入れなくてはいけませんよ。判断するのは、結局のところわれわれですから。あなたは明らかに健康には見ない。いい加減に認めなさい。それはそうと、ここへ寄ったのは、何か至らない点はないか確かめにきたんですよ」

「あるとすれば、食事を運んできた女にひどい暴力を振るわれたことと」マージョリーはいやみたっぷりに言った。「こんなところに無理やり閉じ込められていること。それ以外はべつに不満はないわ」

「ひどい暴力ですと？」医者は心底驚いた様子で聞き返した。「しかし、それはありえない！　われわれは最大限の配慮と思いやりをもって、患者さんに接しているのですから。うちのスタッフは、寛大さと辛抱強さを重視して、慎重に選ばれた者たちなのですよ」

「このあざを見て」マージョリーは語気を荒げて、腕や顔の傷跡を見せた。

彼女が指さした箇所を注意深く検分したあと、医者はかぶりを振った。

「申し訳ないが、私には何も見えません。むろん明かりのせいか——あるいは私の見方が悪いのかもしれない。明日の朝、ご自分の目でもう一度ご覧になってください。そうすればたぶん、あなたも考えを改めるでしょう。いまは少し神経が昂ぶっているようだ。ゆっくりお休みなさい」

「暴力を振るわれたことは、わたしの妄想だと言いたいの？」

医者は肩をすくめた。

「あなたの判断におまかせしますよ。ほかに何かご用は？　ここ以外にもまわらねばならない部屋がいくつかありましてね。もしご不満があれば、きちんと調査したうえで、叱責されるべき責任者を明らかにする所存です。ただし、時間のむだ使いは謹んでいただきたい」

「部屋から出られないのなら、何か読むものをもらえませんか？　それかトランプでも」

「残念ですが、そのようなたぐいのものは固く禁じられているのですよ。患者さんの心をかき乱す恐れがありますので」

「なんの気晴らしも与えずに、この部屋に閉じ込めておくつもり？　それじゃあ頭がおかしくなってしまうわ!」

「それはありえない」医者は歪んだ笑みを浮かべた。「おやすみなさい、イーストンさん。明朝、また様子を見にまいります。きっとあなたはおっしゃるはずですよ、ぐっすり眠ることができたと」

第10章　容疑者失踪

1

マージョリーはその夜、二、三時間寝返りを打ったあと、ようやく眠りについた。初めのうちは、このいまわしい場所から出られるまで二度と眠れないと思っていた。しかし、この最初の気持ちが諦めと絶望に変わっていくにしたがって、いつの間にかまどろみ、眠りに落ちていた。肉体的にも精神的にも疲れ果て、節々が鈍く痛んだ。

眠れずに寝返りを打ちつづけた数時間、彼女はいくども同じ疑問に立ち返った――どうして彼らは自分をこんな目に遭わせることができるのか？　彼女は拉致され、呆然としているうちに車で運ばれ、監禁された。二十世紀のイギリスでは起こるはずのないことばかりだ――もしもここがイギリスだとしたら！　考えれば考えるほど、疑惑は確信に変わっていった。風景の異質さや、助けを求めたときの釣り人たちの反応だけではなく、彼女がそのような扱いを受けていること自体が、ここが異国であるという証明ではないか。

誰か助けにきてくれるだろうか？　マイケル・クリスピンは？　彼女が姿を消したことを知ったら、真っ先に行動を起こしてくれるはずだ。しかしいまこうしてベッドに横たわっていると、どういうわけかマイケル・クリスピンがこれまでとは違う人間に思えてきた。危険で近寄りがたく、陰惨な雰囲気を漂わせている。ここ数時間に起きた一連のいまわしい出来事に加担しているかのように。マージョリーは熱を持ったひたいに両手を押し当てた。すっかり頭が混乱している。もちろんそれは間違いだ。マイケル・クリスピンは彼女の人生を一変させた。素晴らしい影響を与えてくれたのだ。彼を通じて母と接することもできたではないか。自分はよほど頭が混乱しているにちがいない。

それに、彼女が消息を絶ったと聞けば、ウッド医師はただちに救出に乗り出すだろう。彼は警察に通報するはずだ。そうなれば、彼女の居場所を突き止めるのに、そう長くはかからない。自分の身に何が起きたのか、手がかりを残せたらよかったのにと彼女は思った。しかし、実際のところ何が起きたのだろう？　彼女を捕まえた二人は雰囲気からして、血の通った人間とは思えない――ここ数日悩まされていた悪夢に出てきそうだ。マージョリーはいまだに夢のなかにいるような気がした。

伯父はどうだろう？　姪の失踪を知らされたとき、伯父が真っ先に示す反応は「だから言ったじゃないか」だとマージョリーは知っていた。とはいえ、彼女は姪っ子だ。とり返すために全力を尽くすにちがいない。たとえ、彼女に面と向かって「だから言ったじゃないか！」と言いたいからだとしても。

ところが、不思議なことに、自分を心配しているはずのこれらの人たちのことを考えても、マージョリーの心はちっとも軽くならなかった。唯一の慰めは、テッド・ウェインライトについて考えることだった。マージョリーはベッドで転々としながら、彼にどんなにひどい仕打ちをしたかを思い出していた。もはや彼女を愛してはいないだろう。ひょっとすると存在すら忘れてしまったかもしれない。

しかし、そう思いながらも、彼なら力になってくれるかもしれないという奇妙な予感があった。彼のことを一心に考えていれば、彼女の呼びかけに気づかないはずはないと。マージョリーは藁をもすがる思いで、心のなかでSOSを送りつづけた。

テッドと過ごした日々が、かつての単純で平凡な人生が、突如として心踊る魅力的なものに感じられた。それを手放すなんて頭がいかれていたとしか思えない。テッドのことや、彼との穏やかな日々を思い返すうちに、いくらか気持ちが安らぎ、彼女は眠りに落ちた。

マージョリーは朝目覚めるなり、手早く着がえをすませた。鏡の前に座ると、窓から建物の敷地を見ることができる。割れた窓ガラスに貼った新聞紙の角がめくれていて、その隙間から外を眺めた。今朝は庭に人影があった。芝生の上に数人。マージョリーはその姿に目を見はった。

彼らの立ちふるまいはどこか不自然だった。どうやら二種類のタイプがいるらしい。かたや挙動不審で、つねに動きまわっている者。そして椅子に座るか、敷地のあちこちに立って、その動きを眺める者。なかには頭《こうべ》を垂れ、前傾姿勢のまま歩きまわる者もいる。完全に自分の世界に入っている様子だ。ときどき唇を動かす以外は、ぼんやりと虚ろな顔をしている。花壇や庭木にぶつからないのが奇跡としか思えない。

残りは彼らとは正反対の人たちだった。つねに周囲に目を光らせて、ぼんやりと眺めたり、顔をしかめたり、奇妙な動きをする人たちを油断なく見張っている。ひとりが椅子の上に立って叫びはじめると、すかさず見張りのひとりがやってきて、腕をつかんで椅子から下ろした。叫んでいた男はおびえて縮こまっている。そのときマージョリーは気がついた。その見張りの男は、彼女を車に引きずり込んだのと同一人物だ。

ことの真相が、マージョリーの心に重くのしかかった。衝撃のあまり激しい虚脱感に襲われた。ここは精神病院なのだ！

これで何もかも説明がつく。その事実を充分に認識したいま、彼女は気がついた。最初からそうではないかと疑っていたのに、やみくもに意識の外へ押しやっていたことを。

彼女は精神異常者として囚われの身となったのだ。

いいいい、いいいいいいいい、たぶん自分は狂ってしまったのだ。その恐ろしい考えが真っ先に頭に浮かんだ。彼女は精神に異常をきたす一歩手前だと、ウッド医師は言っていた。自覚せずにその一線を越えてしまったのだろうか？　あの夜、ベルモント通りで起きた身の毛がよだつ出来事は、狂気のすえの妄想だったのか？　治療のために海辺で過ごしたというのは事実で、彼女はそれを忘れてしまったのか？

全身がぶるぶる震えた。恐ろしい疑念があちこちで頭をもたげる。彼女の正気を証明してくれるなら、どんなささいなことにも必死でしがみついた。

精神異常者はみずからの正気を疑ったりしないのではないか？　疑うこと自体が正気のしるしではないか？　そうだ、わたしは心が弱くなっているだけで狂ってはいない！

狂う――その言葉は彼女の背筋を凍りつかせた。これは陰謀だ。彼女は何者かの極悪非道なたくらみの餌食《えじき》になったのだ。言い知れぬ孤独と絶望が一気に押し寄せ、涙がどっとあふれ出た。

しかし数分後には、落ちつきをとり戻していた。正気であることを証明するには闘うしかない。クリスピンに出会う前の自分に戻るために闘わねばならない。テッドを愛し、テッドに愛されていたころの自分に戻るために。そして自分自身を守るために……。

ほどなくドアがノックされ、例の医者――本人の言葉を信じれば――が入ってきた。探るように彼女を眺めまわした。

「やあ、今日はずいぶん調子がよさそうですね、イーストンさん。いまの治療法が功を奏しているのでしょう――静寂、新鮮な空気、そして思いきった環境の変化！　体質を改善するには、これにまさる方法はない」

「いつまでそんな茶番を続けるつもり？」マージョリーは辛辣《しんらつ》に言った。「わたしは精神病院に入れられた。そうなんでしょう？」

「あなたは友の手にゆだねられたのですよ」

「わたしがここにいることを伯父に知らせてください。法律上の保護者ですから知らせなければいけないんです」

「承知していますよ。伯父さまには昨日ご連絡しました」

マージョリーは一瞬言葉を失った。

「じゃあ、伯父はなんて？　どんなふうに説明したんですか？」

「もちろん、ありのままを伝えましたよ」ちびの医者は答えた。手を後ろで組み、爪先に体重をかけて小刻みに体を揺らしている。「ほかにどんな可能性があると？　伯父さまにはこう説明しました。あなたは錯乱状態で街を徘徊しているところを発見された。症状はひじょうに重く、ふたりの医者の助言をもとに、治安判事によって精神病患者と正式に認定された。ここの住所をお知らせしましたが、面会はお断りしました。現在のあなたの精神状態からして、近親者に会うのは危険ですから。極度の被害妄想に陥っていることもお知らせしました。あなたも認めるでしょう、イーストンさん、そういう考えにとりつかれていることを。たとえ、それを妄想だと思っていないとしても。いまの状態では伯父さまに反感を抱くだけですし。あなたの伯父さまはきちんと理解してくださいましたよ」

「人でなし！　何もかもあなたが仕組んだことなのね？」

「しかしながら、あなたと伯父さまに公正を期すため」医者は無視して続けた。「そして、少しでも伯父さまを安心させるために、あなたは手紙を書いたほうがいいかもしれません。陛下《した》に戻ったら、さっそくインクと便箋を届けさせましょう」

「その手紙が本当に投函されるのか、わたしにはわからないじゃない」

「おやまあ、イーストンさん！」医者はたしなめるように声を高くした。「ずいぶん疑い深いのですね。あなたが伯父さまに手紙を書けば、かならず投函しますよ。お望みなら配達人に直接手渡すこともできますし」

医者が去ってまもなく、いかつい顔の女がインクと紙を持ってきた。マージョリーは伯父に宛てて切実に訴えた。自分は正気であることを強調し、なんとしてもここから救い出してほしいと懇願した。マージョリーはそれを封筒に入れて念入りに封をし、朝食のトレーの上に置いた。トレーが回収される前に医者が戻ってきたので、彼女は手紙を渡した。

医者は軽く頭を下げてそれを受けとった。

「失礼」医者は彼女の同意を待つことなく、封を開けて手紙を読みはじめた。

「おやおや、イーストンさん、これではだめです。とんでもない誤解を招くことになる。こんなでっちあげを容認することはできません。伯父さまを動転させ、あなたの病状やこの施設について、完全にあやまった印象を与えてしまいますからね」

「真実よ！　あなただって知ってるでしょ、それが真実だって！」

医者はかぶりを振った。「それどころか、これは悪意に満ちた捏造《ねつぞう》ですよ。本当のことをお書きなさい。たとえばこんな具合に――ひどく気持ちがふさいで、何もする気になれません。何が起きたのか全然覚えていなくて、頭が混乱しています。いまわたしはとても素晴らしい場所にいます。ここがどこだかわからないけど、すごく快適だし、みんなとても親切にしてくれます。いつかわたしが元気になったら、ぜひ会いにきてください」

あまりのずうずうしさに、マージョリーは言葉を失った。そしてようやく声を絞り出した。

「よくもまあそんなことが言えるわね！」

「何か不満でも？　それが真実ですよ。さあ、聞き分けの悪いことを言わないで、イーストンさん。いま言ったことを手紙にお書きなさい」

「いやよ！」マージョリーはかたくなに拒否した。

医者は彼女を説き伏せようとした。

「やはりあなたは異常な猜疑心《さいぎしん》を抱いているようですね。われわれはあなたのためを思ってしているんですよ」

「意志に反してここに閉じ込めておくことが、わたしのためですって！ 殴ったり縛り上げたりするのも、わたしのため？」

「なんとまあ」医者は気落ちした様子で言った。「また暴力の話ですか！ それはただの妄想だと自覚しなくてはいけませんよ、イーストンさん。その妄想と闘うんです！ どうかこの質問をご自分の胸に問いかけてみてください。あなたのためでないとしたら、われわれがこんな面倒なことを引き受ける理由がほかにありますか？ われわれの動機は完全に無視されている。この施設を維持するにはお金が必要です。あなたの食事だってただではないし、看護師に給料を払わねばならない。私だって給料をもらっています。失礼を承知で申し上げますが、あなたは財産をお持ちでない。そしてあなたの世話にはお金がかかる。あなたの利益にならないなら、こんなこと引き受けませんよ」

医者の主張は非の打ちどころがなく、筋が通っている。マージョリーはしばし黙り込み、その後怒りを爆発させた。

「わたしをこんな目に遭わせる理由なんか知らないわ。わかっているのは、あなたがそれをやってるってことだけ。伯父に手紙は書かない。ここで幸せに暮らしているなんて口が裂けても言うものですか。わたしは自由になりたいの。それまで心が安らぐことはないわ」

「そうですか、それは実に残念だ。そんなふうに自分が難治性患者だと認めるなんて嘆かわしいことです。あなたの置かれている状況を簡単に説明しましょう。われわれの指示にしたがおうとしたがうまいと、この施設から出ることはできません。それは確定事項なのです。とはいえ、われわれのささいな要請に応じて、たとえば先ほど提案したとおりの手紙を伯父さまに書くとか、愚かなことさえしなければ――昨日のような愚かなまねを――もっと快適な部屋に移って本を読むこともできるし、あのへんの庭を散歩することもできる。しかし、もし応じなければ――」

医者は意味ありげに口をつぐんだ。

「応じなければ？」マージョリーが先をうながした。

「そうなると、不本意ながら、かなり荒っぽい治療法を行なわざるをえないでしょうね。行儀がよくなるまで、食事を与えずにこの部屋に監禁し、それでも逆らうようなら、次の選択肢はいろいろとあります。たとえば、ある種の薬物を与えるとか……あなたはだいぶ体が衰弱しているから、それほど強い薬を使わなくても効果が出るでしょう」

まるで強壮剤でも処方するように、医者はあっけらかんとした口調で言った。マージョリーは恐ろしさのあまり声もでなかった。医者は微笑んだ。

「どうやら考えを改めてもらえたようですね！　いいですか、イーストンさん、われわれとしてはぜひとも避けたいのですよ、いま例に挙げたような手段を用いるのは。しかし私は医者として、患者さんのためになるなら、いかなる苦痛を与えることも厭わない訓練を受けています。あとはあなたの分別ある判断におまかせしましょう。決心がついたら、お世話をしているあの看護師に頼んで、私を呼んでください。私の名前はマースデン。ああいう状況で初めてお会いしたので、自己紹介するのをすっかり忘れていました」

ひとり残されたマージョリーは考え込んだ。窮地に立たされていることを思い知らされた。手紙を出すには彼らの許可が必要だから、当然、認められた文面の手紙しか出せない。それに加えて、たとえ彼女から手紙が来なくても、伯父が気をもむことはないだろう。彼女が失踪した理由について、すでに充分な説明を受けているのだから。伯父はウッド医師やテッドにもそのことを伝えたにちがいない。みんなさほど驚かなかっただろう。ウッド医師は彼女が発狂寸前であることを知っていた。テッドはとっくに気持ちが離れているし、霊媒になったときから彼女の正気を疑っていたのだ。その知らせを聞いたときの彼の反応を思うと、マージョリーは胸がつぶれた。

彼らの要求に応じて、いくばくかの平穏を手に入れたほうがいいのか？　もし拒めば、どんな目に遭わされるかわかったものではない。彼らの非情さは身をもって知っている。それに言うことを聞けば、いまよりもっと自由な生活を送れるという。そうなれば、外部に助けを求めるチャンスがあるかもしれない。

彼らの目的は見当もつかなかった。彼女を苦しめるためだけに、こんなおおがかりなことをするはずはない。動機になりうるとしたら？　結局、いくら頭をひねってもむだだという結論に達した。

いかつい顔の女がぱさぱさのパンと水を運んできたとき、マースデン医師を呼んでくれるように頼んだ。ときを移さず医者はやってきた。

「手紙を書きます」彼女は言った。「ある程度の自由を与えると約束してくれるなら。一日一度庭を散歩したり、それに本も」

「もちろん。脱走しないと約束すれば、喜んで願いをかなえましょう」

「わかりました。約束します」

マージョリーはひそかに心を決めていた。こんな卑怯な連中との約束を守る義務などないと。明らかに彼らもまた、その約束を形式的なものとしか考えていない。医者は手紙の文面を口述し、マージョリーがそれを書きとった。できあがった手紙を医者はじっくりと読み返し、満足そうにうなずいた。

「結構です。すぐにしかるべき食事を用意させましょう。そのあと庭に出てもいいし……」

2

その日の午前中、蛇や死んだ犬の騒動が一段落したあと、モーガン警部は思いがけない手紙を受けとった。

拝啓

新聞を読んで、あなたがクリスピン殺害事件の責任者であり、テッド・ウェインライトという若者の情報を求めていることを知りました。実を言うと、うちの宿泊客がその若者ではないかと思い、こうしてペンをとりました。宿帳にはべつの名前が書いてありますが。どうか一刻も早くこちらへ来てください。その若者はいつまで滞在するかわかりません。彼が本当に手配中の男なのか、あなたに確かめてもらわないと、私には判断がつきかねます。

エドワード・ハーネス

さし出し人の住所はイングランド南部、ハンプシャー州の小さな村だった。

その山荘の名は〝ナイチンゲールの止まり木〟――なんともロマンティックだ。しかし、モーガンが車で乗りつけたとき、目の前に現れたのは、ピンク色の石綿スレート屋根をいただいた悪趣味な山小屋だった。土地の価格がいまだに低く、交通の便がよくない場所では、こうした建物がイングランドの緑豊かな田園風景をじわじわと侵食しつつある。あたりにはうらぶれた、わびしい空気が充満していた。養鶏で生計を立てようとして失敗し、いまだに成仏できない退役軍人の霊魂がその屋根にしがみついていそうだ。

エドワード・ハーネスは背の高い、手足がくねくねした、おしゃべりな男だった。早朝にもかかわらず、男の吐く息は強烈に酒くさかった。警部の車に駆け寄り、真っ先に自己紹介をした。モーガンは尋ねた。

「その男はなかにいるのか?」

ハーネスはうなずいた。

「ええ、まだベッドのなかですよ。ドアに鍵をかけときました」

「ずいぶん手荒なことをするんだな。手配中の男に間違いないのか？」

「新聞の写真を見た感じではそうだと思いますけど。あんまり鮮明じゃないから」

「それなら、これがもとの写真だ」モーガンはかばんから写真をとり出した。

ハーネスはしげしげとそれを眺めた。

「やっぱりあいつだ！　あの男に間違いない！」

「そいつはどうやってここへ来たんだ？」

ハーネスの青い瞳はあらぬほうへさまよい、モーガンと目を合わせようとしなかった。

「いや、旦那には本当のことをお話ししますよ、警部」

「ああ、そうしたほうがいい」

「実を言うと、あの男は友達の紹介でここに来たんですよ。昔その友達の世話になったことがあって、俺が病気のときに……」

「名前は？」

「勘弁してください、旦那。そいつは言えませんよ。言うわけにはいかねえ。だって、ここを始めるときに金を貸してくれて——こんな鶏小屋じゃあ食べていくのもやっとだが、それでもなんとか生きていられる。だから恩があるんですよ。あの人を裏切ることはできねえ」

「いいだろう。友達を裏切る必要はない。だいたいの見当はついているんだよ、ハーネスさん。

ところで、名前はハーネスでいいのかい？」

男は顔をかすかに上気させ、探るような目つきでモーガンを見た。

「どうして？」

「ちょっと気になっただけさ」

「いえ、知りたいなら答えますけどね、本当の名前は違いますよ。旦那に隠したってしかたない。数年前、ちょっとしたいざこざを起こしちまって、それで心機一転やり直すとき、名前も変えたってわけです。ハーネスはほんとの名前じゃない。俺の過去は自慢できるようなものじゃないことは認める。だから旦那に手紙を書くとき、ずいぶん迷ったんですよ。だけど俺、思ったんですよ――」

「よい行ないをすれば過去は水に流せると？　確かにそうだ。警察は喜んで感謝の気持ちを示すだろう。捜査に協力してくれたら、過去のことは大目に見てもいい」

「そんな下心からじゃないんですよ、旦那に手紙を書いたのは。見返りを期待したわけじゃ」

「ああ、わかっているとも。おまえさんは市民としての義務を果たしただけだ！」警部の口調には隠しきれない皮肉がこもっていた。しかし、ハーネスには通じなかった。

「そのとおり！」熱っぽく言う。「俺は義務だと感じたんだ。まさか指名手配犯だなんて。厄介ごとに巻き込まれてるとは聞いてたけど。たぶんはめをはずして、その騒ぎがおさまるまで身を隠したいんだろうって、それぐらいにしか考えてなかった。だから新聞の写真を見たときにゃあ、ぶったまげて心のなかで叫んだよ――やべえ――いや、つまり、なんてことだ、こいつはジム・

ヒルじゃないかって。ジム・ヒルってのはあの男がここで使っている名前なんですよ」

モーガンはハーネスという男の正体を早々に見破っていた――まっとうな道を選ぼうと悪の道を選ぼうと、何ひとつなし遂げることのできない、根性なしのろくでなし。犯罪に手を染めたあげく、あとでことの重大さに気づいて何週間もおびえて暮らし、しかしそれが過ぎると罪の意識は薄れ、うわべだけの正義感を身につけるのだ。モーガンは門に向かって歩き出した。

「では、その男に間違いないのなら、部屋に踏み込んでとり押さえるとしよう」

「逮捕状を持ってるんですかい?」

「ああ。新聞社には重要参考人とだけ発表したが、そのあと令状が出たんだ」

山小屋に入ると、ハーネスが左手の部屋を指さした。

「あそこにいます」

ハーネスは忍び足でドアに近づき、鍵をはずした。そっとドアを開ける。そして室内に入ったとたん、素っ頓狂な声を上げ、戸口から青ざめた顔をのぞかせた。

「たいへんだ。やつがいない!」

その言葉どおり、小さな寝室はもぬけの殻だった。

「だけど逃げられるはずがない!」ハーネスは言いはった。「俺は五時から起きてたんだから。俺はいつも最初に起きるんです。そのあとすぐにドアに鍵をかけたのに」

「窓から逃げたんじゃないのか?」

「ありえない。窓は表の庭に面していて、俺はずっとそこにいたから。気づかれずに抜け出せるはずないんだ！」

モーガンはうたぐるような視線を向けた。

「ともかく、やつは逃亡した。村に下りて少しばかり聞き込みをしなきゃならん。本当なんだろうな、おまえさんも私と同じくらい、この事態に心《しん》から驚いているっていうのは？」

「当たり前でしょう、警部。こんなことになるなんて夢にも思わなかった」必死で抗弁するハーネスの顔に不安の影がよぎった。「まさか俺を疑っちゃいませんよね？　旦那に手紙を書いたのはこの俺ですよ！」

無愛想なうなり声ひとつを残して、モーガンは車に飛び乗った。スターターボタンを押し、村を目ざして車を勢いよく発進させた。しかし、そのあとの聞き込みは空振りに終わった。

またしてもウェインライトは行方をくらました。彼が何者であれ、ごく普通の若者というモーガンの第一印象は間違っていたようだ。

第11章　脱　走

1

マージョリーは外に出て、庭を散歩することを許されるようになった。とはいえ、彼女の監視役である、例のいかつい顔の女がつねに目を光らせている。みずからの窮状を悟ったあの朝、窓から見かけた挙動不審な人々と散歩中に出くわすこともあった。

最初のうちは、彼らに対して本能的に拒否反応を起こしてしまった。じきにそれが消えると、一種の仲間意識が芽生えはじめた。話しかけてくる者も数人いた。驚いたことに、彼らはごく普通に会話を交わし、知性すら感じさせることもあった。

ある日、マージョリーはひとりの患者の前でふと足を止めた。見覚えのある男だった。しかし相手は覚えていないらしく、彼女もどこで会ったのかすぐには思い出せなかった。それから一日じゅう、その男の名前を考えつづけた。すると出会ったときの記憶がふいによみがえった。マイケル・クリスピンに襲いかかった、あの不審な客だ。クリスピンの頭めがけて手斧を振り下ろそうとして、その体勢のまま硬直していた男の姿が鮮明に浮かんだ。名前は確かランバートだ。

記憶がよみがえるとともに、マージョリーは新たな事実を突きつけられた。あのときクリスピンはこう言っていた。精神に異常をきたす前のランバートは彼の友人で、精神病院から抜け出してきたらしいと。なんという偶然だろう。彼女もまたクリスピンの友人であり、気がふれた者として同じ施設に入れられている。ただの偶然なのか？

驚きと不吉な予感が入り混じった感情が込み上げてきた。この裏にはいったい何が隠されているのか？　自分と精神異常のあいだにどんなつながりがあるのか？　クリスピンはどのような役割を果たしているのか？

マージョリーは、定期的に回診にやってくるマースデン医師に尋ねてみることにした。

「私をここへ入れたのはクリスピンさんですよね」単刀直入に切り出した。

マースデンは険のある目つきで彼女を一瞥した。

「どうしてそう思うんです？」

「そうとしか考えられないもの」

「たいへんな思い違いをされていますよ」

マージョリーは医師の口調から、その予測は的はずれではないと直感した。

「クリスピンさんはご存じなんですよね、わたしがここにいることを」

「彼は先日、お亡くなりになりましたよ」

突然の予期せぬ知らせに、これも作り話だろうとマージョリーは思った。

「そんなの信じないわ」彼女は声を荒げた。「また嘘をついているのね！」

「よろしい、私の言葉が信じられないなら、新聞を届けさせますよ」

新聞はすぐに届いた。そこにはクリスピンの死にまつわる記事が掲載されていた。彼女が失踪したまさにその日に、クリスピンが殺害されたというニュースは、マージョリーを仰天させた。さらに驚くべきことに、クリスピンは女であることが判明したという。あれほど親しくしていた人にそう簡単にだまされるものだろうか？

そのニュースは、おそらくマースデンの意図とは正反対の影響をマージョリーに与えた。過去は巧妙につなぎ合わされた欺瞞の連なりだったのだ。厳密にはどこまでが嘘なのか、クリスピンはどうしてあれほど説得力があったのか、マージョリーにはわからない。しかし、少なくとも自分がカモ以外の何者でもなかったことははっきりしている。自分の頭がどれほど混乱していたか彼女は悟った。クリスピンが彼女の意志や人格を完全に支配していたことを。クリスピンはもはや存在しない。その知らせが呪縛を解くきっかけとなり、マージョリーの心は本来の自分をとり戻した。それは夢から目覚めたあと、いくら夢のなかとはいえ、どうしてあんな愚かなまねをしたのだろうと首をひねるときの感覚に似ていた。

しかし記事を読み進むうち、新たな衝撃を受けた。テッドがその殺人事件になんらかの形で深く関与しているという。新聞では明言されていないものの、警察が彼の行方を血眼になって捜していることは間違いない。テッドは逃亡者なのだ。

その瞬間まで、マージョリーはひとつの期待を抱いていた。テッドは彼女を探しているのではないか、彼女を助けようとしているのではないかと。だが、その期待はもろくも崩れ去った。彼自身が助けを必要としているのだ。

ここ数日、マージョリーはすっかり無気力になっていた。自由に焦がれ、さりとてなんの当てもなく、ぼんやりとときをやり過ごしていた。しかしながらクリスピンが死に、テッドに疑惑がかけられているというニュースは、彼女を奮《ふる》いたたせる結果となった。外部からの助けが期待できなくなったいま、待つのではなく、自力で逃げ出そうと心に決めた。

自分はいまどこにいるのか、それを探り出すのが先決だった。本当に外国だろうか。それともイギリス国内の見知らぬ土地にいるだけだろうか。ランバートとふたたび出くわしたとき、マージョリーは話しかけてみることにした。たぶん彼なら知っているはずだ。

ランバートは、ベルモント通りで見かけたときとは別人のように変わっていた。急に動揺したり、騒ぎを起こすこともない。青白い顔で背中を丸めて歩く姿はまるで生気がなかった。視線はつねに下を向いている。それでも言葉を交わしてみると、屋敷を訪ねてきたときよりもずっとまともだった。話すだけで疲れるらしく口数は少なかった。しかし話し方は明瞭で、筋も通っている。ただ、唐突に話題を変えるところだけが、精神の乱れを感じさせた。彼をひとつの話題につなぎ止めておくのは容易ではなかった。

ランバートは彼女のことを覚えていなかった。そして、クリスピンの屋敷で会ったことがあると聞くなり、その顔は腹の底から湧き上がるような憎悪で塗りつぶされた。しかしそれが消えたあと、彼女への共感が表れた。

その後ふたりはよく会話を交わすようになった。マージョリーは決してランバートを異常者扱いしなかった。ところがある日、彼は悲しげにマージョリーに言った。

「むろん、連中から聞いているんだろう？」

「聞くって何を？」

「僕が狂っているってことをさ。連中は口をそろえてそう言うんだ。何度も何度も繰り返して。僕がそう思い込むまで」

「いいえ、あなたは狂ってなんかいないわ！」マージョリーは励ますように言った。

「なら、どうして連中はそう言うんだよ？」ランバートは叫んだ。「ええ？」

叫び声を聞きつけて、看護師が駆け寄ってきた。ランバートは落ちつきをとり戻し、おもねるような表情で看護師を見た。ランバートがその男を恐れているのは一目瞭然だ。ひとこと注意を与えてから看護師が立ち去ると、ランバートの心はすでに移ろっていた。いまの彼は生きる屍《しかばね》と化し、ただおびえ、身をすくめるだけだった。かつてベルモント通りで手斧を振り上げ、暴れていた男と同一人物とはとても思えなかった。

マージョリーは、自分の監視役であるいかつい顔の女と仲よくなろうとした。だが、それは無理だと気づいた。その女は決して心を許さなかった。「面倒を起こすな」という命令を守ると、女の機嫌はよくなった。しかし、それは純粋に仕事上の満足感を覚えているだけであって、何か問題を起こせば、ふたたび情け容赦のない処罰を与えるだろう。

マージョリーはこの人間味のかけらもない嗜虐性《しぎゃくせい》を何よりも恐れた。そんな女と血の通った関係を築けるはずがない。その看護師にとってマージョリーは人間ではなく、世話のかかる動物なのだ。

ほかの入院患者もまったく同じ扱い――〝不必要に〟残虐な扱い――を受け、人間としての尊厳などないに等しかった。結果として、患者はみずからの尊厳を放棄し、哀れで滑稽な道化を演じるようになっていた。

マージョリーはランバートと親しくなるにつれて、彼が何かをたくらんでいることに気づいた。何時間も物思いにふけり、そういうときは本人いわく、〝極秘事項〟について考えているという。ランバートがひっそり笑い、思いをめぐらせるかたわらで、マージョリーは邪魔をしないよう沈黙を守っていた。まさかそのたくらみに彼女自身がかかわろうとは、夢にも思わなかった。あの日、庭の長いベンチに並んで座り、ランバートがかすれた笑い声を上げながらその計画を打ち明けるまでは。

「ここから逃げろ！　連中を困らせてやるんだ」

「そうできたらいいでしょうね」マージョリーは答えた。「でも、どうやってここから抜け出せというの？」

ランバートはひそかに視線をめぐらせて、自分の監視役を盗み見た。ふたりはいま塀の近くに座っていて、看護師たちは塀の近辺にいる者たちにことさら厳しい目を光らせている。

「いいかい、僕らがいま座っているこのベンチを見てごらん。こいつは地面に固定されていない。いっけんそう見えるけどね。これを塀に立てかければ、背の横木を利用して、塀のてっぺんに手が届くところまで登ることができる。そしたら忍び返しをコートでおおって乗り越え、反対側に飛び下りる。ぶら下がってから手を離せば、たいした高さじゃない。いずれにしろ地面はやわらかいしね。僕はそうやって逃げたんだよ」

「だけど、あの人たちがずっと見張っているのよ」

「ああ、そこで僕の出番だ。連中の注意を引きつけておくよ」

意表をつく計画だった。マージョリーは彼の狡猾さに舌を巻いた。もっとも、いくら精神に異常があろうと、脳の大部分は正常に働いることに以前から気づいてはいたが。ランバートが実際にそうして脱走したのなら、庭のあちこちにあるこの長いベンチがいまだに固定されていないとは思えない。おそらく患者の誰かがベンチをもとに戻し、ランバートの逃走方法を隠蔽したのだろう。正気を保っているとき、彼らは驚くほど強い連帯感で結ばれ、看護師への深い憎しみを共有している。

かつてマージョリーは、芝生の一画で転んだ看護師に、六人ほどの患者が集団で暴行を加えている場面を目撃したことがある。ほかの看護師たちがその男を助け出し、翌日は、暴行にかかわったひとりを除く全員が部屋から出ることを禁じられた。そして部屋から出ることを許されたひとりは、顔じゅうあざだらけで、杖がなければ歩けない状態になっていた。看護師たちが独自のやり方で綱紀《こうき》の乱れを正したのは明らかだった。

「ここはどこなの?」マージョリーは尋ねた。「イギリス?」

「おやおや、イーストンさん、当たり前じゃないか」ランバートは驚いた様子で答えた。そして心配そうに彼女の顔をのぞき込んだ。

「気を悪くしないでほしいんだが、きみはときどき頭が混乱するのかい?」

これほど救いようのない状況にあっても、そんな見当違いの心配をされたことにマージョリーは驚き、声を上げて笑ってしまった。それから、ランバートの傷ついた表情に気づき、急いで語を継いだ。

「それじゃあ、正確にいうとここはどこなの？」

「ノーフォークだよ。つまり、ノーフォークブローズ（イングランド東部の湖沼地帯）の一部——ラングドン湖だ。一番近い駅はソープで、歩くとかなりの距離がある。でも、そこへたどりつければ大丈夫だ。駅員は金にうるさいが、何も言わずにこっそり乗り込めばいい。途中で何か訊かれても住所を言えば、終点の改札までは連れていってくれるはずだ」

「駅にたどりつければいいけど。距離はどのくらいあるのかしら？」

しかし、すでにランバートの心はあらぬほうへと漂い、話題をもとに戻すことはできなかった。彼のような人に助けを求めてもむだなのだ。マージョリーは失望を押し隠して、ランバートとおしゃべりを続けた。ところがしばらくして、急に逃亡の一件が頭によみがえったにちがいない。ランバートは狡猾そうな一瞥を彼女にくれたあと、勢いよく立ち上がって、奇声を上げ、腕を振りまわしながら、芝生を駆けまわりはじめた。看護師のひとりが駆け寄ってきたが、ランバートは庭師が放置した熊手をつかみ、看護師に向かって振り下ろした。またたく間に庭全体が大混乱に陥った。居合わせた看護師全員がランバートに向かって突進し、それと同時に、患者たちの群れがランバートのあとに続いた。マージョリー一人が残された。

運よくその場所は木々にさえぎられ、建物からは見えない。逃げるならいましかない。マージョリーはベンチを力まかせに引っぱり、持ち上げて、どうにか煉瓦塀に立てかけた。てっぺんまで一気に駆けのぼり、着ていた分厚いコートを丸めて塀の上に置いた。かなりの高さから落ちることになりそうだ。しかし、マージョリーの頭にはひとつのことしかなかった――逃げなければ。塀のてっぺんで一瞬止まり、そして落ちた。

足首まで土に埋まった。けがはしていない。

ぐずぐずしているひまはなかった。とにかく、一刻も早くこの恐ろしい場所から遠ざかり、姿を隠さなくては。マージョリーは道路ではなく湖岸を走り、やがて牧草地に入った。逃げるのに適した場所ではない。数マイルにわたって身を隠すものはなく、樹木も垣根もない平坦な土地がどこまでも続いていた。牧草地はところどころ水路で分断され、そのたびにマージョリーは飛び越えるか、流れをこいで進むしかなかった。じきに息が切れ、疲労はピークに達した。それでも何かに突き動かされるように走った。走れ……何があろうと二度と捕まるわけにはいかないのだ。

最悪の場合、湖まで引き返して、葦の茂みを泳いでわたるつもりでいた。泳ぎには自信がある……。

マージョリーはすべての思考を、すべてのエネルギーを、すべての希望をひとつの言葉に傾けた――〝逃げろ〟

2

スレメイン医師によれば、犬の死因はストリキニーネによる中毒死だという。これを聞いたモーガンはさらに頭を抱えた。

クリスピンはストリキニーネで殺害され、ウェインライトのポケットからは青酸の小瓶が発見された。事件は複雑さを増すばかりだった。どうしてあの犬は死ななければならなかったのか？こんな予想外の原因で、いつどこでその毒を摂取したのかもわかない。あの蛇はベルモント通りの屋敷で何をしていたのか？　牙の毒を抜かれていたのも謎だ。

モーガンは再度現場を訪れた。女コックも去り、屋敷は閉鎖されていた。クリスピンの死亡現場にはうっすらとほこりが積もっていた。

モーガンは洗面台に向かった。その水道の水がクリスピンの命を奪ったのだ。洗面台の足元にゴム製のマットが敷かれていた。モーガンはそれを慎重に丸め、例の〝奇妙なもの〟が入っているアタッシェケースにしまった。それから瓶をとり出し、蛇口の水をそそいだ。

それが今回の訪問のおもな目的だったが、いつの間にか絨毯を仔細に調べていた。持ち帰る価値のありそうなものは、絨毯にからみついた色とりどりの毛糸のくずくらいだった。モーガンはそれを拾い集めた。掃除機に吸い込まれずに残っていたものらしい。

署に戻ると、雑務が山のようにたまっていた。水の入った瓶とゴム製のマットはスレメインに、毛糸は繊維の専門家に届けなければならない。

「ウェインライトに関する情報は何か入ったか？」モーガンは助手に尋ねた。

「いいえまだ。ですが、毒物に関する調査から、ひじょうに気になる事実が判明しました」助手が書類をさし出すと、モーガンは期待に満ちた顔でそれを受けとった。

「確かに気になるな」じっくりと眺めたあとで言った。「この住所を訪ねてみるとするか」

モーガンはある薬屋を訪ねた。突然の警察の来訪に相手はあわてている様子だった。モーガンが殺人事件の捜査だと告げると、男は身構えた。

「そういうことに巻き込まないでもらえませんか」即座に言った。

「そうはいかない」モーガンが答えた。「べつのルートで同じ情報を入手できれば、もちろん、おまえさんの名前は公表しないが」

「そうしてください。おおやけになると、こういうところでは商売がやりにくくなるんですよ。悪いことをしていなくても、噂っていうのはなかなか消えないし。そのうち客がほかに流れてしまう」

「いいかね、おまえさんが協力してくれれば、私もできるかぎりのことはする」モーガンは愛想よく言った。「小瓶に入った薬を――日焼け止めでも肩こりの塗り薬でも、なんでもいいから――包装して、使いの者にこの住所に届けさせてくれ。届け先では注文した品物に間違いないか確認し、忘れずに瓶を回収してくること。ほらこの瓶を包んで――箱だとなおいいんだが」

「ずいぶん妙なことを言うもんだ」薬屋は不満げにつぶやいた。「いったいなんのためにこんなことをするんです?」

「何も訊かずに言われたとおりにしろ。そうすればこの一件に巻き込まずにおいてやる」

薬屋は同意し、同じ日の午後、その薬瓶はモーガンの手元に戻ってきた。そこには指紋がくっきりと残っていた。モーガンはそれを記録係に送った。

翌朝、机の上に写真つきの一件記録が載っているのを見て、モーガンは心を弾ませた。あの指紋には前科があったのだ。

モーガンは引き出しのなかをかきまわし、例の降霊会の参加者リストを探し出した。

「ずいぶんおもしろい顔ぶれがそろったものだ」モーガンはつぶやいた。問題はどうやって攻めるかだ。モーガンは心を決めた。

スレプフォール夫人を訪ねることにした。

「クリスピン殺害事件のことで、もう一度お話をうかがいたいと思いまして」モーガンが戸口でそう言うと、上品に飾りつけられた客間に通された。スレプフォール夫人はひじかけ椅子でまどろんでいたらしい。モーガンが入っていくと、優しげな老いた瞳をまぶしそうにしばたたいた。

夫人はうなずいた。

「ええ、あの事件の記事にはいつも目を通していますよ——新聞でとり上げられるかぎりは。何か進展があったのですか？」

「いいえ、お話しするほどのことは。ただ、ひとつふたつ新しい事実が判明したもので、こうしてお目にかかりにきたわけです。お邪魔でなければいいのですが」

「あたしは忙しい身ではありませんから、警部。この歳で主人に先立たれ、子どももいないとなれば、時間は持て余すほどありますのよ。実は田舎に引っ越そうかと思っていまして」

「娯楽や趣味はお持ちでない?」

「全然。しいて言えば音楽を聴くくらいで」

「編みものにもまったく興味はないと?」

スレプフォール夫人は微笑んだ。

「どこかでお聞きになったのね、あたしが編みものや刺繍に夢中になっていると。ええ、いつも何かしら編んでいた時期がありましたわ。最近はそうでもありませんけど」

「実を言いますと、あなたを訪ねた理由のひとつがそれなんです。クリスピンの屋敷で不可解なものを見つけまして。あなたが編みものに詳しいと聞いたものですから、ひょっとするとお力を貸していただけるのではないかと」

警部はかばんを開け、〝六つの奇妙なもの〟のひとつをとり出した。色とりどりの毛糸を結びつけた厚紙だ。

「これはなんでしょう?」

スレプフォール夫人はそれを手にとり、しげしげと眺めた。

「なんて奇妙なのかしら! 初めて見ましたわ。編みもののパターンのように見えますけど、何ができるのかはさっぱり。預からせてもらえたら、これをもとに編んでみますけど」

モーガンは夫人の申し出を断った。

「いいえ、その必要はありません。それについては、さほど重要だと思っていませんので。ついでにお訊きしただけなんです。こちらを訪ねた真の目的はべつにありまして。実はクリスピンの死に関して、いくつかお訊きしたいことがあるのです。ご存じのとおり、クリスピンは毒殺されました。いっぽうロビンソンのポケットから空《から》の小瓶が見つかり、その瓶には致死量を超える青酸が入っていたことが判明した。ロビンソンの本名は、新聞でご覧になったでしょうが、ウェインライトといって殺人の容疑がかけられています。しかしいまだに彼の居所はつかめていない。そこであなたに会いにきたのです」

スレプフォール夫人は眼鏡越しに警部を注視していた。

「あたしでお役に立てるとは思えませんわ。あの若者が人殺しなどするはずないと断言はできますが。それとも、あたしは人を見る目がないのかしら」

「それどころか人を見抜く鋭い眼力をお持ちのはずだ」モーガンは愛想よく言った。「何も知らないような顔をされていますが」夫人は何も言わずにっこりと笑った。モーガンが続ける。「宣誓して証言する覚悟はありますか？　ウェインライトがクリスピンのグラスに毒を入れるところはもちろん、いかなる不審な動きも見ていないと」

「もちろんですわ。あたしは彼の隣に座っていましたから、そういったことがあれば間違いなく目に止まったはずだもの」

「結構」

モーガンは立ち上がり、しばしスレプフォール夫人を見下ろしていた。

「では、次の質問にも同じく率直に答えていただけるでしょうね。クリスピンが死ぬ四日前に青酸を購入されたのはなぜですか？」

スレプフォール夫人はひざに置いた両手をぎゅっと握りしめ、いっとき黙り込んだ。

「あたしが毒を？」やっとのことで夫人が声を上げた。「馬鹿ばかしい！」

「否定してもむだですよ。あなたの署名が入った毒薬の本と、青酸を注文する際の書類を入手しました。どちらもウッド医師のところで。なぜあの毒を買ったんです？」

「お答えできません。個人的なことですから」

「クリスピンは毒殺されたんですよ」モーガンは追及の手をゆるめなかった。「われわれは、あなたが毒を購入した確かな証拠を握っている。そして、あなたはウェインライトの隣に座っていた。すなわち、グラスに毒を混入できる位置にいたということです。いいですか、なぜ毒を買ったのか納得のいく説明をしてもらえなければ、クリスピンを謀殺した容疑で逮捕することになりますよ」

スレプフォール夫人はほほを紅潮させ、挑むようにモーガンをにらみつけた。

「なんと言われようとお断りします。あなたの質問にはいっさいお答えできません。あたしを逮捕するなんて、とんでもない暴挙だわ。陪審で有罪を勝ちとる見込みはゼロだと知っているくせに！　有罪になるわけないのよ、絶対に！　あたしは、はったりや脅しに負けるような女じゃないのよ！」

モーガンはふたたび腰を下ろし、淡々とした口調で話しはじめた。

「おっしゃるとおり。有罪になる見込みはありません」淀みなく続ける。「しかし、どうしてそんなふうに断言できるんです？　新聞に書かれている以上のことを知っているとしか考えられない」

「どういう意味？」

「クリスピンの命を奪った本当の毒物は公表されていません。知っているのはうちの署内の人間だけで。それは青酸ではない。だから、あなたの主張は正しいんですよ。どんなに状況が不利だろうと、あなたは有罪にはなりえない。それにしても、どうやってそのことを知ったんです？」

スレプフォール夫人は押し黙っていた。眼鏡の奥の炎は消え、挑戦的な態度はなりをひそめていた。

モーガンは肩をすくめた。

「とにかく、われわれは真実を突き止めなければならない、それだけです」

立ち上がり、無造作に両手をポケットに突っ込むと、壁に飾られた大きな絵に向かってゆっくりと歩いた。

「この男性はどなたですか？　どことなく具合が悪そうに見えますが」

「死んだ主人よ！」スレプフォール夫人は冷ややかに応じた。

モーガンは笑いながらその絵をじっくりと眺めた。

「われわれが保管している写真とはちょっと違いますね。もう少し髪が短かった」

「いったい何を言っているの？　ずいぶん思わせぶりな言い方に聞こえますけど」

「いいかげんにしろ！」警部は声を荒げた。「おまえさんの唯一の亭主は、いまもダートムーアのムショで生きているだろう、ルーシー。おまえさんもあとを追うことになりそうだな」

スレプフォール夫人の顔つきが一変した。穏やかさは立ちどころに消え、口元が卑屈に歪む。そして表れたのはふてぶてしい野卑な表情だった。

「あたしに罪を着せることなんかできやしないよ。それから、クリスチャンネームで呼ぶのはやめてちょうだい、お利口さん！」

「しかたないだろう、ほかの名前はしょっちゅう変わるんだから」

「刑事《でか》お得意の気のきいたユーモアかい！　自分のことを賢いと思っているんだろうね。なれなれしくするんじゃないよ。ここは礼儀を重んじる屋敷なんだから。乱さないでもらいたいね」

「礼儀を重んじるだと？　亭主が豚箱で暮らす女房の家で？　そいつは傑作だ」モーガンは相手に調子を合わせて、わざといやみたっぷりの下卑た口調で言った。

「亭主の罪はあたしの責任じゃないわ」スレプフォール夫人は、穏やかで憂いすらを帯びた中年女の表情に戻りつつある。「こうして終《つい》のすみかを構えて、昔のことは忘れようとしているんだよ。それなのに、あんたは他人の家にずかずか上がり込んで、思い出したくない過去をほじくり返そうとする。優しさとか、良心の呵責《かしゃく》とか、孤独な女を哀れむ気持ちはないのかい？　あたしはね、愚かな亭主が犯した罪のせいで不幸のどん底に突き落とされたあと、まっとうな道を歩こうとあがいているんだよ。それにね」スレプフォール夫人はすっぱな口調に戻ってつけ加えた。「悪党の世界じゃ、うちの人は貴族なんだよ。子爵として幹部に名を連ねてるんだから」

「本当かね？　それなら、隣の牢屋には騎士《ナイト》が控えているだろうな。だからといって、おまえさんとクリスピンがどんな関係にあったのか、私の関心が薄れることはないが」

「純粋に科学的な興味があっただけよ」

「くだらん言い訳をするな。私にわからないと思っているのか、この厚紙と毛糸で作った図表の意味が。おまえはクリスピンのカモに接近して親しくなり、待合室でおしゃべりをしながらいろいろと情報を聞き出す。その後、クリスピンが現れて降霊会が始まると、おまえは編みものの模様や毛糸の色の違いを利用して、様々な合図を送っていたというわけだ。〝サクラ〟を使った昔からあるペテンの手法だな！」

スレプフォール夫人はいまいましげに唇をへの字に歪めた。

「サクラだって！　なんのことだかさっぱりわからない。刑事の勘とやらに頼るのはいいかげんにしてもらいたいね、警部。人さまの家を訪ねたとき、ほかに話すことはないのかい？　例えば天気の話とか」

「しらばくれるのはやめろ！」ついに堪忍袋の緒が切れて、警部は怒声を上げた。そして帰るために立ち上がった。「しっぽを捕まれない自信があるようだな。首を洗って待ってろ、ルーシー。そうやって腹のなかで笑っていられるのもいまのうちだ」

「いつまでも待ってさし上げるわ、モーガン警部！」夫人はとってつけたように親しげに応じた。「またの来訪を心よりお待ちしていますわ。来週の水曜日はいかが？　なんて力強くて、すがすがしい方なのかしら！」

モーガンは音高くドアを閉めた。そのとき吐いた言葉はとてもここには記せない。

第12章　医者の死

1

マージョリーは、起伏の多い東海岸鉄道を延々と揺れながら走る列車でロンドンにたどりついた。ソープ駅では改札係に調べられることなく列車に乗り込み、その後ロンドンに到着するまで検札をまぬがれることができた。

そして今度は、車中で考えた作り話をした。マージョリーは改札係にこう説明した。ブローズに向かう途中で財布を盗まれた。だから、彼女の連絡先を書き残していくか、あるいは駅員が伯父を呼び寄せるまでこの場で待たせてほしいと。説得力のある話に思えた。

ロンドンに無事たどりつき、マージョリーはもう大丈夫だと思っていた。駅員に拘束されようと、警察に逮捕されようとかまわなかった。何が起ころうと、彼女が逃げ出してきたあのいまわしい場所よりはましだ。警察と連絡がとれしだい、洗いざらい話すつもりだった。

改札係は疑わしげな表情で、彼女を待たせたまま駅長に相談に行った。そして戻ってきた。

「お客さまに伝言が届いておりました」戻ってくるなり改札係はにこやかに言った。さっきとは別人のような変貌ぶりだ。それに、その男の態度はどことなくぎこちなかった。

「伝言?」マージョリーは驚いて言った。

「はい、お客さまがいらっしゃることを予期していたお友達がいたようです。伝言の内容はこうです。『心配しないで。じきに迎えが行きます』運賃を届けるように手配してあったのですね。しかし、手続きの都合上、お金がわれわれの手元に実際に届けられるまで、お客さまにはお待ちいただくことになります」

マージョリーは面食らった。彼女の窮状を知った誰かが先手を打ってくれたのだろうか? テッドか、あるいは伯父か。それとも、ウッド医師がなんらかの方法で知ったのか? どうやら彼女には、未知の敵がいるように、未知の友人もいるらしい。

マージョリーは駅長室のなかの一室に通され、気晴らしにと雑誌を数冊渡された。食事も運ばれてきた。しかしながら、伝言を寄越した友人は誰なのかという質問には誰も答えてくれなかった。この謎めいた雰囲気にマージョリーは戸惑いを覚えた。テッドがあえて名前を伏せてメッセージを送ってきたのだろうか?

数時間が経過した。マージョリーは事務所にひとりきりで待ちつづけるうちに、なんとなく落ちつかない気分になってきた。ドアを開けようとしたら鍵がかかっていた。いくら親切そうにふるまっていても、お金が届くまでは彼女を信用していないのだ。

そのとき、部屋の外で話し声が聞こえた。ドアが開いたとたん、彼女は恐怖で凍りついた。駅長に伴われてやってきた男は、親しげに挨拶しながら前に進み出た。マースデンだった。青白い顔と鮮やかな赤い唇に、偽善に満ちた笑みを浮かべている。マージョリーは悲鳴を上げてあとずさりした。それと同時に駅長の表情を見て、これまでの不自然な処遇の意味を一気に理解した。彼女の脱走に気づくや、マースデンは駅に電話をかけ、駅長に頼んだのだ。精神病院を脱走した患者が列車に乗った可能性があるので、身柄の確保に協力してほしいと。

マージョリーは駅長に訴えた。

「その男はわたしを監禁していたんです。わたしはいたって正常です。お願いですから、いますぐに警察に連絡してください。誘拐の容疑でその人を訴えますから」

そうはいっても、すでに彼女の正気を疑っている相手の誤解を解くのは生易しいことではない。駅長の顔は明らかに疑わしげで、彼女の薄汚れた格好はちっとも説得力がない。こんなぶざまな服ではなく、きちんとした身なりをしていれば！

「世話が焼けるお嬢さんですね、あなたは」マースデンが言う。「そういう態度は自分のためになりませんよ。内心ではわかっているんでしょう。私たちの施設ほど素晴らしい場所はないって。私たちの手元には、治安判事の署名が入った認定書もある。駅長さんにはすでに見てもらいましたよ。あなたの世話をするのは私たちの務めだという証拠の書類を。聞き分けの悪いことを言わずに。私たちがあなたのために最善を尽くしていることを認めなくてはいけません」

マージョリーはマースデンの説教を無視して、駅長に訴えた。「お願いですから警察に連絡してください。わたしの名前はマージョリー・イーストン。警察はずっとわたしのことを捜しているはずです。わたしは力づくで連れ去られたんですから」

マースデンは駅長に耳打ちをしてにっこり笑った。悪魔のような狡猾さで、これも彼女の妄想だとほのめかしたのだろう。前もって駅長にそのことを知らせておいたのかもしれない。

「せめて伯父に連絡してもらえませんか？　大それたお願いをするわけではありません。ひとこと伝えていただくだけでいいんです」

「まったく、そんなことをしても時間のむだですよ」マースデンはいらだたしげに言った。「伯父さまにはすでに電話しましたから。あなたが彼に会いたがるかもしれないこと、そしてそれがいかに危険な行為かということを説明しておきました。あなたに伝言を頼まれましたよ。聞き分けの悪いことを言わず、主治医の指示にしたがわねばならないことを理解しなさいと」

「さあ、もう気がすんだでしょう！」駅長はどことなく気まずそうに口をはさんだ。「伯父さんの言うことを聞いて病院にお帰りなさい。いい子だから」

「子ども扱いしないで」マージョリーは食ってかかった。「そいつが嘘つきだってわからないの？　その男と手を組んでわたしを無理やり帰そうとしないで。その男は本当にわたしを監禁するつもりなのよ。わたしの頭はどこもおかしくないのに。合法的な認定書を持っているとしても、それは捏造されたものなの。どうか最後にひとつだけ頼みを聞いて。ウッド先生に電話をかけてください。電話番号を教えますから。マージョリー・イーストンを知っているか訊いてみてくださ い。そしていますぐここへ来て、わたしが本人であることを確かめ、正気であることを証明してほしいと頼んでください」

駅長はどうしたものかとためらい、あやふやな表情でマースデンを振り返った。

「このとおり、私はひじょうに難しい立場に追いやられてしまいました」駅長は言った。

「難しいことなどありませんよ」マースデンは憮然《ぶぜん》として言った。「法に照らせば、どちらが正しいかは一目瞭然です。私たちにはこのお嬢さんを預かる法的な責任がある。しかしながら、それであなたの気がすむのなら、その医者を呼ぶことに異論はありませんよ。酷な言い方ですが、彼女が正気でないとはっきりするでしょうから」

駅長はいったん部屋を出て、まもなくウッド医師がやってくるという報告を持って戻ってきた。そして三十分後、ウッド医師が到着した。

その懐かしい顔を見たとたん、マージョリーの胸はあふれんばかりの安堵で満たされた。ウッドに駆け寄り、手を握りしめた。

「来ていただいて、ありがとうございます！　この人たちに言ってください、わたしは狂ってなどいないと。彼らがわたしを精神病院に監禁していたんです」

これでもう安心だ、そう思うとひざの力が抜けそうになった。

ところが驚いたことに、ウッド医師は探るような目つきで彼女を見て、手を引っ込めた。

「これはどういうことですか？　申し訳ないが、私にはなんのことだかさっぱり。いったい何が起きたんです？　私はなぜここへ呼ばれたんですか？」

マージョリーは自分の身に降りかかった出来事をかいつまんで説明した。それが一段落するなり、ウッド医師は深刻そうな表情で駅長を見た。

「これは私と同業の医師に対する、とんでもない言いがかりですよ。率直に言って、耳を疑ってしまいますね。きみはマージョリー・イーストンだと言いはる。むろん、彼女のことはよく知っていますよ。確かによく似ていることは認める。しかし、私が知っているマージョリー・イーストンはきみじゃない。これは明白な事実だ」

マージョリーは、自分をとり囲む世界が音を立てて崩れていくような気がした。

「わたしが本人のふりをしているってこと？　先生は、わたしのことをよく知っているじゃない！」

ウッドは肩をすくめた。

「それは違う。きみがそう言いはるのは、マースデンの言うとおり、べつの理由からだ」

「さあ、もう充分だ」駅長は有無を言わせぬ口調でさえぎった。「あなたのせいでずいぶん時間をとられてしまった。これ以上巻き込まないでもらいたい」

駅長はマースデンを振り返った。

「できるだけ静かに連れ帰ってください。騒ぎを起こされては困ります」

ウッドに裏切られた。彼もまた陰謀に加担していることが明らかになった。津波のような憤怒《ふんぬ》がマージョリーのなかでふくれ上がっていく。罠にかかった獲物のような気分だった。追い詰められて逃げ場を失った動物は、突如として大胆になり、敵に向かっていくものだ。

前ぶれもなく、マージョリーはドアに突進した。あまりにも突然のことで、周囲が事態を把握する前に、彼女は彼らの脇を駆け抜けていた。そして次の瞬間には、事務所を飛び出し、プラットフォームに達していた。

「その娘を止めろ！」という叫び声に追われながら中庭を走り抜け、せわしなく行き交う人波にまぎれ込んだ。そして小さなドアを抜けると、そこは大通りだった。近くにタクシーが並んでいる。

どこへ行けばいいのだろう？　唯一のよすがとして頭に浮かんだのは、スレプフォール夫人の顔だった。たったひとりの肉親である伯父は、彼女が狂ったと本気で信じている。テッドは姿をくらましているし、ウッドには裏切られた。警察はあの医者の証言を鵜呑みにし、彼女が狂っているという診断を真に受けるに決まっている。

頼れるのはスレプフォール夫人だけだ。

マージョリーはタクシーに飛び乗り、夫人の住所を告げた。タクシーが走り出したとき、精神病院の看護師が駅の出口から現れて、周囲に視線を走らせているのが見えた。タクシーが角を曲がるのと同時に、その男は駅舎のなかへ戻っていった。彼女はこちら側に来ていないと判断したようだ。マージョリーはほっと胸をなで下ろした。

まだ自由だ……。

2

いっぽうモーガン警部は、ヤードの鑑識から報告書を受けとっていた。クリスピンが死亡した部屋のマットや水道水の調査を頼んでいたのだ。報告書によれば、マットからはかなりの量のストリキニーネが検出されたという。水道水の成分に異常はなく、警部の予想とは裏腹に不審な物質は含まれていなかった。それにしても、どういうわけで大量のストリキニーネがマットから検出されたのか。ウェインライトがグラスに水をそそぐとき、ストリキニーネを混入した方法と関係があるにちがいない。どうしたらマットの上に毒をあふれさせる結果を招くのか。かなりの日数が経過したあとに、マットを舐めたと思われる犬を殺してしまうほど大量の毒を。当然こぼしたことに気づき、きれいに拭きとろうとするはずなのに。そうしなかったのはいかにも不合理で、モーガンは納得いかなかった。

そこで、何かヒントはないものかと、ふたたび〝六つの奇妙なもの〟をとり出した。思わず目を疑ってしまうほど異質な組み合わせなのに、ちゃんとした使い道があり、隠れたつながりを持っていることはすでに実証されている。この六つのものをすべて用いて、何が行なわれていたのかはまだ定かではない。だが、モーガンは日増しに確信を深めつつあった。蛇使いの道具にしろ、風船にしろ、写真にしろ、それらが果たす役割にはつねに邪悪な影がつきまとっていることに。なかでも彼の目に不吉に映ったのは、例のリネンの布だった。そしてモーガンは早い時期に色とりどりの毛糸を結びつけた厚紙の使い道を把握していた。

では『法医学』という題名の小冊子はどうだろう？　モーガンはそれをかばんからとり出し、注意深く眺めた。「毒物」という章を見つけ、ストリキニーネに関するページを開いた。期待に反してその部分は切りとられずに残っていた。

その本をかばんに戻しかけて「青酸」の項を見てみようと思いたった。今度は彼の勘は的中した。ページは切りとられていないものの、青酸の中毒症状を説明した箇所に鉛筆でアンダーラインが引かれていた。

モーガンはまたしても壁にぶつかっていた。テッド・ウェインライトのポケットからは青酸の空瓶が発見された。しかし、クリスピンの死因がストリキニーネによる中毒死であることはまぎれもない事実だ。にもかかわらず、クリスピンは『法医学』という本を所有し、青酸の部分にアンダーラインまで引いて勉強をしていた形跡がある。これはいったいどういうことなのか?

モーガンはページをめくった。その章の終わりに、意味のわからない専門用語とおぼしき単語がいくつか書き込まれていた。スレメインに問い合わせたところ、ある薬物の名前だという。モーガンはその薬物が引き起こす症状を尋ねた。

「ごく微量の青酸を摂取した場合とひじょうによく似ている。しばらくするとその症状はおさまるし、体への害はほとんどないがね。どこぞの医者が青酸と混同しないように書きとめておいたんだろう。そんな薬を飲むなんて考えられないがね。青酸の中毒症状を試したいのでなければ」

「そいつはおもしろい!」モーガンは素直に反応した。その発想はおもしろいだけでなく、謎を解き明かす鍵になるかもしれない。

「ところで」スレメインは、自分の発言が与えた影響の大きさに気づかず、先を続けた。「昔の同僚と連絡がとれたから、例のウッド医師について尋ねてみた。彼にはちょっとした疑惑があると言ったら、あんたは興味を持つかもしれんな。ウッドはやり手の医者として知られている——実際、そんなに切れ者じゃなければ、疑惑がこれほど深まることはなかったかもしれない。医者としての倫理にかかわることをした――厳密には収賄ではないが、それに近いことをしたらしい。ウッドは頭脳に見合う富を得てしかるべきだと考えていた。金はないが頭のよさは誰にも負けない――そんな状況で人生のスタートを切り、持ち前の考え方がトラブルを招いた」

この暴露話を聞いても、モーガンはまったく驚かなかった。スレメインの話に耳を傾けたあと、事件のファイルを引っぱり出して、『法医学』に記された手書きの文字とウッド医師の文字を比較してみた。

同一人物の筆跡であることは間違いない。どうやらウッド医師とクリスピンとその解説書、それにウェインライトのポケットから見つかった薬瓶には、神のみぞ知るつながりがあるようだ。問題は、それがクリスピンの殺害とどのように結びつくのかだ。

モーガンはウッドに会いにいくことにした。電話をかけると、医師の声には多分に戸惑いが含まれていた。身辺に危険が迫りつつあることを悟ったのだろうか？　それでもウッドは、警部の急な訪問を歓迎すると電話口で強調した。

モーガンは単刀直入に切り出そうと心に決めていた。そこでさっそく本題に入った。

「実を言いますと、ウッド先生、新たな事実がいくつか判明しまして、あなたの説明がぜひとも必要になったのです。ご存じのとおり、ウェインライトのポケットからは青酸の空瓶が発見されました。そしてクリスピンが殺害されたあと、所持品から『法医学』という冊子が見つかった。その冊子はあなたのものです。青酸の解説部分にアンダーラインが引かれていただけでなく、ある薬物の名前があなたの手で書き加えられていました。その薬物は青酸と同じ症状を引き起こすことがわかっています。これらの事実についてご説明ねがいたい」

ウッド医師は答えを急がなかった。引き出しから葉巻の箱をとり出すと、モーガンに一本勧めた。モーガンは受けとってもかまわないだろうと判断し、ふたりは黙って葉巻に火をつけた。血色のいい顔や白髪の周囲に煙が立ち込めたころ、ウッドはようやく答える決意をした。

「いろいろ考えてみたのですが、警部、もっと正直にお話しすべきだったと思うようになりました」

「仕事柄、そういう台詞を耳にするのは珍しいことではありません」モーガンは葉巻のおかげでくつろいだ気分になっていた。「その考えに間違いはないと請け合いますよ」

「それは心強い。実は言わずにいたことがありまして。クリスピンがマージョリーに絶大な影響を与えていることに、ウェインライトは狂ったように嫉妬していました。前にもお話ししたかもしれませんが、ウェインライトはいっとき彼女と婚約していました。この嫉妬の事実を隠していたのは、純粋にウェインライトの気質や人間性に照らして、彼の無実を本気で信じていたからです。あのときの私は、あなたがウェインライトにとんでもない偏見を抱いていると思っていました。だからこの話をすれば、その偏見を助長してしまうのではないかと思ったのです」

警部はうなずいた。

「確かにあなたの態度は、ウェインライトに対するわたしの偏見とやらを増長しましたよ。しかしその件はひとまず置いておいて、先を続けてください」

「それはこんな具合に起こりました。あるとき、ウェインライトが毒を手に入れようとしたんです。飼い犬を殺すためという、途方もない理由をつけて。彼は私ではなく、スレプフォール夫人にその手配を頼みました。当然ながらスレプフォール夫人は私のもとへ相談に来ました。そこで、私たちはクリスピンにも協力を頼んで、ちょっとした計画を立てました。スレプフォール夫人が頼まれた毒薬を入手し、あとで私がそれを青酸と同じ症状を示すべつの薬物とすりかえる。私はあの冊子をクリスピンに渡しました。自分がどんな症状を引き起こすかきちんと理解してもらうために。心理的な刺激を与えることで、ウェインライトの心のわだかまりを解こうと思ったのですよ」

「どうしてそれで解けるんです？　余計に悪くなるだけでしょう？」

「人の心はある種の状態に陥るとひとつの行為に固執し、すべての心的エネルギーをそこに集中させてしまう。そうなると、いくら外から圧力をかけてもその呪縛を解くことはできない。クリスピンの死を願うウェインライトの心は、まさにそういう状態だったのです。

しかし、その殺人という決定的な行為が実現されれば、たちどころに緊張がゆるみ、心的エネルギーはゆっくりと正常な方向へ流れ出す。罪を犯した直後にそれを悔やみはじめる犯罪者に共通する現象もこれで説明がつきます。そのことをいくら主張しても、犯罪を未然に防ぐことはできませんがね。同様に、重度の自殺願望者がすんでのところで一命をとりとめ、その後すっかり立ち直ったというケースも珍しくない」

「確かに、私も似たような事例を何度も目にしてきましたよ」

「ですから、ウェインライトの場合もその方法で回復させようと考えたわけです。クリスピンに毒を盛り、死ぬ場面を目の当たりにすれば、ウェインライトの心に劇的な変化が起こり、その過程でクリスピンへのこだわりも解けるはずだ。このこだわりはマージョリーへの愛情と緊密に結びついていたので、それが解ければ彼女への態度も変わるかもしれない。そして願わくは、精神に問題を抱えている彼女の支えになってほしいと考えたのです。もちろん、実際に誰がクリスピンを殺害し、私たちの計画をだいなしにしたのか、私には見当もつきません。それを突き止めるのはあなたのお仕事ですからね、警部」

モーガンは口を開く準備ができるまで、赤く燃える葉巻の火をじっと見つめていた。そしておもむろに話しはじめた。

「確かにそれでこの一件の説明はつきますがね、ウッド先生。しかし、これだけははっきりと言わせてもらいますよ。あなたが今日までそのことを黙っていたせいで、どれほど面倒を引き起こしたことか」

「ええ、それどころか道義に反する行為だと思っています。さらに本音を申し上げれば、警部、私は医者ですが、法律を遵守するタイプではありません。そうは見えないかもしれませんが——これでも外見には気をつかっていますので——私は常日頃から言語による解釈を軽視しています。われわれ人間が作り上げ、崇めたてまつり、道徳律とか善悪と呼ぶものを。私も心理学者のはしくれですから、そうしたある種の信仰がそれを受容する人の潜在意識にどのように根ざし、経験や物理的環境にいかに影響されるか正確に理解しているつもりです。そしてそこに一種の虚無感が生まれることも。

同業者のあいだで、私はどちらかというと〝異端児〟と見なされています。なかには詐欺師呼ばわりする者もいる。すでにご存じかもしれませんがね、警部。うだつの上がらぬ平凡な医者はいつも、時代の本流から少しでもはずれた者をそう呼びたがるものなんですよ。リスター（英国の外科医）しかり、パストゥール（フランスの科学者、細菌学者）しかり、フロイトしかり。私の場合は、関係を保っていた唯一の協会からの脱退を余儀なくされました。しかし、こういうことは警部には興味のないことですよね」

「私が何よりも興味があるのは」警部は相手をじっと見据えて言った。「いまこの瞬間、ウェインライトがどこにいるかということです」

「まさか私が知っているとでも？」ウッドは真剣な面持ちで尋ねた。「どうやらとんだ誤解をされているようだ。私は本当に何も知らないんです」

「それでは、マージョリー・イーストンの居場所は？」

「なおさら知りません」

「どうしてなおさらなんです？　前者のほうが少しは心当たりがあるということですか？」

「むだな駆け引きはもうやめましょう。テッド・ウェインライトが行方をくらましたあと、私はいっとき彼の居場所を知っていました。全面的に認めますよ。私には、彼が逮捕をまぬがれる手助けをしたという重い責任がある。起訴に値する行為だと自覚しています。むろん起訴されれば、いま認めたことを否定するつもりでいますがね。

　逃亡を手助けしたことは悔いていません。彼は無実だと固く信じていますから。しかし、私が用意した隠れ家からも姿を消したことは認めざるをえません。とっくにご存じだとは思いますがね、警部。失踪したその日にお知りになったんでしょう。現在の居場所については、まったく心当たりがありません。しかし、マージョリー・イーストンに関しては、失踪直後からどこへ行ったのか見当もつかない。だから、彼女の場合は、なおさら知らないと言ったのです。警部はこの言いまわしに驚くほど敏感に反応しましたね。意外とあなたには心理学者としての資質があるようだ」

モーガンは葉巻の吸殻を捨てた。

「ありがとうございます、先生、率直にお話しいただいて。これであなたに関する疑問はかなり解けました。しかし、マージョリー・イーストンやテッド・ウェインライトの居場所については、やはりあなたのほうがご存じだと思いますが」

モーガンは職場に戻るや、ヤード宛てに短い手紙を書いた。ウッド医師の電話を盗聴し、すべての会話の記録を自分のもとへ送ってほしいと。

翌日、モーガンはウッドの通話記録に丹念に目を通した。一件を除けば、ごく普通の仕事上の会話ばかりだが、その一件はいかにもいわくありげだった。かかってきた電話にウッドが短いメッセージを伝えただけ。あらかじめ申し合わせていたにちがいない。発信先はフィンズベリー・パークの公衆電話。ウッドは相手の男に前置きも挨拶もなしにこう言った。

「統轄《ディレクター》に伝えてくれ。当局の関心は毒薬。ウェインライトの発見を最優先すべし」

統轄とは何者なのか？　これまでに把握しているこのドラマの登場人物を思い浮かべ、いたずらに頭を悩ませた。その呼び名にぴたりと合いそうな者はいなかった。

ヴァイン・ストリート警察署からの緊急の電話で、彼の思考はさえぎられた。

モーガンはウッド医師の住まいへ急行した。

そこでウッド医師と対面した――それとも、かつてウッド医師であったものと言うべきか。死体は見分けがつかない状態だった。その顔というか頭全体がロダンのブロンズ像で叩きつぶされていた。「接吻」という題名のその像は、寝室のベッドの脇に置かれていたものだ。寝込みを襲われて殺害されたのは明らかだった。争った形跡はない。

第13章　悪魔の記録

1

モーガンがウッド医師のマンションを調べはじめてまもなく、犯行の状況が明らかになった。使用人のアダムズの証言によると、その晩、ウッド医師には来客があった。安手のレインコートに薄汚れたブーツをはいた男で、いらいらと落ちつきがなく、ウッドに会いたいと言う。そのときウッドは外で食事をしていたため留守だった。しかし、男は戻ってくるまで待つと言いはり、アダムズはしかたなく玄関ホールに椅子を出した。

一時間ほどして、アダムズは正面玄関のドアが閉まる音を聞いた。ホールに出てみると、先ほどの見知らぬ客は姿を消していた。アダムズは当然のごとく、待ちくたびれて帰ったのだろうと判断した。それで来客があったことだけを伝えたものの、ウッドは特別な関心を示さなかったという。

警部は寝室の検分に向かい、ベッド付近の絨毯に泥だらけの足跡がくっきり残っていることに気づいた。そして、ウッドが眠るまで犯人が身を隠していたと思われる、大きな衣装棚のなかにも。おそらく犯人はウッドを殺害したあと、正面玄関からこっそり抜け出したのだろう。

殺害の動機を示すものは見当たらなかった。室内を物色した形跡はない。犯人はいきなり、ものも言わずに凶行に及んだらしい。復讐か、それとも口封じか。

警部はテッドの写真を見せたが、客とは似ていないとアダムズは自信を持って断言した。ならばと、その男の特徴を説明させたところ、神経質そうなしぐさや、きょろきょろと視線が定まらぬこと、そしてめまぐるしく話題が変わることをアダムズは強調した。

「実を申しますと、ちょっといかれている感じでした」

「それなのに危険だと思わなかったのか？」警部は尋ねた。「少しばかり用心が足りないんじゃないか、頭のいかれた男を玄関にひとりで残しておくなんて」

「いいえ、先生のもとで数年働けば、そういう手合いには慣れっこになりますよ。患者の大部分は少しいかれているか、少しいかれていると自分で思っている人たちですから、しばらくいると違和感がなくなります。害のない人たちばかりでしたし。正気の人間よりもよほど金にうるさくありませんしね」

警部はアダムズの証言の信憑性に疑問を抱いていた。その客はいかれたふりをしていただけかもしれない。確信が持てたのはマンションのポーターに話を訊いてからだった。挙動不審で安手のレインコートを着た、アダムズの証言と人相がほぼ一致する男が、ウッド医師の住まいはここかと尋ねていた。ポーターは部屋番号を教えてやったという。

その男の足どりを追うことが最優先事項となった。警部はヤードに電話をかけ、捜索に必要な手配をした。

殺人犯は深夜、もしくは明け方近くまでこのマンションにとどまっていた。いずれにしても目撃者はいるはずだし、その男の不自然な態度は衆目を集めるにちがいない。

モーガンはそれと平行して、ウッドのマンションで発見されたありとあらゆる書類を自分のオフィスに運ぶよう命じた。あとでじっくり目を通すつもりだった。ウッドはみずからの死を予測できなかったし、クリスピンのように万一に備えて入念に証拠の隠滅をはかっていたとは思えない。

しかし、捜査は壁にぶつかっていると認めざるをえなかった。テッド・ウェインライトが殺人犯の最有力候補であることに変わりはない。現場の状況からして、クリスピンのグラスにストリキニーネを混入させられたのは彼だけだ。その点は降霊会出席者の証言も一致している。その反面、説明のつかない謎が残っているのも事実だ——青酸の空瓶とそれと同じ症状を引き起こす薬物の存在。しかし現時点では、どちらも殺人事件との直接的な結びつきは判明していない。

さらに不可解なのは、マージョリー・イーストンとテッド・ウェインライトとクリスピンの妹が忽然と姿を消したことだ。警部は不本意ながら、失踪した三人について望みは薄いと思っていた。だが、この新たな殺人事件を前にして、何人かは生存しているのではないかという思いを強くした。

とはいえモーガンには、もう一度三人の捜索に当たるよう指示を出すことしかできなかった。彼らがまだイギリス国内にいるのであれば、遅かれ早かれかならず見つかるはずだ。

2

マージョリーはタクシーに飛び乗って追っ手を振りきったとき、もう大丈夫だと胸をなで下ろした。目的地へと急ぐタクシーのスピード感が気分を高揚させた。正直お金はまったく持っていないが、到着先でスレプフォール夫人が払ってくれるとわかっていた。

もしも夫人が外出していたら、スコットランド・ヤードに向かうつもりだった。自由をとり戻すまでもうひと踏んばり。例のいまわしい認定書が合法ならばとり消せるはずだし、にせものならそれを明らかにできると彼女は信じていた。

スレプフォール夫人の家に到着すると、マージョリーは運転手を待たせて建物のなかに入っていった。彼女が姿を消してまもなく、金を持った家政婦が現れ、運転手に料金を支払った。そして車は走り去った……。

室内ではスレプフォール夫人が身震いしながらマージョリーの話に耳を傾けていた。

「なんてひどい！　さぞつらかったでしょうね」精神病院で受けた数々の仕打ちを語って聞かせると、夫人は言った。「この二十世紀に、そんなことが起こるなんて信じられないわ！」

「だけど本当のことなのよ」マージョリーは苦々しげに答えた。「わたしに何ができるというの？　薬を注射されて、そんなふうに強引に手続きを進められたら。阻止することなんてできないわ」

「薬を打たれたとき何があったか覚えていないの?」

「ぼんやりとしか。まるで夢を見ているみたいで。私につき添っていた男と女のことさえ覚えていないの。でも、あの女の顔には妙に見覚えがあったわ」

スレプフォール夫人は立ち上がって呼び鈴を押した。

「まずはお茶をお飲みなさい。それからおなかにたまるものを食べなくちゃ。そうすれば、ずいぶん気分もよくなるはずよ。あなたひどい顔をしているもの」

マージョリーはグラスに映る自分を見た。

「先にシャワーを浴びたいわ。それから自分の着るものが欲しい。こんな格好で出かけるなんて耐えられないわ。いったいどこから引っぱり出してきたのかしら。それでベルモント通りにいっしょに行ってもらえない?」

「だめよ、それは危険だわ。それに、いま思い出したけど、あなたの持ちものは全部伯父さまのところにあるの。あなたがいなくなって、とても心を痛めていらっしゃるのよ」

「だけど、伯父はわたしの居場所を知っていて、入院が必要だと思い込んでいるはずよ」

「真っ赤な嘘よ!」スレプフォール夫人は熱心に言う。「どうしてそんなことを真に受けるの? これから伯父さまのところへ行って、事情を説明してくるわ。どんなことがあろうと、この建物から一歩も出ちゃだめよ。何があるかわからないもの。お洋服を持ってきてあげる。それから伯父さまと三人で腕のいい弁護士さんのところへ行きましょう。何もかももとどおりにしてくださるわ。あたしがあなたなら、まずはゆっくり休むでしょうね。そうすべきだって顔に書いてあるわよ」

マージョリーは言われたとおりにするつもりだった。長い一日のせいで肉体的にも精神的にも疲れ果てていた。紅茶を一杯飲んでお風呂に入ったら、スレプフォール夫人の勧めにしたがってベッドでひと眠りしよう。

「使用人は下がらせるわね」スレプフォール夫人は言う。「用心に越したことはないわ。誰が訪ねてくるかわからないし。ドアは絶対に開けないこと。鍵はあたしが持っていくわ」

三時間後、ドアが開き、誰かが部屋に入ってきた。話し声が聞こえたような気がして、マージョリーは尋ねた。

「誰かいっしょなの？」

「あたしひとりよ」スレプフォール夫人の声が答えた。

「伯父さまはいっしょじゃないの？」

「いいえ、あたしだけよ。タクシーの運転手とちょっと話しただけ」

スレプフォール夫人は寝室に姿を現し、スーツケースを置いた。

「持ってきたわよ。伯父さまは留守だったの。でも新しく入った家政婦が屋敷に入れてくれて、着るものを持たせてくれたわ。準備ができたら呼んでちょうだい」

マージョリーは自分の洋服を身につけると、言い知れぬ安堵感に包まれた。鏡の前に座って髪を整えおえたとき、スレプフォール夫人がドアをノックした。

「せかしたくないのだけれど、そろそろ出発しなくちゃ」

「いいわ」マージョリーは愛想よく応じた。「どうぞ入って。少しは見やすくなったかしら？」

「あらまあ、とってもすてきよ」スレプフォール夫人は言った。「でも、コートの背中にほこりがついているわ。後ろを向いてちょうだい」

マージョリーは振り返った。その刹那、喉に鉄かせをはめられたような気がした。スレプフォール夫人の力は驚くほど強く、悲鳴を上げることすらできなかった。手を振りほどこうともがくと、乱暴に後ろに引っぱられた。喉にまわした手の力がさらに強まり、血管の脈打つ音が耳のなかにこだまする。マージョリーはやみくもに足を後ろに蹴り上げた。

「やめろ、くそガキ！」スレプフォール夫人が金切り声を上げた。「ちょっと、ベッシー、この子を縛るから手を貸して！」

憤りと絶望が入り混じったやるせない思いに呑み込まれかけたとき、ドアが開き、例のいかつい顔の看護師が姿を現した。それと同時に、薬を打たれて朦朧としていた数日間の記憶が鮮明によみがえった。いくら頭が混乱していたとはいえ、どうしてもっと早く思い出さなかったのだろう？　伯母のふりをしていたあの女は、マージョリーを治安判事のもとへ連れていったあの女は、ほかでもないスレプフォール夫人その人だった！　マージョリーは愚かにも、みずから悪魔の手のなかに舞い戻ってしまったのだ。

3

ウッド医師の書類を入念に検分した結果、モーガンは当てがはずれたことに気がついた。大部分はありきたりな医療関係の文書だ。説明のつかないものといえば、ときどきウッドの銀行口座に多額の金が振り込まれていたことと、なんとも不可解な病状記録だった。

この記録簿は、いかにも精神科医らしい形式で綴られていた。いろいろな患者の病状の推移を記録したもので、名前はイニシャルのみ。門外漢のモーガンが見たところでは、いまどきの裕福な精神病患者を相手にする診療所らしい内容だった。

しかし、一冊だけ明らかに異質なものがあった。その記録簿は鍵のかかったべつの箱に入れられ、そこに綴られた内容はなんとも奇妙で予想外のものだった。モーガンはすぐさまそれをスレメインに届けさせ、詳しく調べて報告するよう頼んだ。

そこから何が明らかになるにせよ、モーガンの心に蓄積した死んだ医師への不信感が払拭されることはない。ウッドがクリスピンと親密な関係にあったことが最大のマイナス点だ。しかし、モーガンの疑惑を決定づけたのは、〝六つの奇妙なもの〟を目にしたときのウッドの反応だった。ウッドはまるで心当たりがないとしらを切った。だが、そのうちのひとつ、例の布は、精神科医ならひとめで見分けられるはずのものだった。モーガンは当初から見抜いていた。ウッドはその布の用途を知っていたものの、ある理由からそれをモーガンに知られたくなかったのだ。

青酸をめぐるエピソードと、『法医学』という解説書に関する周到な説明は、いっけんテッド・ウェインライトをかばっているように見える。だが、それは見え透いた嘘だ。テッドの小瓶の中身が青酸ではなく、似た症状を引き起こすべつの薬物だったとしたら、成分を分析した際に明らかになったはずだ。ところが、空《から》になる前の小瓶に入っていたのは（いつの時点で空になったにせよ）青酸以外の何ものでもなかった。それではウッドが嘘をついたのはなぜか？　よほど重大な事実を隠そうとしたとしか思えない。

それに加えて、ウッドはスレプフォール夫人とも接点があった。前科持ちのあの女が、クリスピンの共犯であることは間違いない。さらにウッドは、逮捕状の出ているテッド・ウェインライトをかくまい、さらに彼自身も後ろ暗い過去を持っている。これだけの要素がそろっていればウッドに不信感を抱くのも当然だろう。とはいえ、彼とクリスピン殺しのつながりは見えてこないし、彼が第二の被害者になるべき理由も見当たらない。

そして、例の謎めいた電話の伝言に登場した統轄《ディレクター》とはいったい誰なのか？　ウッドの私信からはなんのヒントも得られなかった。しかしその伝言が、一連の陰謀を裏であやつる黒幕の存在を強く示唆しているのはまぎれもない事実だ。クリスピンやスレプフォール夫人と同様に、ウッドもその黒幕の傘下に入っていたにちがいない。そう考えると、この事件全体がギャングの抗争のように思えてくる。敵対しているグループ同士の争いか、もしくは一味のリーダーと不満分子のあいだの内紛だろうか。

その場合リーダーは誰だろう？　反乱を起こした者たちの狙いは何か？

モーガンの思考の流れは、スレメインからの電話で断ちきられた。いますぐ来てほしいという。モーガンは即座に同意した。驚いたことにスレメインは明らかに動転していた。それ以上の説明は必要なかった。ちょっとやそっとじゃ動揺しない、あの白髪頭の堅物が心を乱されているのだ。スレメインはウッドの記録簿を机の上に叩きつけるように置いた。

「モーガン、長く医者をやってきたが、こんな胸くそが悪くなるものを読んだのは初めてだよ。この記録が真実だとしたら――ここに書いてあることが実際に行なわれていたとしたら――ウッドの受けた罰はあまりに軽すぎる。寝ている最中に頭を叩きつぶされる程度の罰であがなえる罪ではない。この手で死刑にしてやりたいくらいだ」

「どうして？　いったい彼が何をしたというんだ？」

「何を？　簡単なことさ。ウッドは豊富な科学的知識と、心理療法の最新技術を駆使して、混乱したり衰弱した人間の心を癒すどころか、完全な錯乱状態に陥るように仕向けていた。そんな馬鹿げたことをする輩《やから》がいるなんて信じられないだろう。私だって、ただの作り話だと思いたい。だが、この記録には恐ろしいほど真実味がある。ここには、痛めつけられた人の心がたどる苦悶《くもん》の日々が克明に記録されている。医学と心理学の専門知識――感情の転移と固着、催眠術、自己暗示、そして薬物――を総動員して、治療するのではなく破壊していたんだ」

「そんなことが可能なのか？」モーガンは唖然として尋ねた。「一介の医者が人間を狂気に陥れることが本当にできるのか？」

「もちろんさ。こう説明すればわかりやすいかな。高次の神経機能は、われわれが身体と呼ぶ複雑な有機体のなかでも最も繊細なバランスを要する部分であり、正気と呼ばれる状態は決して当たり前ではなく、相反する力が微妙に釣り合っているんだ。人体の最も原始的で基本的な機能でさえ、いとも簡単に乱れるだろう？　例えば消化機能とか。そして高次の機能ほど混乱させるのは簡単だ。未熟な医者が治療しようとして悪化させてしまうこともある。しかし、ベテランの医者が故意に害を加えるなんて思ってもみなかった」

「なるほど、理解できたような気がするよ」

「モーガン、身の毛のよだつようなことが実際に行なわれていたんだよ。何が狙いなのか見当もつかない。これほど計画的に人格を破壊するなんて。ウッドはそういう行為に常軌を逸した加虐的な喜びを見出していたのかもしれん。しかし、それだけではないだろう。ほかにもかかわっている連中がいるにちがいない。これは組織的な犯罪だ。わざわざそんな組織を作る動機はなんだ？」

「ありきたりな目的さ、たぶん――金だな」

「何が起きていたか想像するだけで胸がふさがるよ。それから、とっておきの情報があるんだ。記録簿に〝M・E〟と呼ばれる患者がいて、大まかな身体的特徴やウッドが書き残した症状――暗示にかかりやすく、人格の分離が見られること――からして、マージョリー・イーストンに間違いないと思う。唯一の救いは、ウッドが記録の末尾に理由はどうあれ〝不完全〟と記していることだ。いまだに不完全かどうかは神のみぞ知るだがね」

「実を言うと、さほど驚いていないんだ、スレメイン。最近になって続々と判明した新たな事実が、こういう事態を示唆していたから。ここまで卑劣なことが行なわれていたとは思わなかったが。精神障害者を食いものにするとは、まったく！　いまの時代、ロンドンにはクリスピンの餌食になりそうな人間がそこらじゅうにいる。精神に異常があると正式に認められた者だけでなく、一時的もしくは慢性的な神経症や適応障害を患っていたり、不幸な出来事に耐えられず心の安定を失っている人も含めるとしたら」

「いったい目的はなんだ？　そんなことをしてなんの得がある？」

「それは今後の捜査で明らかになるだろう。精神障害者委員会《ルナシー・コミッショナーズ》に当たってみたほうがいいな。それはそうと、スレメイン、その記録簿をもとに被害者の大まかな人物像を作ってもらえないか？　そこに記された特徴――年齢、性別、気質など――から推察できる範囲内でいいから。イニシャルを含めてかなり詳しく書いてあるし、ウッドの陰謀に巻き込まれた人たちの身元を割り出す手がかりになるはずだ」

「わかった、やってみよう。そういえば、ひとりだけ様子の違う患者がいるんだ。イニシャルは〝J・L〟記録の終わり近くに〝脱走〟という走り書きがあって、その少しあとに〝捕獲〟とある。その脱走が決行されたのはごく最近のことだ」

「そいつは確かに気になるな。〝J・L〟と言ったか？　その〝J・L〟の身元を突き止めるところから始めよう」

「なんだ、見当はついているのか？」

「いいや。だけど、ウッドとの関係を探ることはできるだろう」

モーガンはそう確信し、すぐさまウッド医師の弁護士を訪ねた。ウッドの書類に名前が残されていた弁護士だが、警察の広範な情報源をもってしても、きわめて尊敬に値する弁護士という評判しか得られなかった。

弁護士は迷惑そうにモーガンを迎え入れ、ウッドの生前の収入源に不審な点があることをほのめかすと、とたんに落ちつきを失いそわそわしはじめた。

「しかし、私のクライアントはたいへん人気のある診療所を経営していたのですよ！」弁護士は明らかに動揺していた。

「ずいぶん繁盛していたらしいですね。患者のなかには上流階級の名士も含まれていたようですし。しかし、だからといっていかがわしいところがないとは言えません。率直に申し上げるとそういうことです。あの男は後ろ暗く、卑劣な――もっと言えば残虐非道なことに手を染めていた」

「残虐非道ですと、そんなまさか」弁護士は目をしばたたいた。「それが事実なら誠に遺憾で、驚くべきことだとしか言いようがない。私にはそんな一面を見せたことはなかった」

「そうでしょうね。ともかく、あなたを訪ねたのは明確な目的があってのことです。精神障害者委員会の認可を得るために、ウッド医師の手伝いをしたことはありませんか？　J・Lというイニシャルの患者について」

弁護士は青ざめた。「確かにある。だが、あの患者に関して不審なところなどないはずだ。書類にはちゃんと署名がされていたし、手続きに不備はなかった。私自身その男に会ったが、専門家でなくても精神に異常があることは一目瞭然だった」

「その点を議論するつもりはありません」モーガンは無愛想に言った。「それに、あなたが責任を感じることはないでしょう。ウッドは自分の判断に自信がなければ、あなたを雇わなかったはずだ。それでその男は何者なんです?」

「名前はジョン・ランバート」

「たぶんウッド医師が彼の後見人になったんでしょうね?」

「いや、それは違う。彼の親戚だ。ウッドが後見人に任命されることはない。彼は担当医だからね。後見人はサー・ティモシーといってランバートの近親者だ。すべて法律にのっとって行なわれた。ランバートは自主的に認定を受け、ただちにどこかの病院に収容されたんだ」

「では、ランバートとその近親者、それにその病院について、知っていることをすべて教えてください」

「何が残っているか見てみよう」

弁護士は控えの間のような、証書箱や書類の束がうずたかく積み上げられた部屋にせかせかと入っていった。床には書状が広げてあり、白髪頭の女ふたりが四つんばいで動きまわっている。どうやら書類をとじ込む作業をしているらしい。なんとも哀れを誘う姿だった——氾濫《はんらん》した紙の渦にゆっくりと呑み込まれていくようだ。

「ゴリンジくん」弁護士は語気鋭く言った。「ジョン・ランバート関連の書類を探し出してくれたまえ。精神病患者の後見に関する事項だ。急いでこの警部さんのところへお持ちしろ」

雇い主の口調の鋭さなどおかまいなしに、その年配の女たちは書類を見つけ出すのに一時間もかかった。記録はわずかだったが、その夜、モーガン警部にサー・ティモシー・ランバートを訪ねさせ、青白い顔の彼を驚愕させるだけの収穫はあった。

「むろん、この認定書は無効になるでしょう」モーガンは言う。「親戚であろうとなかろうと関係ない。昔の格言にもあるでしょう。なんびとも悪行から利益を上げることはできないと。それに、この手の法律には遡及力《そきゅうりょく》がありますから、財産の管理者として得た利益を全額返還しなければなりませんよ」

サー・ティモシーは長い沈黙のあと、ようやく口を開いた。

「こんなことになって胸が張り裂けそうだ……」哀れっぽくつぶやいた。

「そりゃあそうでしょうね」モーガンが口をはさんだ。「そうなって当然ですよ」

「そうじゃない。ちゃんとした医者に診せていれば、ジョンの正気を保つことができたのに。きみにはわからんさ、この苦しみが――」

モーガンが軽蔑しきった表情を浮かべる前に、その声は途切れた。そしてティモシーはよろよろと立ち上がった。

「私を逮捕するのかね?」弱々しく尋ねた。

「いまはまだ。今夜はジョン・ランバートの詳しい人相をうかがいにきました」

ティモシーが説明を終えると、モーガンは辞去した。最後にとびきり辛辣な言葉を残して。

「当分外出は控えてください。パスポートをお持ちでしたら預からせていただきます」

ティモシー・ランバートはおとなしくしたがった……。

六時間後、コマーシャル・ロードの救世軍ホテルからひとりの男が警察によって運び出された。

安手のレインコートに薄汚れたブーツ。寝不足で目は血走り、コートの胸元には乾いた血がこびりついていた。眠ることを拒んで一晩じゅうベッドに座し、ときおりうめき声を上げた。しかし、ほとんどの時間は茫然自失の状態にあった。

彼にはウッド医師殺害の容疑がかけられていた。名前はジョン・ランバート。凶悪な殺人事件の容疑者であることを考えれば、警察の扱いは驚くほど丁重だった。

第14章　自由への絆

1

テッド・ウェインライトはウッド医師とともに車で〝ナイチンゲールの止まり木〟に向かっている最中から、手に負えないほど事態が深刻になっていることに不安を覚えていた。まるで風にもてあそばれる木の葉のような気分だった。

どちらかというと鈍感で、平凡な人生を送ってきた若者にとって、これはひどく居心地の悪い気分だった。そのせいでウッド医師への感謝の気持ちとは裏腹に、車中のテッドはいくらか不機嫌になっていた。

小さな山小屋に到着したとき、なかには誰もいなかった。

「悪いが私はもう行かなくちゃならない」ウッドは言う。「でも心配はいらないよ。きみのために手紙を残していくから。ハーネスに見せるといい」

テッドは〝ナイチンゲールの止まり木〟の庭でハーネスの帰りを待った。

戻ってきたのは十時過ぎだった。テッドが暗がりから姿を現し、声をかけると、ハーネスは目に見えるほど飛び上がった。

「心配いらないよ。ウッド先生が僕をここへ連れてきたんだ」ウェインライトは急いで言った。「ほら、彼からの手紙もある」

「いったいなんだっていうんだ」ハーネスは不平をもらした。マッチをすり、炎をテッドの顔に近づける。その明かりは、相手に好感を与えることのないハーネスの容貌——赤ら顔に太くて短い首、だらしのない身なり——をも照らし出した。ハーネスは検分の結果に満足したらしく、うめくように言った。

「入んな」

言葉といっしょにアルコールくさい息が吐き出された。

このあたりの酒場は十時に閉店するのだろう。

ハーネスは石油ランプの明かりの下で、ウッドの手紙に目を通した。こちらになかば背を向けて読む姿を見て、テッドの胸を疑念がよぎった。ハーネスはどうして医者の手紙を隠そうとするのか。たぶん用心深い性格なのだろう。手紙を読みおえるや、ハーネスは親しみのこもった顔で振り向いた。それを見て、テッドは先ほどの疑念を頭の外へ押しやった。

「先生のためならなんだってするよ。大きな借りがあるからね。そのへんのことは聞いていると思うけど」

「よほど親しい間柄なんだろうね。僕をかくまってくれるくらいだから」テッドは遠慮がちに言った。

「気にするなって、相棒」ハーネスはテッドの肩を叩きながら明るく言った。「ここは気が滅入っちまうくらい寂しいところだ。だから仲間ができて喜んでるくらいさ。寝床を用意できる部屋に案内しよう。たいしたもてなしはできないが、自分の家にいるよりずっと体にもいいさ——ウッド先生の手紙にもそう書いてあったし」

ハーネスは訳知り顔でテッドにウィンクをした。

それからの日々は、テッドにとって耐えがたいものだった。なにより、マージョリーに関するニュースがまったく入ってこなかった。唯一の情報源である新聞によれば、彼女はいまも行方不明だという。それに母親のことも気がかりだった。朝早く、あわてて家を飛び出したあと、近くの村から母親宛に手紙を出した。自分は大丈夫だから騒がないでほしいと書いて。手紙を出すのは危険だとわかっていたが、母親が何も知らずに不安にさいなまれていると思うと耐えられなかった。

幸いにも、貯蓄銀行に少しばかりの蓄えがある。もっと稼ぎのいい仕事を見つけて、結婚を考えられるようになった日のために貯金していたものだ。だから当分のあいだ母親の暮らしは心配ない。それでも息子の逃亡にショックを受けているはずだ。それに加えて、マージョリーのことや、わが身の窮地を考えるにつけ、一日が永遠のように感じられた。とりわけ何もできないことが発狂しそうなほどつらかった。

実際には、庭仕事に精を出すことができたし、ハーネスは彼の働きぶりを見て感嘆の声を上げた。昼間はくたくたになるまで体を動かし、夜は酒場に出かけて押しつぶされそうな不安を忘れようとした。

しかし、テッドはハーネスが嫌いだった。その男の得体の知れない、媚《こび》を含んだ態度に嫌悪感を覚えた。ハーネスは兵役回避者《スラッカー》だった。要するに意志が弱くてなまけ者なのだ。テッドの前では気さくで思いやりに満ちた人物を演じているものの、それがうわべだけなのは容易にわかる。テッドは何度かハーネスの視線に気づき、その目つきにはっきりとした不安を感じた。何かよからぬことをたくらんでいるにちがいない。

誰から、なぜ身を隠しているのか、ハーネスに話したことはない。テッドの本名や容疑について知っているかも定かでなかった。ハーネスが過去のことをいっさい訊かず、触れさえしないことを、テッドは奇異に思っていた。つまりハーネスは真実を知っているということか。声が大きくて口の軽いこの男に秘密を握られていると思うと、テッドはいやな気分になった。

ある日、テッドはマッチを探してハーネスの書斎に入った。あちこちかきまわして机のなかも物色した。それでもマッチは見つからず立ち去りかけたとき、自分の名前が目に飛び込んできた。ウッドの署名が入った手紙だった。好奇心に駆られてその手紙を手にとった。最初はわが目を疑った。そこに書かれている内容は裏切り以外の何ものでもなかった。ウッド医師のペンがそんな言葉がつむぎ出したとはすぐには信じられなかった。

親愛なるビルへ

この手紙を渡した男はテッド・ウェインライトといって、殺人容疑で警察に追われている。しばらく彼をかくまってほしい。しかし、じきに警察に引き渡すことになるかもしれない。いずれにしろ私から連絡がいくまで待つように。合言葉は——伯父危篤、至急帰宅すべし。この電報が届いたら、ただちにヤードに通報してくれ。もちろん、われわれに疑惑が及ばないような方法で。とりわけ、きみ自身が疑われないように。

G・ウッド

真っ先に猛烈な怒りが込み上げてきた。いますぐロンドンにとって返して、ウッドを叩きのめしてやりたかった。しかし、それはとんでもない愚行だとすぐに気がついた。テッドは窮地に立たされていた。第一級の殺人容疑で警察に追われているのに、のこのこ出ていくわけにはいかない。ハーネスによって提供された一時的な隠れ家でさえ、彼にとっては貴重なものなのだ。
問題はここからどこへ行くかだ。彼は指名手配されている。地元で知られた人物といっしょなら、不審に思われることなく田舎の山小屋で暮らすこともできる。しかし、まったくのよそ者で、金も滞在目的もないとなれば、とたんに疑いの目を向けられるだろう。

2

翌日、テッドが庭の小道を歩いていると、小さな声が彼の名前を呼んだ。声の主を探すと、生垣の枝葉をすかして、向こう側に立つ女が見えた。彼の目がその姿をとらえると、女は声を出すなどという合図を送ってきた。テッドは戸惑い警戒しつつも、生垣の向こうにまわった。近づいてみると、驚いたことにその女はミス・クリスピンだった。

「驚いたな。いままでどこに？」テッドは尋ねた。「それに、ここで何をしているんです？」

「しゃべらないで。村まで私についてきてちょうだい」彼女はささやいた。「ふたりだけで話があるの。あなたはいまとても危険な立場にあるのよ」

「言われなくてもわかっているさ！　とにかく、なんの用ですか？」

「あとで話すわ。私が先に行くから、五十ヤードくらい離れてついてきて。そうすればハーネスと出くわしても、関係を怪しまれることはないでしょう。ルック通りのはずれで待ってるわ」

ルック通りは村の外に至る細い脇道で、人通りはほとんどない。ミス・クリスピンがそこを選んだのは、明らかに人目を避けているからであり、その村のことをよく知っている証拠でもある。テッドはいぶかしんだ。ミス・クリスピンはこの陰謀にかかわっているのだろうか。これは警察に密告する前段階なのか。しかし、どう考えてもその可能性はなさそうだった。ハーネスのもとに電報は届いていないし、どのみちテッドを裏切るのにそんな手の込んだ方法を用いる必要はない。警察にひとこと言えばそれですむのだ。

ミス・クリスピンは、ルック通りから少し奥まったところにある壊れた柵に腰かけていた。テッドは隣に座った。ベルモント通りの屋敷に通っていたとき、ミス・クリスピン（それが本名だとすれば）にはいくども会ったことがある。しかし、これといって特徴のない性格はほとんど記憶に残っていなかった。

おぼろげに覚えている彼女の印象は、それほど歳ではないが若くもない。日陰の存在として生きることを進んで受け入れている感じがした。

そしていま、彼女の横顔を見て、新たな側面に気づかざるをえなかった。もしテッドがロマンティックな言いまわしを好むタイプだったら、〝虎のような獰猛さ《タイガーリッシュ》〟と名づけたかもしれない。普段はおとなしい動物が、窮地に陥ったり、生命の危機に瀕したり、自分の命に匹敵するもの――たとえば子どもなど――に脅威が及んだときに見せる獰猛さだ。テッドが知るかぎり、ミス・クリスピンはそういうタイプではなかった。それだけに、やつれて決意に満ちた横顔を見たとき、テッドは少なからず驚いた。

「ウェインライトさん、あなたわかっていないわ、自分の身にどんな危険が迫っているか」ミス・クリスピンは平板な早口で言った。「あなたは血も涙もない悪党に運命を握られているのよ。助けると見せかけて、平気で逆のことをする。この瞬間にも警察に通報しているかもしれない。あなたはじきに思い知ることになるわ。ひとたび連中の手に落ちたら、逃れる見込みは万にひとつもないと」

「僕があんたの姉さんを――仮に姉さんだとして――殺したと思っているんですか?」

「ええ、彼女は私の姉よ」ベラ・クリスピンはかすれた声で言った。「でも、あなたが殺したとは言っていない。あなたは無実よ」

「じゃあ誰がやったんだ?」

ベラ・クリスピンは言いよどんだ。

「あなたが知っていけない理由はないわね。ウッド医師が殺したのよ」

「ウッドが！　だけど動機は？」

「話せば長くなるし、正直言って、かわいそうな姉さんの身になって考えると、すべてを打ち明けるべきかどうかわからないのよ」

「だけど、話さなくちゃ――それしか僕が救われる道はないんだ」テッドは懇願した。

ベラ・クリスピンは首を横に振った。

「そんなに簡単にはいかないと思うわ。これは疑惑でしかないの。警察が証拠として採用するようなものではなく。ウッドが姉を殺害した動機も手口もわからない。表向きには、あなたが殺したように見えるし、警察は充分な証拠を握っている。でも、私はどちらも同じくらい確信があるのよ。あなたが姉を殺していないことも、ウッドが姉を殺したことも」

「そうなると、僕は一生この窮地から抜け出せないってことか。警察に捕まったら一巻の終わりだ。だけど教えてくれ。それだけ事情に通じているなら、マージョリーの居場所も知っているんじゃないのか？」

ベラ・クリスピンはうなずいた。

「ええ、知っているわ」

テッドは興奮のあまり立ち上がって、彼女の腕を荒々しくつかんだ。

「それで？　彼女は無事なのか？」

「ええ、無事よ。つまり、いまのところ身体的な害は受けていない」

「それはどういう意味だ?」

「言葉どおりよ。現時点では危害を加えられていない。だけど危険だわ——とり返しがつかないくらい」

「危険ってどんなふうに? 彼女はどこにいるんだ?」

「いま彼女は」ベラ・クリスピンはのろのろと言った。「にせの精神病院にいる。その病院の院長はいまこの瞬間にも、彼女を発狂させようとしているはずよ」

ミス・クリスピンが冷淡なほど無造作にそう言ったとき、テッドの背筋に悪寒が走った。

「いったいどういうことだ?」彼女の腕を乱暴に揺すりながらテッドは問い詰めた。「まじめな話なのか? どういうことか説明しろ」

「説明することなんてないわ。まだわからないの? 私の姉がマージョリーを支配し、ウッドがそれに手を貸すことで何をしようとしていたか?」

「何もかも彼女を狂わせるために巧妙に仕組まれたことだったのか?」

「そうよ。ウッドならもっと専門的な表現に置き換えるでしょうけど。でも、それが狙いよ」

これ以上ない冷静さで語るベラを、テッドはにらみつけた。

「あんたはそれを承知のうえで手を貸したんだな?」

「ええ、知っていたわ」彼女はうんざりした様子で答えた。「お願いだから、私を悔い改めさせようなんて思わないで。私がどんな思いで耐えてきたか、あなたにわかる? もう何年もこういう地獄のような毎日を送ってきたのよ。姉がこの商売を始めてからずっと。良心なんてとっくの昔に死んだ。死に絶えたわよ！」

ミス・クリスピンのほほは紅潮し、声は悲鳴に変わっていた。やせて筋ばったひざを両手で狂ったように叩いた。「死んで、腐って、死臭を放ってるわ！」

束の間の沈黙のあと、彼女は平静をとり戻して話を再開した。その口調にはふてぶてしささえ漂っていた。

「マージョリーを助け出そうと思っているのよ。あなたにとっては願ってもない話でしょう！そしてあなたはマージョリーを見つけ出して、助け出せるのか？」

「本当にマージョリーを見つけ出して、助け出せるのか？」

ミス・クリスピンはうなずいた。

「あなたをその病院に連れていって、忍び込む手助けをしてあげる。あとはあなたの仕事よ」

「ありがとう。前言を撤回するよ」テッドは喜びのあまり、われ知らず彼女の手を握っていた。

ミス・クリスピンはぞんざいに手を引っ込めた。

「礼を言われる筋合いはないわ。これは親切じゃないの――感情なんかとっくの昔になくしたわ。急に良心が目覚めたのでもない。さっき言ったとおり良心は死んだからね。ある目的のためにやるのよ。料金を請求するわ、たっぷりとね」

「だけど金なんかないよ。少なくとも人に言えるほどの金は。いまは働き口さえないし」

「あなたとマージョリーが協力して払うことになるわね」

「彼女にしても金はないさ」

「そうね。だけど、あなたたちは若いわ。これから手にするかもしれない。お金が入ったときに支払えばいいのよ」

テッドは思わず失笑し、少しほっとした。

「つけにするつもりなら、僕はかまわないよ。回収できる見込みはほとんどないから、かなり無謀な賭けだと思うけど」

「あなたが考えているほど、無謀じゃないのよ。謝礼はたっぷりといただくわ」

「そうなると確率はさらに低そうだな」

ふたりが話し出してから初めてミス・クリスピンは微笑んだ。

「その賭けに勝ってみせるわ。ほら書類を用意してきたのよ」

ハンドバッグを開けて、折りたたんだ紙をとり出した。

「ベラ・クリスピンに二万ポンドを支払うことを約束する。あなたがたのどちらかにその全額を支払う能力ができしだい。つまり、それだけのお金を蓄えられるまで、私たちは支払いを強制できないってこと。あなたの稼ぎがそれより少なければ、請求はしないわ」

「そんな契約なら、する意味がないさ!」

「それは私の問題でしょう? あなたがたふたりにサインをしてほしいの。この場であなたがサインをしたら、マージョリーを解放したあと、彼女にもサインしてもらうつもりよ」

「ううん、なんだか妙な話だな。これは法的な拘束力があるものなのかい?」

「もちろんよ。この書類に法的拘束力を与えるための要件が書いてあるでしょう――契約を締結する時点で失踪中のマージョリー・イーストンを探し出す手助けをすること。それが守られて初めて、法的効力が発生するのよ。とにかく、この契約の正当性は私たちにかかっているってこと。ほらペンよ。ここにサインして。マージョリーの居場所を教えてあげるから」

ウェインライトがサインをすると、ミス・クリスピンは大まかな計画を説明し、翌日、落ち合う場所をとり決めた。山小屋に戻ると、中身のない電報の封筒がロビーに置いてあった。ハーネスはせいいっぱい愛想のいい顔を作って、テッドの帰りを待っていた。

「やあ、お帰り！　どこへ行ったのかと思っていたんだよ！」

「ちょっと散歩をしていただけさ」負けじと親しみを込めた表情で答えた。

テッドがミス・クリスピンと出会ったのは、まさに間一髪のタイミングだった。彼はその夜のうちに山小屋を抜け出した。そして翌朝、ハーネスはすでに鳥は飛びたったことに気づかされるのだ。

3

薬で眠らされていたマージョリーが目を覚ますと、ふたたび精神病院の壁に囲まれていた。鈍い痛みとともに絶望感が込み上げてきた。まさかこんなことになるとは。ふたたび囚われの身となり、解放される見込みはないなんて。彼女は友人たちの心変わりに驚き、血の通った人間がこれほど残酷になれることを思い知った。

彼らはなぜこんな血も涙もない残忍な仕打ちをするのか。行く先々で悪人に出会うようになったのはなぜか。みんな友達だと思っていたのに。どの疑問にも答えは出ない。しかし、すべて事実であることだけは確かだった。

絶望はじきにある種の無力感にとってかわられた。すべてがむだな努力に終わったいま、これから何をすればいいのだろう。理由はどうあれ、彼女はまっとうな道をはずれるように決定づけられていたのだ。ゆっくりと振り返る時間ができたいま、一連の出来事の陰にウッド医師の姿がはっきりと見えた。この恐ろしい陰謀の首謀者はウッドなのか。よほど残忍でなければできることではない。他者を苦しめたいという欲望——それ自体が目的であり、だからこそこんな残虐なことができるのだ。マージョリーはこのいっけん無益な嗜虐性に屈した。運命によって定められた病に屈するように。食事に鎮静剤を混入されたせいで、こんなふうにおとなしく服従する気になったのかどうかはわからない。しかしそれからの数日間、彼女は完全な無気力状態に陥っていた。

そのころ、テッド・ウェインライトは彼女とは逆の経過をたどっていた。

テッドは一刻も早くマージョリーを助けたかった。ところが、ミス・クリスピンはロンドン北部の一室に彼を連れていくと、できるだけ外出しないようにと命じ、決行の日をずるずると先延ばしにした。テッドは怒りと焦燥感にさいなまれ、日を追うごとにいらだちがつのった。だまされたのではないかと疑ったこともあるが、そういうわけでもなさそうだ。テッドはノリッジから送られてきたミス・クリスピンの手紙を信じることにした。その手紙によると、マージョリーと接触できなければ手の打ちようがないという。

唯一の慰めは、敷地のなかを歩くマージョリーの姿をミス・クリスピンが見かけたことだった。手紙によれば、肉体的にも精神的にもすこぶる健康そうで、さし迫った危険も感じられないという。そして日々は過ぎた。

「マージョリーがべつの部屋に移されるのを期待するしかありません」ミス・クリスピンの手紙にはそう書いてあった。

マージョリーは以前よりもさらに厳しく監視されていた。庭に出ることは許されているものの、看護師がいつもそばにいるし、ほかの患者と言葉を交わすことは禁じられている。ランバートの姿を探したが、なぜかどこにも見当たらず、マージョリーは不安に駆られた。彼女の逃亡に手を貸したせいで、厳しい処罰を受けたのではないか。それとも単に具合が悪いだけなのか。部屋に閉じ込められているのか。

担当の看護師に訊いてみたが、答えはなく、いまいましげににらみつけられただけだった。どうやらランバートは触れてはいけない話題らしい。今後は、彼のことを口にしないように用心しようとマージョリーは思った。

こうしてときは流れた。そしてある日、部屋が暗いと不満を言いつづけた結果――中庭に面しているからだ――マージョリーは病院の正面に位置する部屋に移された。その日、妙なことが起きた。彼女は庭の塀に面したベンチに座り、看護師はかたわらで読書に没頭していた。すると、塀の向こう側から女の頭がのぞき、マージョリーに意味ありげな視線を送ってきた。小さな白いものが塀を越えて花壇の草花の根元に落ちた。そして女の頭は消えた。

マージョリーは何気なくその花壇に近づき、靴ひもを結ぶふりをして身をかがめ、メモを拾い上げた。部屋でひとりになったとき、それを開いた。そこにはこうあった——。


マージョリー・イーストンへ——今夜、部屋の窓の鍵をはずしておくように。


外部から助けが来るということだ。マージョリーは体の隅々にまで血液がめぐりはじめるのを感じた。問題は、どうやって窓の鍵をはずしたままにしておくかだ。看護師が巡回にやってきて、窓のとっ手に固定された南京錠の鍵をかけていくのが毎晩の日課だった。

悩んだすえ、ある作戦がひらめいた。伯父がしばしば喘息の発作を起こしていたことを鮮明に思い出した。ひとたび発作を起こすと、伯父は顔を赤紫色にして、夜中まで窓から身を乗り出していたものだ。マージョリーは伯父の症状を思い出し、さっそくまねを始めた。作戦どおり、夕方になると看護師が医者を寄越した。マースデンが部屋に入ってきたとき、彼女は窓から顔を出して苦しげに息をあえがせていた。

「喘息の経験は?」簡単な診察のあとで医者が尋ね、マージョリーはこう説明した。子どものころはときどき発作を起こしていたが、今回は数年ぶりだと。そして伯父がしょっちゅう不平をこぼしていた症状を再現してみせた。

彼女の思惑どおり、喘息の発作と医者が繰り返し訪れるせいで、窓の施錠はどんどん先延ばしにされた。そしてひとたび巡回の時刻が過ぎると、もはや鍵がかけられることはなかった。

その晩、マージョリーは眠れなかった。身じたくをすっかり整えて待った。外で小さな物音がして、ガラスを引っかく音が聞こえると、マージョリーはベッドから飛び起きて窓に向かった。外は闇夜で何も見えない。だが身を乗り出すと、ささやき声が聞こえた。

「そこにいるのかい、マージョリー？」

まさかそんな――彼女は天地がひっくり返るほど驚いた――テッドの声だった。マージョリーは震える声で答えた。

「ええ、ここにいるわ！」

その五分後、マージョリーははしごを下りていた。自由へと続くはしごを、テッドとともに。

第15章　統轄《ディレクター》の正体

モーガン警部は、虚ろな目をした男の取調べからなんの収穫も得られなかった。その男、ジョン・ランバートにはウッド医師殺害の容疑がかけられている。スレメインが簡単な診察を行ない、ランバートの精神は完全に崩壊しているという結論に至った。犯行時の感情の異常な昂ぶりが、最後の一線を越えさせてしまったのだ。いまの彼は抜け殻でしかなく、人を殺《あや》めた男には見えない。彼の決死の行為は、生きる力や外界への興味を根こそぎ奪いとった。これからは幻想と自己探索に支配された世界で生きることになる。現実の世界はもはや存在しない。たぶんそれでよかったのだろう。

ランバートの過去を調べた結果、もとは害のない変わり者だったと判明した。風変わりな性癖を持ち、心霊現象の調査に情熱を傾けていた彼は、クリスピンによって巧みに発狂寸前まで誘導された。クリスピンは心霊研究の場を通して彼に接近し、心的メカニズムをうまく利用して人格の完全な分離を引き起こした。

ランバートはこの症状が出はじめたころ、例のごとく利害関係のない研究者を演じていたウッドのもとを訪れた。すでに兆候が現れていた妄想や強迫観念を治療してもらうために。そしてウッドの治療は——記録簿によれば——ランバートを完全なる破滅へと導いた。そうなれば、ランバートを意のままにあやつりたいという、いとこのサー・ティモシーの要望に応えるのは簡単だ。クリスピンとウッドが、いっけんなんの得にもならないこの悪行に手を貸した動機は何か？　ティモシー・ランバートの銀行口座を調べたところ、その霊媒と医者に大金が送られていることが判明した。そしてもうひとり、さらに多額の金を受けとっている者がいた。その犯罪に一枚嚙んでいるのは明白で、抜け目なく匿名で金を引き出していた。ウッドが電話で口にした〝統轄〟と呼ばれる人物だろうか？

ランバートの潜在意識のなかに、自分を破滅に導いたものの記憶がかすかに残っていたのだろう。病院から逃亡をはかるたびに、仇敵のもとへ直行し、彼らを殺そうとした。いまではふたりとも死亡し、そのうちひとりはみずから手を下した。壊れた心のなかに怒りだけは残っていたらしい。もはや彼は自力で動こうとせず、意志の力もない。最後の力を振りしぼった結果、彼の精神障害はさらに進行し、緊張型分裂病の末期症状を示していた。

「終わりが近づいている証拠だ」スレメインが言う。「気の毒に、もう長くは生きられまい」

モーガンは裁判の準備を始めた。法廷では抗弁する能力がないと判断され、終身刑に処されるだけだとわかっていたが。

それでもまだクリスピン殺害の謎は解けていない。ひとつだけ断言できるのは、その霊媒を殺害したのは精神異常者ではなく、恐ろしいほど正気で鋭い洞察力を持った者であるということだ。

原始的ともいえるウッドの殺害方法と、クリスピンの謎に満ちた死はあまりにもかけ離れている。あらゆる要素がテッド・ウェインライトの犯行を示唆している。しかしモーガンは、ウェインライトの逮捕状が出ているにもかかわらず、もっと狡猾な人間の仕業のような気がしてならなかった。

最大の疑問は、ランバートが〝治療〟を受けていたとき、どこに監禁されていたかだ。ウッドの書類のなかに手がかりはなかった。ランバートの弁護士はその住所をすっかり忘れていた。「そういったことは全部」弁護士はむっとして言い訳をした。「ランバートさんの担当医が一手に引き受けていたんですよ」

いまの状態では、ランバートからまともな答えを得られる可能性はない。サー・ティモシー・ランバートはまったく知らないという。いまの彼は裁判やさし迫った破産の危機におののき、それ以外のことはまともに考えられない状態だから嘘をついているとは考えにくい。

そこはいっけん模範的な、国の認可を受けた施設だろうとモーガンは推測した。定期的な査察を受け入れ、日常の業務を滞りなくこなし、信頼性を前面に打ち出しているような。にせ精神病院がかかわる事件は枚挙にいとまがなく、そのような悪事を働いていた可能性はおおいにある。それゆえに、どこから手をつけるべきか判断するのは難しい。モーガンはとりあえず定石を踏んだ捜査手順として、認可を受けている施設のなかで苦情が届いているものを一覧にして送ってもらうことにした。

そのいっぽうで、モーガンの前にはいまだに解けない謎が立ちはだかっていた。

降霊会の出席者全員が注目するなか、なぜ、どのようにして犯人はグラスの水にストリキニーネを混入したのか？

毒の空瓶が――青酸が入っていた小瓶が――テッド・ウェインライトのポケットから発見されたのはなぜか？

ウッド医師とスレプフォール夫人がウェインライトのことで嘘の証言をしたわけは？　罪に問われることを知りながら、ウェインライトをかくまったウッドの意図は？

これらの疑問が解けないかぎり前には進めない。クリスピン殺しがこの複雑に入り組んだ事件の始まりであり、ゆえに終わりでもあるはずだ。そしてほかの謎――マージョリーとミス・クリスピンの失踪――もこの問題と密接に結びついているにちがいない。

降霊会が行なわれた部屋の水道からは、毒性のないきれいな水が出ていた。クリスピンの口に入るまでに、そこに毒が混入されたのだ。そして洗面台の下には大量の水をこぼした跡があり、それをなめた小型犬の命を瞬く間に奪うほどのストリキニーネが含まれていた。これらの矛盾する事実をどう説明するのか？

そのときモーガンはだしぬけに――おそらく生涯で初めて――霊感を受けた。その犯罪がいかにして行なわれたのか、確たる裏づけもなく、鮮明な画像が心の目にはっきりと映し出されたのだ。モーガンの脳裏にふわりと浮かび上がったそれは、手で触れられそうなほど現実味があった。四十年にわたる地道な日常業務の積み重ねと事実を重んじる心が、そのあまりにとっぴな発想にふたをしようとした。四十年の経験が彼に訴えかけた。そんないいかげんな思いつきを認めてしまったら、じきに実態のないものを追いかけて右往左往するようになる。そのあいだ真犯人は、彼の目と鼻の先でのうのうとあぐらをかいているのだ。

しかし、その画像を頭から振り払うことはできなかった。そこでモーガンは顔が赤らむような思いで部下には何も言わず、その〝虫の知らせ〟にしたがって車に飛び乗った。やってきたのはベルモント通りのクリスピンの屋敷だった。いまも閉鎖され、家じゅうの調度品にはほこりよけの布がかけられている。表には間近に迫った競売の告知が出ていた。

モーガンは降霊会の部屋に直行した。洗面台の下にひざまずき、裏側の配管を注意深く調べた。もちろん、くだらない思いつきだとわかっているが、しかし——。

「なんてことだ！」モーガンは思わず声を上げた。その口調には畏怖の念がこもっていた。「私の勘ははずれていなかった！」

洗面台の後ろの配管と壁は、そこで行なわれたことを如実に物語っていた。洗面台の後ろにおさまるくらい小さなタンクを、上水管に二カ所穴を開けて取りつけた跡が残っている。指でさわると、いまははんだでふさがれたふたつの穴がはっきりと感じとれた。そのタンクに入れられていたものはひとつしか考えられない——毒薬だ。

誰がやったにせよ、配管工並みの腕前で巧妙にとりつけ、とりはずされていた。何者かがタンクに二本のパイプをつなぎ、水圧を利用することを思いついたのだ。パイプの一本は水の入り口を、もう一本は出口の役割を果たす。そうすれば、本体の水道管を水が流れてきたとき、その一部がパイプを通ってタンク内の毒を排出する。この巧妙な計画を成功させるには、いっぺんにタンクが空っぽになってはいけないし、充分な量の毒薬が確実に流れ出さなくてはならない。毒薬をためてあったタンクは、普通とは違うねじれた形をしていたはずだ。モーガンの水力学に関する乏しい知識に照らして、犯人が思いどおりの成果を上げるためには、その形状のタンクでなければならない。

とにかく、それはクリスピン殺害以前にとりつけられ、殺害後のある時点で抜け目なくとりはずされた。そしてはずす際に、残っていた毒が足元の絨毯にこぼれたのだろう。それで犬の死も説明がつく。おそらく犯人は、事件当日の午前中に屋敷に忍び込んではずしたのだ。モーガンが屋敷にいるあいだに！

それが何者であれ、特殊な立場にあったにちがいない。クリスピンが降霊会のあと水を飲むと確信できる立場に。これは驚くべき事実だ。いくらそれがクリスピンの習慣だとしても、殺人犯がそんな不確かなものに賭けるとは思えない。

さらに不可解なのは、グラスの水を実際に手渡したのはテッド・ウェインライトであり、彼のポケットから毒薬の空瓶が見つかったことだ。こうしてみるとウェインライトに罪を着せるための手の込んだ罠のように思える。しかしそれが事実だとして、スレプフォール夫人が彼のポケットに薬瓶を忍び込ませたとしたら、青酸とストリキニーネをとり違えるという、あまりに初歩的なミスを犯すだろうか。スレプフォール夫人がわざわざ青酸を購入した理由は？　クリスピンを殺害するために、すでにストリキニーネが用意されていたというのに。

いや、そんなひどい間違いをするわけがない。そうなると考えられる可能性はただひとつ。このふたつの問題の根っこはべつのところにある。つまり、クリスピンを毒殺することと、ウェインライトのためにスレプフォール夫人が青酸を購入したことは、まったく関係がないということだ。

統轄とは何者なのか？　モーガンは未知の敵の存在をはっきりと感じるようになっていた。そして、その敵はきわめて危険な人物であることも。これまで判明した事件関係者はウッドとクリスピンとスレプフォール夫人。彼らの背後に張りめぐらされた、邪悪な蜘蛛の巣の全貌は明らかになりつつある。しかし、その糸をつむいだ蜘蛛はいまもなおどこかにひそんでいる。そいつにとっては、ウッドもテッド・ウェインライトもクリスピンもスレプフォール夫人もただの道具にすぎないのだ。

マージョリー・イーストンもまたそいつの魔の手に落ちたのだろうか？　だとしたらその理由は？　この問題について思いめぐらせるうちに、ジグソーパズルの最後のピースがぴたりとおさまるような感覚を味わった。モーガンはベルモント通りの屋敷を出てふたたび車に乗り込み、ビルフォード郊外へと向かった。サミュエル・バートンを訪ねるつもりだった。

サミュエル・バートンは在宅していた。モーガンが部屋に入っていくと、彼は背を向けていた。その後ろ姿からモーガンははっきりと感じとった。サミュエル・バートンはおびえている。背中とは雄弁なものだ。そして、バートンが訪問者にしぶしぶ顔を向けたとき、そこにも不安が表れていた。モーガンの予想は正しかった。謎を解く鍵はここにある。

「バートンさん、今日おうかがいしたのは、お察しのとおり、姪のマージョリーさんの件で」

モーガンはそう切り出した。

バートンは血色のよい顔にあやふやな笑みを浮かべた。瞳の鋭さや青さに変化はなく、まるで陶器の小さな玉のようだ。

「あの子のことで何か知らせでも？　朗報ですか？　どうかじらさないでください！」

「いえ、お知らせではなくて」モーガンは穏やかに応じ、バートンの緊張がゆるむのを見逃さなかった。

「逆に教えていただきたいことがありまして」

バートンは驚嘆の声を上げた。

「私に？　私は何も聞いていませんよ。何かわかったらすぐにお知らせしますし」

「私が求めているのは、あなたを最後に訪問したあとに届いた情報ではありません」

バートンはいぶかしげに目を細めた。

「どういう意味ですか、警部？」

「簡単なことですよ。あなたはもっと知っているはずだ。私が前回訪ねたとき、話された以上のことを。肝心なのは包み隠さず話すことです」

バートンはかぶりを振った。そのしぐさには戸惑いと非難が込められていた。

「正直申し上げて心外ですな。そんなふうに言われるなんて。おそらく私の頭が鈍いのでしょう。これ以上何を話せと言うのです？」

バートンは大真面目な顔で両手を広げた。

「よくご存じでしょう」モーガンはぴしゃりと言った。「ごまかさないでください」

「ごまかすとはどういう意味です？　これは冗談か何かですか？」

「あくまでも正直に打ち明けるつもりはないと？」

「私はつねに正直ですよ」

「よくわかりました、バートンさん！　それでは誓っていただけますか？　将来にわたって、精神に障害のある姪御さんの後見人になることはないと。あるいは、彼女のものになるはずの財産を代わりに受けとることはないと」

バートンの顔からゆっくりと血の気が引いていく。大きく見ひらかれた目は警部を凝視している。魚のように口がぱくぱく動き、そして閉じた。ひたいに汗が噴き出し、上唇をおおう手がゼリーか何かのようにぶるぶる震えている。

「さあ、白状しろ！」モーガンは声を荒げた。当てずっぽうで言ったことが的中し、胸がすく思いだった。

「刑事犯になるのですか？」サミュエル・バートンはひたいの汗をぬぐいながら、やっとのことで口を開いた。

「そこまではいかないでしょう」警部は冷たく言った。「いや、そうなるかな」

「どういう意味です？」

「姪御さんはまだ正気なのですか？」

「そのはずですよ。どうかそうでありますように」

「祈るのが遅すぎたようですね」警部はいやみたっぷりに言う。「それで彼女はどこに？」

「私は知らん！」

「知らないだと？」モーガンは耳を疑った。

「そうだ。天地神明に誓って知らん」バートンの声は震えていた。「そういうことはいっさい知りたくないと言ったんだ。かかわり合いになりたくなかったから」

「なんとご立派な！　知らなければ心も痛まないってわけか。汚い仕事は他人に押しつけて」

「私はただ、連中がそうしたいなら、好きにすればいいと言っただけさ。もちろん、ちゃんと契約を交わした。姪に危害を加えないこと、快適に暮らせること……」

「いいかげんにしろ！　姪御さんの身に何が起こるか、あなたはすべて承知していた。そして気にもとめなかった——彼女の財産さえ手に入ればそれでいい。どういうとり決めをしたのか詳しく教えてもらいましょう」

バートンは、チーズのように生気のないおでこの汗をぬぐった。

「ええと、それはこんな具合で。マージョリーのオーストラリアにいるいとこが死に、彼女に財産を残したという知らせが入ったのがそもそもの始まりでした。私はそれを聞いたとたん、なんて不公平な話だと思いましたよ。遺書のなかには私の名前すら出てこなかった。私財を投じてマージョリーを育ててやったというのに。あの子はいつだってわがままで、自己中心的で。その遺産のことを知れば、伯父の私に優しい言葉のひとつもかけてくれなくなるでしょう。ましてや形のあるものなど望めません。私に借りはいっさいないと平気で言い放ったのも一度ではない。

そりゃあ傷つきましたよ、警部。憤りを感じずにはいられなかった。

そんなある日、ひとりの男とその話をする機会があって――むろん当時はいかがわしい男だとは知りませんでした。それで、私が抱えている問題を丸ごと手っとり早く片づける方法があると言うんです。片づける――彼はそう言いました。マージョリーは気がふれていると届け出るだけでいい。そうすれば財産は私の意のままになると。むろん、私が財産を管理するようになったら、マージョリーを退院させて、財産のなかから正当なとり分を渡すつもりでした」

バートンは引きつった笑みを警部に向けた。「その点をことさら強調する必要はないのですが。誰の目にも明らかですから。私がそんな場所に姪を永遠に閉じ込めておくはずはない。いくら居心地のよい場所だとしても。これは正当なとり分を確保するための手続きにすぎないんです。厳密には法律に触れることかもしれない。しかし、結局はそれで公平なんですよ。そのオーストラリアのいとことは私のほうが血筋が近い。それに私がいなければ、マージョリーはその遺産のことを一生知らずにいたでしょう。管財人はあの子の居場所をまったく知らなかったんですから」

「つまり、彼女のために好意でしたことだと言うのかね？」

「そうですとも」バートンは力強くうなずき、にこやかに笑った。しかし、モーガンの全身から発せられる激しい侮蔑の念に気づき、とたんにしょげ返った。「いまは悔やんでいますとも。私はあやまちを犯してしまった――とんでもないあやまちを。悪い連中の誘いに軽い気持ちで乗ってしまった。彼らがこんな大それたことをするとは知らずに。なにしろ口がうまいんです。このとおり私はすっかりだまされてしまった」

「なるほど」モーガンはそっけなく言った。「事情はわかりました。一点を除いて。あなたが接触したその男とはいったい誰なんです？」

バートンは警部の顔をちらりと見た。

「申し訳ないが、名前を忘れてしまいました」

「どこで、どのようにして知り合ったのですか？」

「どうやら、彼と知り合ったときの記憶がすっかり抜け落ちてしまったようです。たまたま出くわしたのですが」

「場所は？」モーガンは食い下がった。

バートンはまゆ毛の汗をぬぐった。下ろし忘れたその手が小刻みに震えている。「思い出せません」

「では、その男が見つかったら、少なくとも見分けられますよね？」

「難しいでしょうね。彼は変装をしていましたから——あごひげをはやし、色つきの眼鏡をかけて。いずれにしろ記憶がひどくあいまいなのです。何カ月も前の出来事ですから」

モーガンはこぶしで荒々しくひざを叩いた。

バートンはぎくりとした。

「嘘をつくな！　よく知っているんだろう、その男の正体を！」

「本当に知らないんですよ！」

「そいつは仲間うちで統轄と呼ばれているんだな？」

「聞いた覚えはありませんね」バートンは用心深く答えた。「私の知るかぎりでは。いま言ったとおり、私は彼の名前を覚えていないんですよ」

「その男を恐れているのか？」

「どうして恐れなきゃいけないんです？」

モーガンは束の間考えをめぐらせた。バートンが統轄の正体を知っていることは間違いない。おそらく報復を恐れて名前を明かさないのだろう。しかし、なんとしても白状させなければ。複雑にからみ合った蜘蛛の巣の背後に統轄と呼ばれる男がいる、そのことにもはや疑念の余地はない。そいつが蜘蛛なのだ。

モーガンは立ち上がり、帰りかけたところで最後の警告を与えた。

「いいですか、バートンさん。統轄の逮捕に協力し、共犯者に不利な証言をすれば、悪いようにはしないと約束します。それを拒めば、あなたは共謀罪と故意に危害を加えようとした罪で訴えられることになる。われわれに協力すれば恐れることはない。統轄が投獄されるまで、警察が身の安全を守りますから。二、三日考える猶予をさし上げましょう」

バートンは答えず、モーガンは立ち去った。椅子に深く沈み込んだその男を残して。普段は血色のよい顔がひどく老け込み、むくんで見えた。

第16章　平凡な幸せ

1

テッドの腕が体にまわされたとき、それはマージョリーにとって純粋な歓喜の瞬間だった。いまだ危険な状況であることは変わりないのに、そのいまわしい病院のことも、暗い庭のことも、立ちはだかる塀のこともすべて忘れ、彼の腕のなかにいる喜びに、彼と仲直りできた喜びにひたっていた。

この瞬間が訪れたら彼になんと言うか、何度も何度も稽古していた。弁解や言い訳を暗誦できるくらいに。そしていま、そういうものはいっさい不要だとわかった。弁解したり、みずからの正当性を主張する必要などない。危機を乗り越えたいま、平凡な生活の尊さは身にしみてわかっている。わだかまりはたちどころに消え、ふたりは恋人同士に戻っていた。

「さあ行くよ」テッドはやっとの思いでささやいた。「急がなくちゃ」

テッドは彼女を連れて庭を走った。塀の上で縄ばしごが揺れている。その数分後ふたりは塀を越えた。マージョリーは興奮のあまりどうやって乗り越えたのか覚えていなかった。

路上に乗用車が一台、ライトを消して停まっていた。テッドはドアを開け、彼女を先に乗せると、自分もその隣に座った。

エンジンがかかり、後退して向きを変えると、車はロンドンへと向かう道を快調に飛ばしはじめた。ライトが灯されたいま、ふたり以外の同乗者がいることにマージョリーは気がついた。どこかの村を走り抜けたとき、その人物の顔に街灯の光が当たり、マージョリーは息を呑んだ。ミス・クリスピンだ！

マージョリーが体をこわばらせて身を寄せると、テッドはなだめるように彼女に触れた。

「大丈夫だよ、マージョリー。ミス・クリスピンは僕らの味方なんだ。きみを救い出す手助けをしてくれたんだよ」

ミス・クリスピンはうなずいた。

「ええ、そうよ。私たちはあなたの側で闘っているのよ」

「私たちって？」

「ホーキンスと私のことよ。ホーキンスのことを覚えているかしら？」

「あの運転手の？」

「そう、彼がいま運転しているのよ。私たち一週間前に結婚したの。だからいまの私はホーキンス夫人ってこと」

「どうして助けてくれたの？」マージョリーはいぶかしげに尋ねた。「もちろん感謝はしているけど、わたしはてっきり――」

「連中の仲間だと思っていたんでしょう？」ミス・クリスピンはうなずいた。「そうね、いまさらいい人を演じてもしかたない。私は姉のしていることを知っていたわ。協力していたことも認める。それがいやで死にたいと思うこともあったけど、それでもやめられなかった。あなたなら理解して、許してくれるんじゃないかしら、マージョリー。身を持って知っているもの。姉が特殊な存在だったことを。私は幼いころからその影響を受けてきた。知ってのとおりあの人は年上で、私が最も多感な時期にあの商売を始めたのよ。それ以来、私は姉の奴隷として、共犯者として生きてきた」

「だけど誰が彼女を殺したの?」

ミス・クリスピンは目をそらし、それからかすれた声で話しはじめた。

「そうね、ここまできたら本当のことを話してもかまわないわね」

彼女の声はさらに低いささやき声に変わった。「テッドには、犯人はウッド医師だって話したんだけど。それはその場しのぎの嘘だった。本当は統轄がやったのよ。彼は姉とさえ対等にわたり合える人物だった。

怖くて名前は言えないわ。彼の正体がわかるようなことも。統轄を〝彼〟と呼ぶことが適切なのかさえわからない。姉はずっと彼と組んで仕事をしてきたのに、いまになって彼の邪魔をしようとした。それで一巻の終わり。統轄にたてついた者は、誰であれ同じ結末をたどるのよ」

「だけど彼って何者? 私は会ったことがあるの?」マージョリーは勢い込んで尋ねた。

「いい子だから、聞き分けの悪いことを言わないで。知らないほうが身のためなのよ。あなたにとっても私にとっても。私があなたに打ち明ければ、あと数日しか生きられないかもしれない。

そして――」ホーキンス夫人は意味ありげなしぐさをした。

「あなただって命を危険にさらしてまで、そんな秘密を知りたくないでしょう。私はね、何もかも忘れてしまいたいのよ。ジョージと私はこの国を離れ、全部忘れて新しいスタートを切ることにしたわ」

「おふたりにはなんとお礼を言えばいいのか――」

「いいえ、礼は結構よ」ベラはきっぱりと言った。「欲しいのはお金だけ。そもそも感謝される資格はないし。私たちは報酬のためにあなたを助けたの。これはね、さもしい取引なのよ――だって生きなきゃいけないでしょう」

「だけど、わたしは報酬を払えるような身分じゃないわ。少しは蓄えがあるけど、微々たるものだし。それも残っているかどうか。寝室に置いてあったのだけど」

ベラはハンドバッグを開けて一枚の紙をとり出し、考え込むような表情でマージョリーをじっと見た。

「これにサインをしてほしいの。ウェインライトさんには先に頼んだわ。でも、その前に本当のことを話しておくわね」

マージョリーはその書類に目を通した。

「だけど絶対に変よ！　こんな大金手に入るわけないもの。テッドだってそうよ！」

「僕もそう言ったんだ」とテッド。

「ふたりとも間違っているわ。覚えているかどうかわからないけど、オーストラリアにボブ・

クレメンズというところがいるでしょう？　あなたの母方の親戚に」

「なんとなく覚えているわ。もう何年も彼の消息を聞いた親戚はいないと思うけど」

「彼は死んだのよ、全財産をあなたひとりに残して。その総額は四万ポンド。だからね、これくらいのお金、簡単に支払うことができるのよ。そもそもあなたをこんなふうに陥れたのは、わたしたちじゃないかと思うかもしれないわね……」

マージョリーは一瞬ためらい、紙とペンを手にとった。

「テッドが同意したならそれにしたがいます。あのいまわしい場所から抜け出せたことは何ものにもかえがたいし。でも、サインをする前にもうひとつ条件があるの。当然の要求だと思うわ」

「言ってみて」

「テッドの疑惑を晴らしてちょうだい。いまでも彼には、お姉さんを殺害した容疑がかけられている。犯人は彼ではなく統轄だとモーガン警部の前で証言して」

「でも、それだと統轄の正体を警部に明かさなきゃいけないでしょう」

「そうよ、当然じゃない。彼がやったのなら」

「無理よ」ベラは弱々しい声で言った。「殺されてしまう」

「逮捕されれば平気でしょう」

「彼を捕まえることなんてできないわ！　すごく頭がいいのよ。警察の手の届かない場所に身をひそめて、そして遅かれ早かれ私を殺す。姉を殺したように。だから、それだけは話すわけにはいかないの」

「いいわ、あなたの好きにすればいい。でも、私がサインをする条件はテッドの容疑を晴らすことよ。あなたがなんと言おうと」

「気持ちはわかる。それにもちろん、あなたの要求は正当だわ。ジョージと私はモーガンに会って、知っていることを話すつもり。それでテッドへの疑惑が充分に解けるはずよ。いいえ、確実に解けるわ」

「だけど、いまだに納得がいかないのよ。なぜあなたのお姉さんがあんなことをしたのか」

「その答えはあなたにはショックかもしれない。でも、知っておいたほうがいいわ。姉さんはね、ウッドと結託して周到な計画を立てたの。あなたを精神異常者として認定されるような心理状態に追いやるために。蛇も霊言も看護婦を薬で眠らせたのも、宙に浮かんでいた霊の顔も、みんな巧妙に仕組まれたものだった。あなたを怖がらせて屋敷から追い出す。その後、精神異常者として認定を受けられる状態になったあなたを、共犯者が車で拾うことになっていた」

「だけどどうして?」

「姉さんは統轄の命令どおりに動いていただけ。姉もウッドも彼に雇われていた。統轄はね、あなたが逃げ出してきたあの病院を経営し、精神に異常があったり、風変わりな性癖を持つ資産家を監禁するのに利用しているの。貧しい親戚からの依頼を受けて。彼らの自由を奪い、その財産を自由に使えるように。実によくできた効果的な方法よ。もちろん、統轄は莫大な手数料を請求するけど、もともと監禁されている人たちの財産だから、親戚は気にもとめないわ。

そうしたことを何年か続けるうちに、莫大な資産と悪どい親戚をあわせ持つ、精神異常者の供給が滞りはじめた。そこで統轄は新たな市場の開拓に乗り出した。

当時、クリスピンは人気のいかさま霊媒師で、ウッドはといえば、神経症の金持ちに精神病だと思い込ませることを得意とする、いんちきの医者だった。ふたりとも情緒不安定な金持ちと接点があり、そういう金持ちの親戚は似たようなことを考えるものなのよ。自分の伯父やいとこは金と時間をむだにしている、しっかり鍵をかけて保管したほうが安全だし、幸せになれるはずだって。姉とウッドが手を組めば、いとも簡単なことだった。愚かな親戚の要望に応えて、精神の不安定な患者を発狂させるのは。統轄は徐々に完璧な組織を作り上げ、姉とウッドは当然のごとく、より深くかかわるうちに金で雇われた彼の手下になった」

「でも、どうやって私のことを知ったの?」

「簡単なことよ。あなたの伯父さんが彼に相談を持ちかけたの。かなり厄介な仕事だったわ。あなたはいっときでさえ精神が不安定にならないから。それでも姉と統轄は引き受けることにした。ところが途中でふたりが言い争いになって。最初のとり決めよりも多くの分け前を姉が要求したものだから。その結果として統轄は姉を殺害した。どうやって殺したのかはいまもってわからないけど。

そうした事情から、あなたをひそかに連れ去る必要ができた。精神異常と認定される前に――かなり乱暴なやり方で。これまで統轄がそんな手を使ったことはなかった。彼の計画の最もすぐれている点は、表面上はすべて合法的に行なわれてきたことなの。精神病院を効率的に経営し、正規の資格を持った医者や看護師を雇い入れた。人には言えない過去や嗜虐性を買われて雇われたなんて、誰にもわからないでしょう？

統轄は法の目をかいくぐって、あなたを監禁することに成功した。あなたを薬漬けにして、ふたりの無能な開業医とおつむの弱い治安判事を利用し、もっともらしい話をでっち上げて。あとは知ってのとおりよ」

「だけど信じられないわ。伯父がそんなひどいことをするなんて……。統轄のことをどうやって知ったのかしら？」

「あなたって本当にお人よしね。伯父さん自身がペテン師だってことを知らないの？」

「ペテン師ですって？」

「そうよ。彼は火災査定人なの――いかがわしい部類のね。だからシティじゅうの悪いやつらとはたいてい面識があった。統轄も含めて。彼はほかにもたくさんの不正な商売にかかわっているのよ」

「ということは、伯父は私の身に何が起こるか知っていたの？」

「もちろん知っていたわ。統轄と協力してすべての手はずを整えたんだから。財産の半分を渡す約束で。これでわかったでしょう？」

「ええ……。でも、まだ信じられない。だけどそれで何もかも説明がつく。教えてもらってよかったわ。そうでないと、私は本当に頭がおかしかったと思うしかないもの。それで伯父はあなたのお姉さんにわたしの母に関する情報を与えたのね？」

「ええ、臨終の言葉もね。あなたは誰にも聞かれていないと思っているけど、伯父さんは盗み聞きしていたのよ。トランクのなかの指輪のことも。まったく、あなたの伯父さんはたいした悪党だわ！　あなたの母親の写真も姉さんに渡したし。ずいぶん役に立ったみたいよ」

「全部でっち上げだったの？　私が見たものは何もかも？　霊言は？　それにあの蛇はどうなの？　あなたたちはずっと演技していたってこと？」

「そう、すべて演技よ」ベラは平然と言った。マージョリーはその演技が驚くべき成果を上げたことを思い出した。喫茶店で彼女の前に現れたときから、ベラもまた一役買っていたのだ。この先、嫌悪感を伴わずにベラを思い出すことはなさそうだ。

それにしても、なんと周到に練られた計画なのだろう！　マージョリーの虚栄心をくすぐっておいて、伯父がタイミングよく背中を押す。クリスピンのもとで働くことに反対したのも、彼女に決断させるための方便だったのだ。マージョリーは震えが止まらなくなった。テッドは彼女の肩に腕をまわし、落ちつかせようとした。

「もう終わったことだ」

「わたしったら、なんて馬鹿だったのかしら」マージョリーは弱々しく微笑んだ。

車は快調に走りつづける。混濁した妄想と打ち砕かれた夢が支配する世界をあとに残して。そこから遠ざかっていることを実感し、マージョリーの胸は感謝と安堵でいっぱいになった。平凡な現実の世界に戻ってきたのだ。隣に座るテッドという慣れ親しんだ存在によって代表される世界に。いったんは手放した生活をふたたびとり戻そうとしている。

しかし、彼女は慣れ親しんだ生活をこれまでとは違った気持ちで始めるだろう。今回の一件で成長し、分別もついた。女学生のように甘くて、ロマンティックな考え方は卒業した。楽しい夢想も本当に実現したらどうなるか、苦い教訓を得た。べつの世界を知る者だけが、厳しい現実を身をもって経験した者だけが、普通の世界で普通の日常を生きる幸せを享受し、普通の仕事のなかに感動と喜びを見出すことができるのだ。

テッドもまた同じ思いを抱いていた。マージョリーと同じく平凡な生活を奪われ、悪夢とめまぐるしい変化が支配する世界へ放り込まれた。小説に描いてあるような冒険の世界に。しかし実際に経験してみると、本で読むのとはまるで違っていた。テッドも普通の生活の重みを再認識できたことを喜んでいた。

そう考えると、遺産のことを知る前に、こういう経験を積むことができてよかったのかもしれない。客観的な判断を下せるようになったいまならわかる。あのころの彼女なら、財産に目がくらんでわれを忘れ、その新しい身分にふさわしいロマンティックな生活を求めたかもしれない。そして（マージョリーは素直に認めた）テッドは〝自分にふさわしくない〟と思ったのではないか。ベルモント通りで数週間過ごしたあと、そう思い込んだのと同じように。

彼女は失敗から学んでいた。ふたりはもう二度と離ればなれにはならない。彼女が手を握ると、テッドも握り返してきた。その力強さが彼女を励ました――もはやふたりを分かつものは何もない。マージョリーは彼の穏やかな鈍感さを心からありがたく思った。かつては知性が足りないと思ったこともある。しかしいまの彼女にはわかる。どんなに豊かな知性よりも人柄のほうが重要だということを。

ベラはテッドの容疑を晴らすことができるだろうか。マージョリーはそのことに疑いを持っていなかった。それにしても、これほどまでに統轄を恐れる理由とはなんだろう。

「でもね、ベラ」マージョリーは口に出して言った。「モーガン警部にクリスピンとあの精神病院のことを話せば、統轄の正体もじきにばれるんじゃない?」

ベラは首を横に振った。

「いいえ。統轄が手がかりを残していくと思う? 私とあなたの伯父さんを除けば、誰ひとり統轄の正体を知らないはずよ」

「それでもモーガン警部を納得させられると思うの?」

ベラはマージョリーの手を軽く叩いた。突然のことで、マージョリーはその手を引っ込めることさえできなかった。

「心配しないで。ウェインライトさんの容疑は完全に晴れるから。その点はまかせておいて」

一時間後、一行はテッドの自宅に到着した。マージョリーは伯父と顔を合わせる気にはなれなかった。そこで夜が明けるまで、テッドの母親といっしょに過ごすことにした。

テッドが玄関のドアを開けると、室内で驚きの悲鳴が上がった。そしてテッドの母親があわてて飛び出してきた。その顔が驚きから狂喜へと変わる。そして笑い泣きしながらふたりを抱きしめた。彼らの背後でドアが閉まると、ベラは車に乗り込んだ。

「行きましょう、ジョージ。モーガン警部のところへ直行したほうがよさそうね」

ベラはなぜか不機嫌な顔をしていた。マージョリーの喜ぶ姿を見て不愉快になったかのように。

しかし、そのことを夫に打ち明けようとは思わなかった。

いっぽう再会を果たした三人は、ゆっくりと台所に向かった。和気あいあいとした雰囲気に包まれながら、マージョリーは人生の一章が否応なく幕を閉じたことを感じていた。彼女は成長したのだ。

大人になることはたぶん幸せなことなのだろう。しかし、それと同時にわくわくすることは少なくなる。テッドとマージョリーのこれからの人生は、今回の一件とはまったくべつの世界にある。あとはモーガン警部にこの〝六つの奇妙なもの〟事件の全貌を解明してもらうだけだ。

2

ホーキンスとベラはマージョリーとの約束を守り、知りうるかぎりのことをモーガンに話して聞かせた。予定どおり統轄に関する部分は除いて。

「私はかねてから、テッド・ウェインライトはクリスピンを殺していないと思っていたんですよ」モーガンは真っ先にそう言った。「殺害方法の謎が解けたとき、その読みは正しいと確信した。しかしまだ殺人犯の特定には至っていない。というか知ってはいるが……」

「知っているんですか?」ベラが驚いた顔で尋ねた。

「ええ、統轄がやったんですよ。とはいえ正体はわからない。なんとしても突き止めなければ」

「絶対に無理よ」彼女は断言した。

「そうでしょうか。われわれは多くの事実を発見した。その統轄とやらが自分で思っているくらい利口なら、決して見つかるはずのない事実を。テッドとマージョリーが最初からわれわれのところに来ていれば、もっと早く突き止められたでしょう。ヤードと闘おうなどと思わずに。たぶん、みんな推理小説の読みすぎなんだ」

モーガンはホーキンスに探るような視線を向けた。

「あなたは統轄の正体を知っていますか？」

「いえ、はっきりとは」運転手が答えた。「でも、想像することはできる。僕の想像が当たっているのかベラは答えてくれませんが」

「知らないほうが身のためなのよ」ベラは真剣な顔で応じた。「私はつねにおびえて暮らしている。何もかも忘れられたらどんなにいいか。あなたを巻き添えにしたくないのよ、ジョージ」

「それが子どもっぽいって言うんだよ。落ちついて考えてみろ。いっぽうには勤勉で組織力があって経験豊富なヤードの刑事さんたちがいて、もういっぽうには一匹狼の犯罪者いる。そいつは姿を現そうとせず、すでに逃亡をはかっているかもしれない。それでもまだ本気で思っているのか？　ヤードの護衛が当てにならないほど、その男は恐ろしいと」

「そうよ。たとえ黙秘を続けてもヤードは私を殺さない。だけど私が話せばきっと統轄に殺されるわ」

モーガンは眉根を寄せた。

「あなたが話さなくてもヤードは殺さないかもしれない。しかしですね、ホーキンス夫人、あなたはこの事件の共犯者だということを忘れてはいけない。あなたは証拠を隠蔽した。その気になればいつだって逮捕できるんですよ」

「統轄の正体がわからないかぎり、共犯で訴えることなんてできないわ。〝われわれがその気になれば〟っていうおどし文句は、つまり私を不安にさせて犯人のもとへ導かせるつもりなんでしょう。だけど、それはとんでもない思い違いよ。統轄には二度と会いたくないし、向こうも私に近づかないに決まってるわ」

「捜査への協力はいっさい拒否すると?」

「ええ」

「ホーキンスさん、奥さんを説得してもらえませんかね? たとえヤードを信用していなくても、あなたが奥さんを守ることはできる」

ホーキンスはかぶりを振った。

「妻とは徹底的に話し合ったんですよ、警部。気持ちを変えるのは無理です。仮に私に話すよう説得できたとしても、あなたに打ち明けるよう説き伏せることはできない。いずれにしても、妻の説明を聞くかぎり、統轄がどれほど危険な人物か、あなたは見くびっていると思いますよ」

モーガンは肩をすくめた。

「この手の芝居がかった演出を好む犯罪者は珍しくないんですよ。いかにも恐ろしげなふりをして。子どもを怖がらせることはできても、しょせんは口先だけだ。いまこの瞬間、統轄の頭にあるのは報復などではなく、ただひとつどうやって逃げのびるかってことだけですよ。恐怖でひざががくがく震え、ドアがノックされるたびにおびえたうさぎみたいに飛び上がる。いまごろはきっとそんな感じでしょう。仲間を脅したって身代金をとれるわけではないし。かならず捕まえますからどうぞご心配なく。正直申し上げて、奥さん、黙秘を続けるつもりならこっちにも考えがある。どのみち統轄は捕まえますけどね。バートンに白状させますから。あの男を落とすのは簡単だ」

「バートンですって？　彼は統轄の正体を知らないわ！」ベラは断言した。

「知っていますとも！」モーガンは勝ち誇ったように答えた。「あともう少し圧力をかければ、バートンは口を割るでしょう。それはそうと統轄のことはひとまず置くとして。ほかにも隠していることがありますね。この犯罪の目的はなんですか？　テッド・ウェインライトのポケットに毒薬の空瓶を忍び込ませた、本当の狙いは？」

ベラは見るからにほっとした様子だった。

「それなら簡単に答えられるわ。マージョリーの幸せを気づかう人がいては困るからです。これまでの標的はみんな孤独で、親戚といえば、その彼もしくは彼女に消えてもらいたいと願う人たちばかりだった。マージョリーに婚約者がいると知り、私たちは計画の変更を余儀なくされた。テッド・ウェインライトは物事をあいまいなまま放り出すタイプではなかった。マージョリーの身に何が起ころうと、彼は真実を突き止めようとするでしょう。それは見捨てておけない厄介な問題でした。ご存じのとおり、この手の計画には細心の注意が必要ですから。ちょっとした問い合わせひとつで、すべてが明るみに出てしまうこともある。

それで、ウッドとクリスピンはひとつの案を思いついた――というか統轄の提案なんですけど。ウェインライトが道を踏みはずすように仕向ける。自分の身に何が起きたのかわからないうちに。それもマージョリーが同情ではなく反感を覚えるようなやり方で。その案とは、スレプフォール夫人が毒薬を手に入れ、その空瓶をウェインライトのポケットに忍び込ませるというものでした。クリスピンは水を一杯持ってきてほしいとウェインライトに頼む。そうせざるをえない状況で。ウェインライトが言われたとおりにグラスを渡せば、そのなかに薬物を混ぜたことになる。ご存じだと思いますが、その薬物は一時的に青酸と同じ症状を引き起こすはずだった。スレプフォール夫人はウェインライトの隣に座っていましたから、暗がりのなかでポケットに空瓶を忍び込ませるのはたやすいことでした。

ウェインライトが毒殺の罪に問われれば、刑期はかなり長くなるはず。そのあいだ彼を遠ざけておくことができる。スレプフォール夫人とウッド医師の証言に加えて、彼が偽名を使って身元をいつわっていたこと、クリスピンにグラスを渡したこと、そしてポケットに毒薬の空瓶が入っていたこと――これだけ証拠がそろえば、有罪をまぬがれる見込みは万にひとつもない」

「なんて卑劣で巧妙な計画なんだ！」モーガンが感嘆の声を上げた。「それなのにどうしてあんなへまを？」

「統轄が途中で計画を変えたからです。理由はいまだにわかりませんが、統轄は姉を殺すと決めた。いっとき、姉が彼を脅迫したのではないかと考えたこともありますが、それはありえないとあとで思い直しました。姉は統轄のことを異常なほど恐れていましたから。とにかく動機がなんであれ、これは統轄にとって絶好の機会であり、それを逃さなかった。そしてにせものではなく本物の毒薬が使用され、姉は水を飲んですぐそのことに気がついた。最期になんと叫んだか覚えていますよね？」

「ウッドはそのことを知らなかったのですか？」

「ええ、彼にとっては青天の霹靂《へきれき》でした。まさか統轄の仕業だとは思わなかったでしょうし。姉と統轄は人前で言い争ったりしませんから。でも、私は誰がやったのかわかっていました。だから待たなかった。一刻も早く逃げなければ。統轄が怒っているときは、じっと身をひそめてやり過ごすのが賢明なんです。いつ私があなたにうっかり口を滑らせるかわからないし、いつ統轄がその仕返しに来るかもわからない。

ジョージと私はおたがいに好意を持っていました。結婚しようと思ったことはなかったけど。なにしろ姉の強い影響を受けていましたので。姉が死んでその呪縛が解けたらしく、私はジョージに手紙を書きました。彼はすぐに駆けつけてくれて、私たちは結婚しました。マージョリーとウェインライトの居場所がわかったとき、私はこう思ったんです。ふたりを引き合わせてマージョリーを助け出し、その謝礼をもらっても悪くないだろうって。正直に打ち明けますが、私はお金のためにやったんです。マージョリーなら理解してくれるとわかっていましたし」

「そうすると、ウッドが一時的にウェインライトをかばったわけは？」

「ウッドはひじょうに難しい立場にありました。生き残るためには、ふたつの顔を演じるしかなかった。いっぽうでウェインライトにせいいっぱい親切なふりをした。だからウェインライトは彼を信用しきっていたし、あなたも彼のことをウェインライトの純粋な友人で、同情心から逃亡に手を貸したと思っていた。でも罪のない友人を演じながら、その陰でウェインライトへの嫌疑が深まるように仕向けていたんです。

八方手を尽くして、ウェインライトを窮地に陥れようとした——あることないことでっち上げ、堂々と無実を主張するよりも逃げることを勧めた。もしもウェインライトがあわてて逃げ出さなければ、もっと早く事件の全容が解明されていたかもしれない」

「そうですとも。お友達のウェインライトに電話をかけて、ぜひともそう伝えてください」

「さらにウッドは、ウェインライトが逃亡したことで事実上罪を認めたことになるや、今度は彼の潜伏先があなたに伝わるように手配した。それが最後の一手になるはずだった——ウェインライトは裁判にかけられ、有罪になり、捜査は終結。あとはほとぼりがさめたころ、マージョリーの伯父が、精神障害の認定を受けている姪の金を引き出せば、このおおがかりな作戦は幕を閉じる。でも、私たちがウェインライトに警告を与えたことで、ウッドの計画はもろくも崩れ去った」

「言いかえれば、あなたはイーストンさんの金目当てにウッドを裏切ったことになる。警察の捜査に協力し、そのうえ報酬を得るほうが賢いと考えたわけだ！」

ホーキンスは怒りでほほを紅潮させていたが、ベラは平然と応じた。

「ええ、なんと言われようとかまわないわ。私たちは生きなくちゃいけない、そうでしょ？」

「それほど困っているようには見えませんが」とモーガン。「しかしながら、私は偏った見方をしているのかもしれない……。あなたは統轄の正体を明かすことを断固として拒否している。たとえ警察が全力を挙げて保護することを約束し、共犯として告訴することを見送ると請け合ったとしてもですか？　よく考えてください。十年も塀のなかにいたら、いくら金があってもしかたないでしょう」

「死ぬよりましよ！　そんなに頭が切れるならさっさと彼を捕まえてちょうだい！」

立ち上がって出ていこうとした二人を、モーガンが引き止めた。

「帰る前にもうひとつ。バートンはクリスピンや統轄とどんなつながりがあったのですか？　単なる顧客以上の関係だったことは間違いありませんよね？」

「ええと、確か統轄に頼まれて放火事件を一、二件処理したはずです。それを除けば単なる客ですよ。バートンは意地汚い男だった。ひまさえあればクリスピンを訪ねてきて、報酬や経費のことで文句ばかり。マージョリーの金は欲しいけど、費用は安くすませたいってわけ。でも統轄が話をつけました。バートンはクリスピンが死んだあともやってきたんですよ」

「なるほど。知りたいことはそれだけです。あなたは実に愚かだ、ホーキンス夫人。私はかならず統轄を捕まえます。バートンは間違いなく口を割る。このままでは共犯として逮捕されてしまいますよ」

「バートンはしゃべらない」ベラは自信満々に言う。「私よりもずっと怖がっていますから。さあ、ジョージ、さっさと退散しましょう。今度来るときは、こんなに早く帰してもらえないかもしれないわ」

ふたりが去ると、モーガンはデスクの引き出しを開け、葉巻の箱をとり出した。彼の嗜好を知る気の合う友人から贈られたものだ。一刻も早くリラックスする必要があるときだけ吸うことにしている。彼はいまそれを求めていた。何がなんでも意識を集中しなくては。

オフィスの窓をすべて閉めた。そしてドアを開けて〝会議中〟という札を表に下げた。そのドアにはすでに隙間風よけがとりつけられている。葉巻に火をつける前に、メモ用紙を引き寄せて三つの疑問点を無造作に書きつけた。

1、統轄とは何者なのか？
2、なぜクリスピンを殺害したのか？
3、最初から彼女を毒殺すると決めていたのなら、なぜ青酸を使用しなかったのか？　その毒を使用することで、テッド・ウェインライトの犯行を決定づけ、事件の捜査をただちに終わらせることができたはずだ。

モーガンは葉巻に火をつけて椅子の背に体を預け、頭を真っ白にして瞑想した。紫煙《しえん》がゆらりと立ち昇り、頭上で巨大な傘を開く。

インド菩提樹《ぼだいじゅ》の下で瞑想する仏陀のように、モーガン警部は真理を見極めようとした。

第17章　身代わりの蠟人形

捜査は大詰め――男女《おとこおんな》の怪事件
本日づけヤード発表より

近年まれにみる怪事件が本日新たな局面を迎えた。スコットランド・ヤードは件《くだん》の男女《おとこおんな》、すなわちクリスピン殺害事件の一刻も早い解決を目指し、〝統轄《ディレクター》〟という通称のみ判明している男を謀殺の容疑で指名手配した。

モーガン警部いわく〝現時点では、一味のリーダーであるこの統轄の正体は完全に謎に包まれている。しかしながら、このリーダーをよく知るサミュエル・バートン氏の証言によって、われわれはその男を指名手配するに至った〟という。

この男女《おとこおんな》殺害事件――今後は様々な理由から〝六つの奇妙なもの〟事件として知られるようになるだろう――には世間を騒がせる要素が多分に含まれている。一件の殺人事件の裏側に、これほど巧妙な計画が隠されていたことはいまだかつてない。

昨夜遅くの時点で、この指名手配犯はまだ逮捕されておらず、ヤードから新たな発表はない。

〝われわれは近々《きんきん》さらなる報告ができる状況にある〟と警察は断言した。記者がバートン氏の自宅を訪ねたところ、重い風邪で寝込んでいるという。

全紙の朝刊に掲載された右記の発表は、モーガンが上司と相談し、周到に準備したものだった。その内容はきわめて前向きで、自信に満ちあふれていた。しかし実際には捨て身の賭けだった。それ以外の手段はどれも空振りに終わった。ノーフォークにある例のいんちき病院を突き止め、従業員を徹底的に取調べたが、統轄に関する情報はいっさい引き出せなかった。彼らは異口同音に接触があったのはウッドだけだと主張した。統轄の存在や、ウッドは単なる手先にすぎないと気づいていた者もわずかにいたが。そして多岐にわたる捜査の結果明らかになったのは、統轄の正体を知る糸口さえつかめないという厳しい現実だった。

これらの事実は、モーガンがひそかに〝超悪党《スーパー・クルック》〟と呼んでいるタイプに、統轄が属していることを示していた。だからといって、このタイプの悪党が並はずれた知性を持っているわけではない。犯罪者の知性には限界があることをモーガンは経験で知っている。本当に並はずれた知性を持っているなら、犯罪者にはならず、自分の才能をいかして、もっと有益で名誉ある人生を歩んでいたはずだ。たとえば会社の創立者とか大臣とか。

モーガンが考える超悪党とは、自分は傑出した悪党だと——後世に名を残す壮大なスケールの犯罪者だと——うぬぼれている連中のことだ。〝統轄〟という呼び名を使い、入念に正体を隠し、陰謀の糸を不必要なほど複雑に張りめぐらせるところも、このタイプに当てはまる証《あかし》だ。彼らは自信に満ちあふれ、大それた非現実的な発想で計画を立てるため、不可能を可能にし、いっときの成功をおさめることもある。ポルトガル銀行のにせ金事件は、もちろんこのタイプによる古典的一例だ。事件後に、誰が盗んだのか、あるいは誰がもうけたのかわからず、巧妙かつ驚くべき偉業が達成されたという事実だけが残るのだ。

そのいっぽうで、手の込んだ策略が失敗を招くことも少なくない。それも壮大な失敗を――いずれにしろ失敗であることに変わりないが。また、このタイプはおのずと並の悪党に比べて極度に虚栄心が発達している。そのため普通の悪党なら自己保身を最優先する場面で、あえて危険に身をさらすこともしばしばだ。

モーガンは超悪党の心の動きを実例として蓄積してきた。どんなに立派そうな人間も弱みを握れば案外ちっぽけなやつだとわかる。超悪党もその虚栄心を利用して捕まえれば、ただの愚か者だとわかるはずだ。虚栄心につけ込まれた統轄は、よほどの馬鹿にしか使えないような見え透いた罠にかかり、鎖につながれた羊のごとくおとなしくなるだろう……。

サミュエル・バートンの自宅の裏庭で、ゴミバケツの陰に身をひそめ、モーガン警部はきたるべき瞬間を待っていた。寒い夜だった。寒さが骨身にしみる。モーガンはもう若くはない。そうでなくても何時間も緊張して待ちつづけているのだ。モーガンは勝利を信じていた。

ふいに彼の体がこわばった。小さな黒い影が物陰から現れ、動き出した。何か光るものを持っている。それは月明かりを受けてぎらりと光った。

人影は猫のようにしなやかに動いた。月光のなかに一瞬姿を現したかと思うと、煉瓦に溶け込むようにふたたび壁の闇に吸い込まれた。モーガンが目を凝らすと、排水管に身を寄せている人影が見えた。そしてよじ登りはじめた。まるで巨大なこうもりのようだ。

人影は両脚を排水管にからめたまま、二階の窓枠に手をかけて体を引き上げた。モーガンは静寂のなかで自分の胸の鼓動を聞いた……。窓の半分に月光が当たっている。黒い人影の手に握られているものが、ふたたび月明かりに光った。その瞬間、タイヤの空気が抜けるような音がして、赤い閃光が走った。月光が冷えびえとした輝きを増したような気がした。

モーガンは躊躇することなく、ずっと握っていたリボルバーの銃口を上げ、その男に狙いを定めた。モーガンは沈着冷静な射撃の名手だ。窓にしがみついていた男の手から武器が打ち落とされ、人間と銃はほぼ同時に庭に着地した。

モーガンは駆け寄って男をとり押さえた。抵抗はされなかった。その男は超悪党のご多分にもれず、刃物や拳銃を恐れないくせに、顔をのぞき込むとギャッと悲鳴を上げた。逮捕されるときもおとなしかった。モーガンが手錠をはめる際、月光の下で弱々しい光を放っていた瞳が、ほんの一瞬ぎらりと輝いただけで。銃弾が右手の指を吹き飛ばしていた。

「さっそく明かりをつけて」モーガンは勝ち誇った口調で言った。「何が獲れたか確かめるとしよう」

懐中電灯の明かりが照らし出したのは、ジョージ・ホーキンスの顔だった。霊媒のもと運転手であり、ベラ・クリスピンの夫であり、またの名を統轄という……。

二階のバートンの部屋で、モーガンは被害状況を調べた。サミュエル・バートンに似た蠟人形は、修復できないくらい頭が粉々に砕けていた。三十丁目のゲロウズのショーウィンドウから借りてきたものだ。蠟のかけらが枕の上に飛び散っている。それを見たとき、ホーキンスはさも悔しそうに——うぬぼれ屋にとって最も不愉快な感情のひとつだ——顔を歪め、それはじきに諦めにとってかわられた。

彼は罠にかかったのだ……。

「この先の発言は後日証拠として採用される可能性があるから、注意するように」モーガンは型どおりの警告を与えた。「とはいえ捜査に進んで協力すれば、真実を話してもそれが裁判に悪影響を与えることはない。みごとな手口だったよ——実によくできた犯罪計画だった。おまえさんが教えてくれなければ、計画の全貌を解き明かすことはできないだろう。それが全部だめになって、そのうえおまえさんの名前が犯罪年鑑でとり上げられなかったら気の毒に思うよ」

モーガンは人の心の動きをよく知っている。ホーキンスの虚栄心が踏みにじられたいま、今度はそれを持ち上げて真実を語らせるのだ。

「俺はあんたが思っているより協力的だぜ」ホーキンスはうめくように言った。「知りたいことはなんだ？　もう充分に知り尽くしているように見えるけどね」

「クリスピンを殺害した理由が知りたい」

「女を殺す動機はなんだ？」ホーキンスはいらだたしげに尋ねた。「女なんてみんな同じだろう？　うっとうしかったからさ。これまでに頓挫した壮大な計画を調べてみるといい。その裏にはだいなしにした女がかならずいる。女ってやつは感情と仕事を分けて考えることができないんだ」

「どういう意味だ？　よくわからんな」モーガンは先をうながした。

「醜いつらをした女が、抜きさしならない感情を俺に抱いていたのさ」ホーキンスは苦々しげに言った。「あの女の恋患いは俺を不安にさせるほど重症だった。人間の感情はたいてい制御できる。俺は連中を脅しつけて意のままにあやつるのが得意だった。恐怖ほどすぐれた調教師はいない。恐怖と金のふたつがそろえばなんだってできる――恋をしている女に分別を持たせること以外は。これほど馬鹿ばかしくて理不尽なことってあるか？　いい歳をしてそれなりの経験を積んだ女が、女学生みたいな浮わついた恋をするなんて」

モーガンはホーキンスをしげしげと眺めた。日焼けしたしなやかな細身の体軀は、女たちにはずいぶん魅力的に見えるのだろう。モーガンは心のどこかでクリスピンという女を少し気の毒に思った。女らしさを極限まで排し、愛情に飢えた人生を送っていたことは想像にかたくない。それが突如として、長きにわたって軽蔑し否定してきた、愛の女神アフロディーテの餌食になったのだ。なんと愚かな――しかしいかにも人間らしい、ありそうなことではないか！

「それでもあの女だけなら、どうにかできたと思う」ホーキンスは先を続けた。「なにしろ俺が命令すれば、あいつはそのとおりに動くんだから。あとでねぎらいの言葉のひとつでもかけてやれば。すでにそういう段階に達していたんだ。だが、ここでベラの問題がある」

「ベラの問題？」
「そうさ、ベラはずいぶん前から俺にほれていた。使えるかもしれないと思って、俺はそれを煽った。ベラには姉さんを監視させることができる。俺はつねづね、工作員には見張りをつける必要があると思っていた。ところが、そのふたりがおたがいに嫉妬しはじめた。姉妹から嫉妬されたことがあるかどうか知らないが、あれは経験するもんじゃない――まったくキリストだって震え上がるぜ！　俺は震え上がったりしなかったが、それでもうんざりしたし、計画を遂行するうえで邪魔でもあった。そしてついに深刻な事態に発展した――なんとあの女は俺を脅したんだ。ベラを追い払わなければ、俺のことを警察に密告すると。びっくりするほど冷静に平然とそう言った。その姿ときたら実に堂々としていたよ。俺を脅す度胸のあるやつなんて、これまでひとりもいなかったのに。

いっぽうベラも同じく分別を失っていた。いっけんおとなしそうに見えるが、あれでなかなか気が強いんだ。そんな女にはさまれていたら、商売自体が立ちゆかなくなるのは目に見えていた。だから見切りをつけることにした。未練はない。そのアイディアをもとにここ何年間かでずいぶん稼いだし、正直飽きはじめていた。ひとつの商売をずるずる続けるのは好きじゃない。どんなにもうけがよかろうと。人はだれしも技を極めたいという芸術的良心や、演じるべき役割ってやつを持っている。だから同じことを長く続けすぎると、退屈になるものなのさ。

それで俺は姉を毒殺し、妹と結婚した。ベラは魅力がなくもないし、なにより献身的だ。あいつは使えそうだった。もちろん〝結婚した〟と言っても、知ってのとおり普通の意味じゃない。

俺は遠い昔に、その種の永続的人間関係ってやつを結んでいる。そいつは合法的なものだ。いまでも俺の女房はどこかで生きている。居場所は知らないが、必要になればいつでも見つけ出せるはずだ。それでベラに思い知らせるのさ。自分の立場は思っているほど優位じゃないってことを。そういう教訓を与えると、簡単に言うことを聞くようになるからな」

「きみの計画の不備を指摘することになるかもしれんが、気を悪くしないでくれ」モーガンは口をはさんだ。「なぜストリキニーネを使ったのかね？　青酸を使えばその場で警察に思い込ませることができたのに。犯人は間違いなくテッド・ウェインライトだと」

ホーキンスは微笑んだ。

「警察はそれで満足するかもしれない。しかし、策略家を名乗る者としてはそれじゃあ物足りない。仮にテッド・ウェインライトが有罪になったら、殺人事件は明るみに出るだろうが、計画の全貌はそのまま見過ごされるだろう——精神病院やマージョリー・イーストンのことなんかは。テッド・ウェインライトを生かし、マージョリー・イーストンを救い出す役割を与えることで、彼女の財産が俺のふところに転がり込む算段だった。少なくとも彼女を監禁しておくことで支払われる報酬に匹敵する額の金が。そのうえこの商売から足を洗い、ずっと温めていたもっと壮大な計画を一から始められるという利点もあった。しかしひとつだけ小さなミスが——」

「六つの奇妙なものかね？」

「そう。手がかりになりそうなものはすべて始末したのに。まったくうかつだったよ。あの女が引き出しに鍵をかけているとは」

「だが、このゲームにかかわっている連中の誰かが――ウッドかスレプフォールかマースデンが、きみの裏切りに気づいて警察に密告する恐れはなかったのか？」

「それはない。連中は俺の正体を知らない。やりとりはつねにベラや彼女の姉さんを介していたからね。クリスピンが死ねば、秘密を知っているのはふたりだけ――ベラとサミュエル・バートンだ。ところでバートンはどこにいった？」

「独房で安全に過ごしているよ。本人の希望で。きみが生きているうちは、安心できる場所はそこしかないって」

統轄の顔が一瞬満足そうに輝いた。

「それで正解だな。俺のことをよくわかっているじゃないか」

ホーキンスは砕けた蠟人形をあごでしゃくった。

「くそ、バートンがそこにいたら俺は安泰だったのに！　正体を暴露するやつはもういない」

「ベラは？」モーガンは嘲笑を浮かべた。「こんな目に遭わされてもまだ女を信じるのか？」

いたずらっ子のような満足そうな笑みが、ホーキンスの顔にゆっくりと広がった。

「あの女なら始末したよ。ここへ来る前に」

夭折の天才作家スプリッグ

森　英俊（ミステリ評論家）

いま、この本を読み終わったそこのあなた。なんとも奇妙なミステリだったたというのが、正直な感想なのではないだろうか。そう、奇妙といえば奇妙、ほかの作家には思いもつかないようなプロットで読者を魅了するのが、このクリストファー・セント・ジョン・スプリッグというパズラー作家なのである。

ひと言でいえば夭折の天才、クリストファー・セント・ジョン・スプリッグは一九〇七年にロンドンに生まれ、イーリング神学校で学んだのちに新聞業界に飛び込み、〈ヨークシャー・ポスト〉紙や〈ヨークシャー・オブザーバー〉紙で記者として腕を磨いた。その後、雑誌の編集者を経て、みずから航空関係の雑誌社を設立し、自分で考案した飛行機のデザインなどをその雑誌に掲載するようになった。

一見するとペンネームのように思われるクリストファー・セント・ジョン・スプリッグは実は本名で、ミステリ執筆時にはこれを用い、それ以外の著作にはすべてペンネームのクリストファー・コードウェル（Christopher Caudwell）が用いられている。そのことからすると、数ある著作のなかでもっとも情熱を傾けていたのはミステリだということなのかもしれない。

コードウェル名義で飛行機や航空術などの本を出していたスプリッグがミステリに手を染めたのは二十代の半ばになってからで、一九三三年から三五年の三年間にかけて六冊の長編を世に送っている（本書『六つの奇妙なもの』は作者の死後の一九三七年に出版されたもの）。一九三五年にはマルクス主義に傾倒して共産党に加わるかたわら、詩作にもいそしんだ。だが、その翌年スペイン内乱が勃発すると、共和国側の義勇軍に参加し、まだ三十歳にもならないうちに戦地でその短い生涯を閉じてしまった。死後、遺作として『六つの奇妙なもの』のほか、マルクス主義の研究書、詩集などが相次いで出版されたが、ありあまるほどの多彩な才能の持ち主だっただけに、そのあまりにも早すぎる死は英国ミステリ界の最大の損失のひとつといっても過言ではないだろう。

ミステリ以外ではホラー系統の作品にも並々ならぬ関心を抱いていたようで、そちら方面の作品を集めた編著 *Uncanny Stories*（一九三六）もある。

スプリッグの七つのミステリ長編のうちの四つで探偵役をつとめるのが、間が抜けて見える風貌の裏に鋭い知性を宿した新聞記者のチャールズ・ヴェナブルズ。初登場した *Crime in Kensington*［米題 *Please Pass the Body*］（一九三三）では米国帰りのしがないゴシップ記者にすぎないが、どこかおかしな雰囲気の漂っているホテルの一室から経営者の女性が消え失せるという謎をみごとに解決、そこでの活躍が認められ、一躍、花形事件記者になる。そのヴェナブルズといつくかの事件で共演するのが、スコットランド・ヤードのバーナード・ブレイ警部。*Death of an Airman*

（一九三四）ではヴェナブルズ抜きで、墜落した飛行機の機内からデモンストレーション飛行中だったインストラクターの射殺死体が発見され、しかも犯人らしきものの姿はどこにも見当たらないという、難事件の捜査にあたる。ただし、ここでも実質的に事件を解決するのは広い教区を巡回するためにオーストラリアから飛行機の操縦を習いに来ていた神父で、ブレイ警部はあくまでも脇役《カメオ》に徹している。

友好関係にあるブレイ警部に対し、同じくスコットランド・ヤードのマンシプル警視とヴェナブルズとの間柄はややぎこちない。それというのも *Fatality in Fleet Street*（一九三三）で、ヴェナブルズの勤めるフリート街の新聞社で好戦派の急先鋒である社主が刺殺されるという事件が起きた際、マンシプルは最重要容疑者としてヴェナブルズを逮捕するという愚挙におよんでしまったからだ。マンシプルはバルカン半島にある王国の要人をヴェナブルズに紹介するために *Death of a Queen*（一九三五）の冒頭の章にもちらりと姿を見せるが、ふたりのあいだのわだかまりはまだ完全には解消されていないようだ。

文字どおり〈完璧なアリバイ〉をプロットの中心に据えた *The Perfect Alibi*（一九三四）は、ヴェナブルズ物ではあるとはいえ、シリーズのなかでは異色の作品である。というのも、事件のことを知ったとき、ヴェナブルズはそれにつづく *Death of a Queen* のなかで語られることになる事件のためにいままさに海外に旅立つところで、そのあやしげな焼死事件の捜査に直接はタッチすることができないからだ。事件の捜査は地元の巡査としろうと探偵をきどる若いカップルのあいだで進められていくが、すべての容疑者にアリバイが成立してしまい、捜査は袋小路に入り込んでしまう。終盤、ヴェナブルズは外地で事件の経過を聞き、いわば安楽椅子探偵として、犯人の巧妙きわまりないアリバイを崩す。アリバイ崩しを物語の中心に据えた作品では犯人の正体は中途で明らかになることが多いが、ここではフーダニットの興味を犠牲にすることなく、なおかつ意外性の演出にも成功している。

さて、その *Death of a Queen* でヴェナブルズが赴くことになったのは、英国と密接な関係のあるバルカン半島の小国イコニア。現在そこを治めているのは在位三十年になろうとしている女王で、近年になって石油が見つかったこともあり、王国は繁栄を見せていた。国民からも家臣たちからも敬愛され、在位三十周年を祝う式典も盛大に予定されていたが、そんな矢先に身近のものの仕業としか思えない脅迫状が舞い込んでくる。それは女王が心に秘めているあることを実行する気なら命はないものと思えという内容だった。ヴェナブルズは女王の依頼でその差出人をつきとめることになるが、有力な手がかりすらつかめぬうちに、女王は式典の前日に寝室で絞殺されているのを発見される。寝室へ通じる三つの扉には警護兵がふたりずつ不寝番をしており、彼らの目をかすめて侵入するのはなんぴとにも不可能な、密室状況であった。そのうえ、女王の首を絞めるのに用いられたのは呪いがかかっているという言い伝えのある絹の紐で、殺害後に遺体にはどういうわけか儀礼用の服が着せてあった。

異国の地でたったひとり捜査を進めざるをえなくなったヴェナブルズの味わう数々の苦難、その果てにたどりついた意外な結論、国民の信頼を得ていたカリスマ的指導者を失ってしまった王国の未来はどうなるのかという興味など、読みどころ満載で、クライマックスに向かっての展開は感動的ですらある。密室の謎を中心に据えたパズラーでありながら、それだけには収まりきらない空前絶後の物語を造りあげてしまった作者の手腕には、感嘆するしかない。

これに続く非シリーズ長篇 *The Corpse with the Sunburnt Face*［米題 *The Corpse with the Sunburned Face*］（一九三五）も異国情緒たっぷりの作品である。といっても物語の前半部の舞台になるのは、「ここではなにも起こらない」と牧師の嘆くような英国の片田舎。そこに顔をマフラーで隠した男がやってきて住みつき、家から一歩も出ようとしない。そんな状態が二年ほど続いたある日、男は一通の電報によって村を離れ、ロンドンのホテルへとやってくる。ところが、そこで会うはずだった人物は浴室で首をくくっているのを発見される。通報を受けた警察が、男が室内でもマフラーをして顔を隠しているのを不審がって、それを取らせると、ここ二年というもの室内に閉じこもりきりだったはずなのに、その下からはみごとなまでに日焼けした顔が現れる。

ホテルの部屋で遺書らしきものが発見されたことから事件は自殺としていちおうの決着を見たものの、今度は村に戻ったマフラーの男が惨殺されるという事件が起きる。喉をかき切られたうえに、身体中の血を抜きとられているという、なんとも凄惨な殺されかたであった。この事件の捜査に協力するために地元警察の要請を受けてやってきたのがスコットランド・ヤードのキャンベル警部で、事件を解決する鍵が被害者の過去にあると考えた警部は、被害者とホテルの死者とが共に若い日々を過ごした、西アフリカのナイジェリアへと単身向かう。

前半部のパズラー調から一転して、後半部では、呪術師の予言や神秘的な宗教儀式、カルト集団など、ナイジェリアに到着した警部の遭遇する数々の奇怪な出来事が描かれ、物語は冒険活劇さながらの様相を呈してくる。だが、物語はそれだけでは終わらない。最終的に警部が見舞われたミステリ史上類を見ない試練には、読んでいるこちらが思わず悲鳴をあげたくなってくるほどだ。

そして、破天荒なプロットで読者の目を瞠らせたスプリッグが、前作以上の破天荒で錯綜したプロットを盛り込んだのが、本書『六つの奇妙なもの』である。

ホラー小説さながらの導入部に続き、降霊術での不可能犯罪（証人たちの見ている前で被害者の霊媒に水の入ったコップを手渡した人物が犯人でないとすれば、水に毒を混入しえたものはだれもいない）という魅力的な謎が提示されたあとも、物語はいっこうにパズラーとしての落ちついた展開を見せない。ゴシック小説さながらに、マージョリーは混濁した妄想と打ち砕かれた夢が支配する世界にたたき込まれたあげく幽閉されることになるし、その元婚約者テッドは彼女を救うために小説に描いてあるような冒険の世界に飛び込むことになるのだ。不可能犯罪が解決したあとも、統轄《ディレクター》はだれかという謎が最後まで残り、その正体がある意味、盲点に入っていることもあって、その超悪党《スーパー・クルック》ぶりがいっそう際立つことになる。その冷徹さの象徴ともいうべき結びのひと言は衝撃的というしかない。こういったスリラー的な要素は理知的なパズラーとは本来相容れないもののはずだが、ここでは両者が反発し合うことなく、むしろ物語のなかで相乗的な効果を上げている。

六つの奇妙なものの用途を解説したくだりなど、若干、説明不足なところがあるように感じられるのは、本書がスプリッグの遺稿であり、ことによれば最終稿ではなかったからかもしれない。とはいえ、前作に見られた破天荒なプロットにさらに磨きがかかり、それが他には類を見ない魅力になっているだけに、作者がその生涯をあまりに早く閉じてしまったことは、どんなに惜しんでもあまりある。戦地から無事に帰還していれば、どれほどすばらしいミステリの数々でわれわれを楽しませてくれていたことだろう。

The Six Queer Things

(1937)

by Christopher St. John Sprigg

〔訳者〕

水野恵（みずの・めぐみ）

1970年生まれ。インターカレッジ札幌で翻訳を学ぶ。札幌市在住。訳書にC・ウィッティング『同窓会にて死す』、C・ライス『ママ、死体を発見す』（以上論創社）など。

六《むっ》つの奇妙《きみょう》なもの

——論創海外ミステリ 57

2006年10月10日　初版第1刷印刷
2006年10月20日　初版第1刷発行

著　者　クリストファー・セント・ジョン・スプリッグ
訳　者　水野恵
装　幀　栗原裕孝
発行人　森下紀夫
発行所　論　創　社
〒101－0051 東京都千代田区神田神保町2－23 北井ビル
電話 03－3264－5254　振替口座 00160－1－155266

印刷・製本　中央精版印刷

ISBN4－8460－0740－5

論創海外ミステリ

順次刊行予定（★は既刊）

★48 ママ、死体を発見す
クレイグ・ライス

★49 フォーチュン氏を呼べ
H・C・ベイリー

★50 封印の島
ピーター・ディキンスン

★51 死の舞踏
ヘレン・マクロイ

★52 停まった足音
A・フィールディング

★53 自分を殺した男
ジュリアン・シモンズ

★54 マンアライヴ
G・K・チェスタトン

★55 絞首人の一ダース
デイヴィッド・アリグザンダー

★56 闇に葬れ
ジョン・ブラックバーン

★57 六つの奇妙なもの
クリストファー・セント・ジョン・スプリッグ

58 アルセーヌ・ルパン戯曲集（仮）
モーリス・ルブラン

59 消えた時間（仮）
クリストファー・ブッシュ